산이
좋아
山에
사
네

산골에서 제멋대로 사는 선수들 이야기

산이 좋아 에 사네

글 · 박원식

화천

춘천

△용문산

△민둥산

△치악산   △오대산

△만경대산

△박달재

창해

청원

△계룡산

　　서울에서 회사를 다니는 내 친구 김가는 도시 생활에 신물
이 난다고 툴툴거린다. 새벽 침상에서 와다닥 일어나 콩나물 지하철
에 실려 가는 출근길부터가 전투라는 것이다. 직장에선 너구리 같은
상사와 노새처럼 영악한 후배들 사이에 끼어 종일토록 고전하다가
퇴근길 주점에서야 비로소 제정신을 차린다. 소주병 두 개를 쓰러뜨
린 다음에 김가가 읊어 대는 레퍼토리는 늘 똑같다.
　　"아아, 나 산골로 갈래!"

　　역시 서울이라는 '공룡 도시'에 사는 시인 이가는 매우 신중한 사
내다. "한없이 낮은 자리로 내려가는 게 바로 시인의 책무"라는 시인
고은의 경구를 고이 접수한 채 살아가는 이가는 사는 곳이 서울이든
산골이든, 지구든 화성이든 뭐 크게 다를 게 있겠느냐, 오직 겸양과
존경으로써 세상을 관조하는 '시인의 마음'이 화두일 뿐이라고 떠들
어댄다. 아주 고상하고 유식한 작자다.
　　이 이가가 요즘엔 마치 부동산 업자처럼 땅을 보러 여기저기 시골

5

산촌을 돌아다닌다. 자연을 벗으로 삼는 전원 생활을 궁리하고 있는 거다. 새소리, 물소리, 바람 소리가 선율처럼 흐르는 산중에 산다면 불멸의 시편들을 우후죽순으로 토해낼 수 있을 것만 같다는 야무진 판타지에 취한 채.

아아, 나 산골로 갈래! 비장하고도 간절한 독백이다. 주변에서 흔히 들려오는 언설이다. 번개를 맞고도 살아난 사람이 있다. 어떤 내력으로 지상에 출현한 것인지 알 수 없지만 사람이란 참 강하고 유능한 생명체다. 그러나 일상과의 타협이 쉽지 않으니 때로는 머리칼을 쥐어뜯는 번민에 사로잡히는 게 또한 사람이다. 도시에 만연한 차갑고 황량한 관계들. 넘치는 계산과 나쁜 꿍꿍이들. 마음을 안으로 걸어 잠그고 다만 처세로써 도시와 교제하는 게 상책일지도 모른다.

널리 소문났듯이 도시는 늑대 혹은 여우들이 활동하는 실로 위험한 소굴이다. 그러나 이와 같은 관점엔 동전의 한 면만을 보는 폐단이 여실하다. 풍부한 적응력과 기민한 보신술만 있다면 도시는 더할 수 없이 매력적인 공간이거나 안전한 장소다. 또한 거기엔 재화와 출세가 있다. 피둥피둥 살찐 문화가 있으며, 꿀처럼 흐르는 향락이 있다. 도시를 오직 비인간화된 야만의 장소로만 보는 것은 허풍이거나 편견이다.

하지만 많은 도시인들이 탈출을 도모한다. 도시를 감옥으로 간주

한 채 기어이 자연으로 회귀할 꿈을 꾼다. 출세와 축재를 축으로 무한 경쟁이 연출되는 도시의 짐승스런 열기에 식상한 이들이 퇴각을 고려하고 있다. 가공할 만한 생존의 검투장인 도시를 벗어나 자연의 형제로 참신하게 귀환할 것을 바라고 있다.

그렇다면, 도시를 벗어나 마침내 자연 속으로 복귀하면 행복이 강물처럼 넘치는가. 자연은 마냥 자비로운 은총을 베풀어 지친 자의 쓸쓸한 영혼을 하염없이 어루만져 주는가. 반드시 그렇지만은 않을 것이다. 산에 홀로 살며 만물에 배인 불성을 관觀하는 일에 이골이 난 법정 스님 같은 분들이야 산중 자연 안에서 수준 높은 평안을 구가할 수도 있겠지만, 세속에 찌들고 길들여진 욕망을 가진 일반인들에게 자연은 오히려 성가신 장벽으로 다가올 수 있다.

도시와는 딴판으로 다른 산속 환경에 적응하고 동화하기 위해서는 실로 온 마음을 다한 놀라운 내공이 필요할지도 모른다. 일찍이 월든 호숫가에 오두막을 짓고 살았던 소로가 말한 대로 "강인한 스파르타 인처럼 삶이 아닌 모든 것을 때려 엎는" 불굴의 의지가 아니고서는 산중 살림에 실패를 볼 가망성이 적지 않다.

우리 국토의 외진 곳을 즐겨 여행하는 버릇이 있는 사람이라면 알 것이다. 이미 많은 도시인들이 오지 산촌으로 귀환해 생의 새로운 여정을 꾸려 나가고 있다는 사실을. 산촌살이는 어쩌면 도회적 삶의 모순과 고난을 해결할 수 있는 매우 유력한 대안일지도 모른다. 각축과 소음이 들끓는 도시의 악머구리 소굴을 벗어난 깊은 산중에서 한결 어엿한 인간적, 생태적 삶을 누릴 수 있다는 이데아는 실로 건전하고 옹골차다. 산이 좋아 산에 살며 산의 음성에 귀 기울이는 삶은 필경 신의 축복이거나 값진 행운이다. 산과 내통하며 산을 닮아 가는 일은 자못 발랄한 사업이다.

그러나 산중 생활을 성공적으로 영위케 하는 보증서나 면허증은 어디서도 발부하지 않는다. 호기롭게 산골살이를 시작했다가 진퇴양난 허망한 지경에 빠지는 경우도 숱하다.

과연 산중 생활의 활보는 무엇으로 가능할까? 조용하고 강인한 고라니처럼 산골살이를 의젓하게 구사하기 위해서는 어떤 노하우가 필요한가? 자연의 향유에 매혹된 채 산에다 많은 것을 걸고 살아가는 외톨박이 혹은 고집쟁이들은 대체 거기서 뭘 먹고 살며, 무슨 짓을 하나? 산은 그들에게 어떤 선물을 나눠 주나? 혹시 산중의 삶은 우리가 예상하는 것보다 따분한 것은 아닐까? 생존의 긴장과 경쟁이 사라진 곳에서 과연 권태 없는 삶의 기쁨이 가능할까? 산중에 사는 유별난 산림처사들은 안녕하신가?

나는 산골살이의 옹호자이자 지망자이다. 그러나 실력은 모자라고 타성은 따개비처럼 견고하다. 그래서 이 멍청이는 산에 살지는 못하는 대신 산골에 사는 신사숙녀들의 삶을 훔쳐보는 것으로 위안을 삼고자 했다.

이 책에 나오는 산림처사들은 득도를 기다리며 도솔천에 기거하는 보살 같은 존재들이 아니다. 우리가 곧잘 착각하는 것처럼 자연 속의 삶이란 방외의 유유자적을 보장하는 것이 아니라 그 역시 또 하나의 치열한 세간일 뿐이다. 말하자면 산림처사들 역시 그저 한세상 고진 감래를 당연지사로 여기며 살아가는 현실의 바라문들이다. 다른 것이 있다면 아마도 삶을 바라보는 관점이겠지. 그들은 어쩌면 장자가 말한 '쓸모없음의 용用'을 알아 버렸거나 구현하는 존재들이다.

쓸모 있기 위해 꿰찬 계략과 희망들이 오히려 자신을 벤다. 쓸모 있음을 애써 구하지 않음으로써 오히려 자신을 자유롭게 풀어 놓을 줄 아는 삶이란 얼마나 웅장한가. 자신을 풀어 놓고 제멋대로 살아가는 삶을 허용하는 산골이란 얼마나 다행스런 장소인가. 그러고 보면 이 책은 제멋대로 살기의 선수들에 관한 기록이다.

2009년 5월
글쓴이 박원식

차 례

5장
창작 자연이 곧 예술이다

자연으로 돌아간다

산은 그 자체로 평화롭습니다. 인간
들이 해를 가하지 않는 한 완전무결
합니다. 산은 사람에게 삶이 곧 수행
임을 깨우쳐 줍니다. 내면의 가능성
을 확장시키고, 그렇게 해서 마음을
치유해 나갈 수 있는 곳이 산이라는
생각이 듭니다.

무주 산골에 사는 농부 **김광화**

나는 자연이다

경치 좋은 산골에 살며 한 그루 나무처럼 조용히 사는 일은 얼마나 평화로운가. 아침엔 하루치의 노동을 하고 낮에는 책을 읽는다. 밤이면 두릿두릿 돋아나는 별들과 교신하면서 영속하는 가치들을 생각한다. 이런 삶, 그 무엇보다 이상적이지 않을까.

하지만 산으로 들어간 사람들 중에 상당수가 다시 도시로 돌아온다. 믿을 만한 경험자들의 통신에 따르면 열 중 일곱은 실패한다. 이게 왜 이렇게 되나. 우선 산중의 외떨어진 삶에서 유래하는 고독을 견디지 못한다. 게다가 마땅한 생산이 없으면 오늘이 궁색하고 내일이 불안하다. 하찮은 번뇌와 천박한 욕망을 도시에 벗어 두고 왔으나 내가 지금 끌어안고 있는 전공이 바로 가난이라는 과목임을 알게 되는 순간 마음은 떨리기 시작한다. 영혼은 일쑤 구슬피 우는 소리를 낸다. 인생이 영화와 다른 게 바로 이런 대목에서다. 산골살이의 시련은 장난이 아니다.

그러나, 이 남자를 보라. 그는 가난이 두렵지 않다. 별로 가진 것도, 크게 생산하는 것도 없지만 끄떡없이 잘 먹고 잘 산다. 전북 무주군 안성면의 후미진 산골짝에서 처자 셋과 더불어 살아가는 농부 김광화(52세). 그의 관심은 돈을 만들기 위한 생산이나 욕심을 채워 주는 소비에 있지 않다. 자급자족을 지향할 뿐이다. 자급자족이라니? 물질 숭배를 축으로 무한경쟁을 벌이는 이 기발한 자본주의 세상에서 그는 수렵시대의 생존 방식을 도모하는가? 왜 자급자족을 생활의 모토로 정했나?

자급자족 생활은 재미가 있습니다. 소비하는 만족보다 생산하는 기쁨이 제겐 훨씬 더 큽니다. 내 손으로 직접 농사를 지어 먹는 밥이 더 맛있습니다. 자연이 주는 음식물들은 감사하는 마음을 지니게 합니다. 자급자족은 단순히 직접 생산하고 덜 소비한다는 차원만은 아닙니다. 모든 부정적인 대상을 두지 않는 긍정의 가치관이죠. 지구위에 도래하고 있는 식량 위기의 대안일 수도 있습니다.

김광화에겐 2천 평 정도의 논밭이 있다. 여기에다 다양한 작물들을 재배하는데 전적으로 유기농법을 구사한다. 이 산골에 들어온 지만 10년. 이젠 농사에 어지간히 이골이 났다. 그의 농법은 참말 진부

이 남자를 보라. 그는 가난이 두렵지 않다. 별로 가진 것도, 크게 생산하는 것도 없지만 끄떡없이 잘 먹고 잘 산다. 그의 관심은 돈을 만들기 위한 생산이나 욕심을 채워 주는 소비에 있지 않다. 자급자족을 지향할 뿐이다.

하다. 지독하게 진부하기에 차라리 전위적으로 느껴진다. 그는 농기계를 거의 쓰지 않는다. 비닐을 써서 수월한 농사를 지으려는 요령을 피우지도 않는다. 심지어 가을철 벼 베기 때에도 낫으로 일일이 벼를 벤다. 수동식 탈곡기로 나락을 턴다. 이게 참 미련한 짓 같고 팍팍한 중노동이겠으나 김광화는 그게 좋다. 적성에 맞다.

 기계를 쓰지 않고 굳이 손으로 모든 일을 해내는 것은 석유 분뇨으로부터 자유롭고 싶어서입니다. 게다가 제겐 돈 버는 재주가 아주 결여돼 있죠. 그럼 무엇을 잘해야 하는가. 돈 안 쓰는 일을 잘해야 되겠더군요. 자연에서 얻는 것들은 돈이 들어가질 않으니 가급적 자연에서 얻어야만 합니다. 농사도 최대한 돈 안 들이고 전 과정을 마칠 때 기쁨이 커집니다.

집안의 농사를 김광화 혼자 감당하는 건 아니다. 아내 장영란(50세) 씨는 물론 두 아이들도 함께 생산에 나선다. 그의 얘기에 따르면 매일 두 시간 정도의 가족 노동이면 무난하다고 한다. 농법의 실험도 다양하게 시도해 왔다. 특히 벼농사의 경우 별의별 족보 있는 농법들을 다 시도해 봤다. 이젠 누구나 인정하는 유능한 농부다. 그럼 이렇게 해서 일가의 자급자족이 가능한가?

네 식구가 차질 없이 먹고 살아갑니다. 만족할 만한 수준이죠. 그런데 자급자족을 말할 때, 100퍼센트 자급은 어렵습니다. 하지만 본인이 어떻게 느끼느냐에 따라 자족은 얼마든지 가능하죠. 자급은 못한다 하더라도 자족은 하며 지냅니다.

농사로 부족한 건 산에서 얻는다

김광화는 스스로 돈 버는 재주가 없다고 말하지만 어떻게 보자면 돈 버는 일을 극구 자제하는 것처럼 보이기도 한다. 물질적 풍요를 추구하는 삶이 가진 비루한 속성을 아예 학습하지 않겠다는 투다. 그에겐 어디 먼 곳을 돌아다니고 싶은 욕구가 없다. 문밖에 나가는 일을 그리 즐거워하지 않는다. 그러니 갖고 싶은 것도 얻고 싶은 것도 별로 없다. 조용하고 태연하다. 농사로 부족한 것은 산에서 구한다. 산. 그가 보기에 산은 풍요한 먹을거리의 창고이자 얼마든지 재화를 얻을 수 있는 아이템의 보고다.

돈을 벌려고 할 경우 자연 속에 그 소재는 얼마든지 많습니다. 무한에 가까운 자원이 널려 있거든요. 예를 들자면 봄철의 고사리 채집 같은 것입니다. 우리 네 식구는 고사리를 꺾어 찬을 만들어 먹고 남은 것은 말려서 팝니다만, 작년엔 아이들이 꽤 많은 돈을 벌었습니다. 그렇다고 산을 샅샅이 누벼 더 많은 고사리를 꺾으려 하진 않습니다. 그건 자연의 선물이니 자제하며 감사한 마음을 품어야 하기 때문이죠. 쓰고 싶은 만큼의 돈, 꼭 필요한 만큼만 취하면 그만 아니겠어요?

그렇다면 당신에게 가장 중요한 가치는 무엇인가 하고 묻자 "몸과 마음, 영성과 깨달음 같은 가치에 생활의 중심을 두고 있다"는 답이 돌아온다. 한마디로 그는 수행자로 살아가고 있는 것 같다. 이쯤에서 조용하지만 어딘가 깡이 박힌 듯한 이 남자의 과거가 궁금해진다. 산에 들어오기 전에 그는 어디서 무엇을 했나.

경북 상주의 시골에서 태어나고 자란 김광화는 대학을 서울로 가면서부터 이후 20년쯤 도시인으로 살았다. 대학 재학시 민주화 운동에 뛰어들었다가 강제 징집을 당하기도 했던 그는 1996년 어렵사리 서울 생활을 청산하고 마치 '이민 가는 심정으로' 지리산으로 들어왔다. 지리산 자락 산청에서 "간디공동체"에 참여해 "간디학교"를 설립했고, 1998년에 이곳 무주의 산골로 이주했다. 아내 장영란 역시 서울 토박이였으나 김광화와 결혼하면서 노동 운동을 같이했고 "간디공동체"를 함께 꾸려 왔다.

건강이란 질병의 반대 개념은 아니라는 생각을 합니다. 몸이 몸다워지면, 몸으로 마음과 영성이 드러나면, 바로 그게 건강이라 할 수 있죠. 도시 생활에서는 저의 몸과 마음이 많이 망가졌었습니다. 무절제한 생활 탓이죠. 거의 비관적일 정도로 피폐했는데, 비로소 몸에 대한 성찰을 할 수 있는 기회이기도 했죠. 산에 살면서는 감기 한

김광화는 지리산 자락 산청에서 "간디공동체"에 참여해 "간디학교"를 설립했고, 1998년에 이곳 무주의 산골로 이주했다. 아내 장영란 역시 서울 토박이였으나 그와 결혼하면서 노동 운동을 같이했고 "간디공동체"를 함께 꾸려 왔다.

번 안 걸리고 지냅니다.

    김광화 일가가 살아가는 거처는 조촐하고 소박하다. 꾸밈과 치례가 없다. 마당에 수북이 자란 풀들을 그대로 방치한 데에서 풀 한 포기조차 자연의 형제로 여기는 특유의 이데아를 엿볼 수 있다. 땡볕이 뜨거워 살갗이 빵처럼 구워지는 성하盛夏. 창문 열어젖힌 방에 들어앉아 인터뷰를 하는 중에 등골로 땀이 줄줄 흐르지만 선풍기 같은 기계를 내오지 않으니 기계문명에 대한 불신이나 저항의 강도를 짐작할 만하다.

    삶에는 의외로 많은 묘수가 있다. 저마다 제가 좋아 찾아들 수 있는 골목길이 있다. 김광화는 '자급자족'이라는 어쩌면 위험하고도 짜릿한 생존의 초강수 전략을 구사한다는 점에서 아웃사이더다. 즐겁고도 기묘한 국외자. 하지만 누구나 그렇듯 우리네 개인의 삶이 아무리 내밀하거나 독자적인 것이라 할지라도 거기엔 우주가 들어 있다. 김광화는 자신의 우주를 구현하는 일련의 뚜렷한 관점과 시향점을 가지고 있는데 이로써 그는 아마도 무진장 야무진 남자다. 비록 알아주는 사람이 많지 않을지라도 아랑곳없다. 그는 발언하고 발설한다. 산중 삶의 야생적 지평을 세상에다 대고 나름의 홍보를 한다. 몇 해 전에 아내와 공동 저자로 참여해 발간한 책 『아이들은 자연이다』는 그가 세상에 가담하고 참견하는 한 가지 방식의 성과물.

인간은 자연의 일부

아이들은 자연이라는 생각. 여기에는 자연주의자로서의 꿈과 상상, 희망과 비전이 들어 있다. 아이들은 자연이므로 그는 아이들을 자연으로 길렀다. 길렀다지만 사실은 "그냥 냅뒀다"라는 표현이 적실할 게다. 마치 숲속의 쥐똥나무 한 그루가 스스로 햇볕과 물을 취해 제 몸을 양육하듯이 아이 둘이 스스로 커 나가도록 협찬했다. 그의 아이들은 학교를 다니다 일찌감치 그만두거나 아예 학교 문턱도 밟지 않았다.

왜? 심플한 이유가 있다. 학교에 가기 싫어했기 때문이다. 학교 가기 싫어한다고 학교를 때려치운다? 이 사람, 제 자식을 정말 사랑하는 아비 맞아? 남들은 땡감 씹은 듯 떫은 기분을 느끼며 이렇게 의아해할 수 있을 게다. 그러나 아이들은 쑥쑥 봄날의 죽순처럼 시원하게 잘 자라고 있다는 게 김광화의 논평이다. 이른바 '홈스쿨링'으로 부모들이 교사 노릇을 하는 것이지만, 진정 위대한 교사는 자연이라는 것.

모든 생명은 잘 살려고 하는 본성이 있습니다. 아이들도 마찬가지죠. 배움은 아이들에게 본성입니다. 호기심과 배우려는 열정이 많습니다. 다행히 산골에는 자연이라는 학교가 있어요. 아이들은 이 자연에서 무한히 많은 것을 배우며 튼실하게 자랍니다. 사회성을 우려

하는 분들이 있지만 그 사회성이라는 게 자기 중심으로부터 뻗어 나가는 관계의 확장을 의미한다면, 자연 속에서 자라는 우리 아이들은 이미 충분한 힘을 비축했다고 생각합니다. 아이들은 이제 자신의 몸을 스스로 돌보고, 스스로 공부하며, 스스로 필요한 걸 만들고, 가족과 이웃을 돌볼 줄 아는 전인적 인격체로 자라나고 있습니다.

아이들은 심지어 부모들의 갈등을 풀어 주기도 한단다. 오히려 아이들에게 배운다고도 한다. 어떤 아이들인가. 딸내미 김정현. 1988년 생으로 별명은 '탱이'. 2001년 봄, 초등학교를 졸업하고 중학교에 잠시 다닌 뒤 학교생활을 중단했다. 한동안은 잠만 자거나 책만 읽었다. 그러다가 "우리쌀 지키기 100인 100일 걷기운동"에 참여하면서 사람들과 소통하기 시작했다.

집에서 지낸 3년째부터 자기가 먹을 걸 손수 만들어 먹기 시작했고, 열심히 자기 밭을 일구었다. 전국 여기저기와 몽골을 돌아다니며 친구를 사귀고, 수벽치기라는 전통 무예, 또 춤 테라피를 배워 와 식구들에게 전수해 주었다. 자기가 거처할 흙집을 아버지의 도움을 받아 멋들어지게 지어 독립했다. 현재는 몇 군데 잡지에 글을 연재하면서 돈을 벌고 있다. 김광화가 보기에 탱이는 이미 제 갈 길 스스로 잘 가고 있다.

아들 김규현. 별명은 '상상이'로 1995년 생. 집에서 놀듯이 공부하고, 놀듯이 일한다. 만화 『미스터 초밥왕』을 보고 초밥을 만들고 허영만의 『식객』을 보고 막걸리를 빚는 아이. 바둑에 관심을 가지면 한동안 바둑에 푹 빠져서 책을 보더라도 바둑에 관한 것만 보고, 마음이 내키면 한달음에 수학책 한 권을 다 풀지만, 내키지 않으면 절대 보지 않는다. 심심해하다가 스스로 놀 거리를 만들어 놓고, 몸이 약한 걸 깨닫고 운동을 시작했다. 몸이 약할 때는 사뭇 방어적이던 아이가 몸이 튼튼해지면서 식구들을 돌아볼 여유가 생겼는지 마음 씀씀이가 달라졌다.

이만하면 어엿하게 자라고 있는 게 아닐까. 그렇게 나름의 그릇으로 커 가는 게 아니겠나. 김광화가 아이들에게 주는 가장 큰 메시지는 '인간은 자연의 일부'라는 뉴스인 것 같다. 김광화 자신부터가 자연과 공생한다는 인식을 놓치지 않고 살아간다. 산이 좋아 산에 사는 사람들이 흔히 그렇듯 그에게도 산을 관(觀)하는 안목의 높이와 산의 묵시(默示)를 경청하는 각별한 귀가 있는 것으로 보인다. 그가 산중의 소박한 삶에 자족할 수 있는 비결이 여기에 있다. 들꽃들이 화드득 피어나고, 밤이면 소쩍새 연가가 구슬픈 산골에서 산의 소리 없는 소리에 귀 기울이며 사는 일. 이것이야말로 인생에서 가장 쓸모 있고 의미 있는 행사라는 생각인 것 같다.

산은 그 자체로 평화롭습니다. 인간들이 해를 가하지 않는 한 완전무결합니다. 우리는 무슨 자격으로 산을 망치는 걸까요. 산은 사람에게 삶이 곧 수행임을 깨우쳐 줍니다. 수행이라는 말이 거창하다면 치유라고나 할까? 뭔가를 많이 생산하고 많이 소비하는 패턴에서 벗어나 내면의 가능성을 확장시키고, 그렇게 해서 마음을 치유해 나갈 수 있는 곳이 산이라는 생각이 듭니다.

　산수 간의 절경이란 대체로 인간의 발길이 끊어지는 경계에서 펼쳐지는 풍치이다. 사람의 일도 이와 다르지 않아서 그 누구도 즐겨 가지 않는 길을 용감하게 걸어가는 이의 삶에서는 어떤 절정의 기미가 엿보인다. 일견 딱딱하고 유머가 결여된 사람으로 보이는 김광화의 산중 삶이 흥미로운 건 이 때문이다. 마당가 자두나무에 숭얼숭얼 매달린 자두가 탐스럽다.

성불이라는 게 꼭 절에서 이룰 수 있
는 것만은 아니겠구나, 이만하면 이제
나가서 살 수 있겠다 싶었죠. 그러고
서 곧바로 귀농에 들어갔어요.

치매 노모에게 바치는 진정 통 큰 사랑

　　글 쓰는 농부 전희식(52세)이 깊은 산속에 사는 이유는 독특하다. 늙고 병든 어머니(김정임, 88세)를 봉양하기 위해서다. 그 외에 다른 이유는 없다. 공기 좋고 물 좋은 산중에서 어머니와 단둘이 논밭 갈며 살자, 그게 평생 시골에서 농사꾼으로 살아온 어머니의 정서에 맞다, 하는 생각이었다.

　　산으로 모셔오기 전 그의 어머니는 서울 큰형 집에 기거했다. 어머니는 심신이 여의치 않으신 데다 똥오줌을 잘 못 가리는 치매 환자시다. 귀도 어둡고 걸음도 어렵다. 이런 상태로 도시에 머문 어머니의 모습은 전희식이 보기에 참담했다. 그래서 과감한 결행을 했다.

　　그는 아마도 빠른 판단과 서슴없는 실천을 하는 버릇이 있었나 보다. 어머니 살아 계실 때 내 건강한 시절 몇 년을 바치리라, 이렇게 마음먹고 마땅한 산중 거처를 찾아 곳곳을 뒤진 나머지 드디어 적지適地를 찾았다. 거기에 살림집을 꾸미고 어머니를 모셨다. 전북 장수군 장계면의 남덕유산 자락, 해발 700미터쯤 되는 고지. 파도처럼 일렁이는 나무들의 숲 사이 양지 바른 곳에 오막살이 한 채 있으니, 여기가 바로 전희식이 모친과 단둘이 사는 거처다.

　나는 전희식의 산중 거처를 찾아가기 전에 장계면 내 만물상 가게에 들러 머리핀과 손수건을 사 가방에 챙겼다. 그의 어머니에게 드릴 선물이다. 평소 누구에게 선물을 하는 갸륵한 습관이 있어서가 아니다. 전희식이 그렇게 해 달라 사전에 귀띔했기 때문이다.

기량을 겨루는 물소리와 새소리의 탁월한 청음으로 말미암아 골짜기는 훤하고 말쑥하다. 어디를 보거나 푸르며, 어디에 앉거나 명당이다. 그렇기에 여기에선 그 어떤 사소한 물상도 기를 펴고 어엿한 존재로 진급하는데, 전희식의 오두막 역시 보기에 참말 좋다.

치매란 어쩌면 완전한 고독의 게임. 치매 환자에게 세상은 낯선 저승처럼 너무도 생소해서 무섭다. 눈앞에 나타난 타인을 바라보는 심리도 이와 다르지 않아 낮도깨비를 만난 양 바짝 경계하고 배척한다. 한마디로 치매 환자란 이 세상 그 누구보다도 연약한 존재. 이런 어머니와 교제하기 위해서는 섬세한 접근이 필요하며 머리핀처럼 간소한 선물만으로도 충분한 개가를 올릴 수 있다고 한다. 아아, 이 어머니는 소녀처럼 여전히 머리핀으로 머리 단장하기를 좋아하시나 보다, 나는 그런 생각을 하며 'LOVE'라는 글자가 새겨진 연분홍 머리핀을 골라 가방에 넣었다.

장수 땅의 산천을 일컫는 기호에 '3대大'라는 게 있다. '산대山大', '수대水大', '야대野大'. 산도 물도 들도 넓고 유장하다는 뜻이렷다. 그러하니 험준한 가운데 호방한 맛이 있으며, 산경 도처에 비경이 숨어 있다. 전희식이 사는 산중도 그 견본. 5월의 산덩어리는 야수처럼 에너지로 팽배해 있으되 하늘과 골이 협연을 해 리드미컬한 조화를 이룬다.

기량을 겨루는 물소리와 새소리의 탁월한 청음으로 말미암아 골짜기는 훤하고 말쑥하다. 어디를 보거나 푸르며, 어디에 앉거나 명당이다. 그렇기에 여기에선 그 어떤 사소한 물상도 기를 펴고 어엿한 존재로 진급하는데, 전희식의 오두막 역시 보기에 참말 좋다.

마루로 올라서며 전희식과 악수를 한다. 이런! 손에 잡힌 그의 주먹이 볼링공 사이즈다. 나는 살면서 이렇게 커다란 손을 처음 잡아

본다. 이 손이 만약 복서의 팔목에 붙어 있었다면 그 복서는 해머 펀치로 명성을 얻었을 게 분명하다. 손이 크니 발도 크구나. 이 큰 것들은 돌덩이처럼 딴딴하거나 옹이가 박혀 있다. 대지의 자식으로 살아가는 농사꾼으로서 그의 일상적 업무가 몹시 치열한 것임을 알 수 있다. 손이 커서 통도 큰가? 전희식이 어머니에게 바치는 사랑, 내가 알기로 그것은 우리 시대의 가장 통 큰 사랑이다.

출판가에선 이 순간에도 수많은 책자들을 생산해 낸다. 그러나 대부분의 책들이 거들떠보는 이조차 드문 허무한 운명 속에서 사멸한다. 일부 책들은 불나방처럼 잠시 명멸한다. 극히 소수의 책들만이 행복한 팔자를 누리는데, 『똥꽃』이라는 제목의 책이 그렇다.

"농부 전희식이 치매 어머니와 함께한 자연 치유의 기록"이라는 부제를 붙인 이 책은 지금 독서 시장에서 조용하고도 의미심장한 반향을 일으키고 있다. 나는 이 『똥꽃』을 통해 전희식이라는 '별종'이 이 나라에 서식하고 있다는 걸 알았으며, 이 '별종'으로 말미암아 지구의 정신 생태계 한구석이 환해지는 것 같은 심한 감흥을 느꼈다.

그의 어머니 봉양은 차라리 구도求道

별종? 이걸 단지 '별난 종자'라 해석하지 말자. '어둠 속에서 빛나는 별을 볼 줄 아는 종족' 따위로 보는 게 옳겠다. '똥꽃'이라는 어휘

전희식의 손과 발은 돌덩이처럼 딴
딴하거나 옹이가 박혀 있다. 대지의
자식으로 살아가는 농사꾼으로서
그의 일상적 업무가 몹시 치열한 것
임을 알 수 있다. 손이 커서 통도 큰
가? 전희식이 어머니에게 바치는 사
랑, 내가 알기로 그것은 우리 시대의
가장 통 큰 사랑이다.

의 은유를 보라. 똥으로 말하자면, 똥이 곧 밥이라고 생명 사상을 읊
어댄 김지하의 똥타령이 유명하지만 똥을 꽃으로 본 전희식의 눈은
그보다 밝거나 아름답다.

누구의 똥인가. 어머니의 똥이다. 치매 노인들은 대체로 똥을 싸
뭉개거나 벽에 바르는 액션 페인팅으로써 똥 덩어리 같았던 영욕의
한평생을 진술하거나 부조리한 삶의 횡포에 거역한다. 이는 가족에
게 고난과 우수를 야기한다. 하지만 전희식은 어머니의 똥을 꽃으로
본다. 그가 쓴 싯귀를 볼까.

방 안에는
묵은 된장 같은 똥꽃이 활짝 피었네.
어머니 옮겨 다니신 걸음마다
검노란 똥 자국들.
……
어머니 창창하시던 그 시절 그때처럼
고색창연한 봄날이 방 안에 가득 찼네.
진달래꽃
몇 잎 따다
깔아 놓아야지.

어머니의 똥만이 꽃이 아니다. 어머니의 생애와 육신과 정신과 음성과 거동, 그리고 저 난처한 치매마저 그 전부가 아들에겐 꽃이다. 그래서 지극 정성을 다해 모시고 섬긴다. 우문이지만 던져본다. 어머니가 그렇게도 좋은가, 하고.

하하! 좋지요. 너무나도 좋습니다.

이 산중으로 모셔온 이후 어머니에겐 어떤 변화가 생겼나요?

큰 변화가 왔죠. 서울에 계실 땐 심하게 위축된 상태셨는데 이젠 아주 당당하세요. 똥을 싸 놓고도 막 큰소리를 치시거든요. "야야! 저거 빨리 치뻐라!" 당당하게 지시합니다. 옷 빨기 힘들다고 응수하면, "빨래를 내가 빠나 니가 빨지", 하십니다. 하하! 자연 속에 지내시면서 심리적 자신감을 강하게 얻으신 거죠. 바느질 같은 작은 일일 지라도 노동 속에서 매우 청정한 모습을 보이시기도 합니다. 그런 어머니를 저는 어떤 경우에도 최고의 어른으로 모시죠. 흔히 치매 노인을 어린애처럼 대하지만 그렇게 하면 애가 되고 말거든요. 돌봄의 차원이 아니라 모심의 차원, 그게 중요하다는 생각입니다.

24시간을 어머니의 수족처럼 곁에 머물겠군요?

거의 그렇죠. 논엘 가거나 나무를 하러 가더라도 반드시 보고를 드리고, 어머니 시야에서 크게 벗어나지를 않죠. 밤에 잠자는 시간도 두 시간 남짓이고.

전 선생은 이른바 마음공부라 할 만한 다양한 영성 수련을 오래하셨더군요. 그게 어머님을 모시는 큰 힘이 되는 걸까요?

그렇습니다. 동학에 '시천주侍天主', 즉 '내 몸 안의 하늘을 모신다'라는 게 있는데요, 누군가 받들고 섬길 대상에게 정성을 다한다가 아니라, 너를 받아들여서 내 스스로 네가 된다, 너의 하늘을 먹어 내 하늘이 너의 하늘이 된다, 이런 '모심'의 정신이죠. 어머니를 모시며 그런 마음가짐을 놓치지 않고 지내려 하죠.

하지만 참기 힘든 상황도 많을 테고, 부아가 치미는 경우도 많을 건데 잘 견디시나요?

(웃음)맞아요. 아주 극악한 상황이 많죠. 종일 밭에서 일하고 왔는데, 지어미 굶겨 죽일 넘이라고 길길이 비방하시는 식이죠. 친척들이 왔는데 사흘을 굶겼다고 악담을 안 하시나. 하하핫! 숫제 아들을

몰라보고 내쫓기도 하십니다. 그래도 화가 안 나니 이를 어쩌나. 이게 오랫동안 수련을 한 덕이거니 하는데요, 어머니 말씀과 제 감정을 딱 분리해서 처리하면 그만이죠.

전희식의 어머니 봉양은 아무래도 구도와 비슷한 것으로 보인다. 그는 어머니를 모셔야 할 하늘이자 오히려 가르침을 주는 스승으로 섬긴다. 영성에 관한 개안, 그런 게 그의 내면에 진행된 증거다. 그는 일찍이 노동 운동가로 세상과 부닥쳤다. 엉터리 같은 간첩단 사건에 휘말려 험한 고문을 당하고 감옥도 살았다.

그 바람에 몸이 망가져 자기 몸을 유심히 들여다 봐야만 하는 일이 벌어졌고, 몸을 관하면서 마침내 마음이라는 물건의 신비와 본질을 헤아리게 된 것 같다. 이후 무소유, 공용, 공활을 주창하는 야마기시즘yamagishism이나 아바타 수행에 입문하면서 가치관의 변화를 가져왔다. 물질적 시스템의 변혁을 테제로 삼는 운동권에 명상적 자기 성찰이라는 개념을 도입해 갈채를 받기도 했다.

삶과 영성, 이 두 가지의 합일과 조화를 지상에서 구가하자는 게 그의 지향이자 관점. 하지만 그게 말처럼 쉬운 경지인가. 공부는 할수록 어렵고 현실 환경은 족쇄니, 그는 다시 뭔가 물꼬를 터야만 했다. 그렇게 해서 이번엔 절집을 찾아가 머리를 밀었다.

방 안에는
묵은 된장 같은 똥꽃이 활짝 피었네.
어머니 옮겨 다니신 걸음마다
검노란 똥 자국들.
……

어머니 창창하시던 그 시절 그때처럼
고색창연한 봄날이 방 안에 가득 찼네.
진달래꽃
몇 잎 따다
깔아 놓아야지.

고요한 오두막에 산다

입산 때는 이미 처자가 있었는데, 느닷없이 절로 가다니 그거 무책임한 뺑소니 아닌가요? 아예 승려가 될 작정이었나요? 아니면 잠시 대피?

첨엔 숫제 속가를 떠날 생각이었죠. 고상하게 말하자면 존재에 대한 위기감이랄까, 이웃과 사회의 변화도 근원적인 변화는 아니다, 내가 달라져야 한다, 그런 절박한 모색이 있었는데요, 순천 송광사에서 삭발했죠. 행자 생활 딱 10개월을 하고 나니까 자신감 같은 게 붙어 절을 나왔습니다.

겨우 10개월 만에? 그렇게 속성으로 뭔가를 봐 버렸단 말인가요?

(웃음)성불이라는 게 꼭 절에서 이룰 수 있는 것만은 아니겠구나, 이만하면 이제 나가서 살 수 있겠다 싶었죠. 그리고서 곧바로 귀농에 들어갔어요. 처자와 함께 전주 외곽 소양면에 땅도 얻고 집도 빌려 유기농을 하며 13년 정도를 살아왔죠.

농사로 호구가 되던가요? 한창 자라나는 자녀들이 둘이나 되는데.

농사 외에 트럭 운전사 노릇도 하고, 글도 쓰고, 열심히 일해 해결해 나갔죠. 마누라가 전주에서 요가 선생을 하며 벌어들이기도 했어요. 그저 30만 원 정도면 한 달 생활비로 거뜬하던데요? 고기 안 먹지, 술 담배 끊었지, 돈 들 일이 없더라고요. 대책 없는 낙관이랄까, 제겐 그런 게 있는데 그때그때 어떤 식으로든 해결되더군요. 지금도

하오의 햇살이 들이치는 골방에서 어머니가 낮잠에서 깨어나신다. 이제 전희식은 그 어머니를 모시고 저 아래 밭으로 고추를 심으러 가야 한다. 고추 심는 거 도와주겠다고 박 선생이 왔어요, 어머니! 우렁우렁 항아리 박살낼 듯한 목청으로 외쳐댄다.

마찬가지고.

전 선생이야 어머니를 모시는 일이 기쁨이자 자랑이겠으나 부인이나 아이들에겐 문제가 살짝 다를 것 같군요. 가족들을 떨쳐 놓고 어머니와 단둘이 산속에 들어올 적에 부인은 어떤 태도를 보여 주셨나요?

별다른 갈등이 없었죠. 제 나름대로 섬세한 배려를 해서 아내의 동의를 얻었죠. 게다가 부부가 좀 떨어져 있는 것도 서로 자유롭지 않겠어요?

전희식은 목암牧庵이라는 별명을 붙이고 산다. 목암. '고요한 오두막에 산다', 그런 뜻이란다. 마당으로 걸어 나와 오두막의 형상을 다시 살펴본다. 120년 된 폐가를 손수 다듬고 고친 이 집엔 뭐 하나 변변한 게 없다. 동시에 뭐 하나 부족할 게 없다. 말하자면 초라하지만 아름답다. 단순하지만 충만하다.

전희식은 이 집을 다듬으며 철칙 하나를 엄수했는데, 일체의 꾸밈을 재활용품으로 충당했다. 고물상을 바지런히 뒤져 얻은 고물딱지들로 집을 고쳤다. 왜 그랬나. 자연 생태를 존중하는 그의 집요한 성향 탓이기도 하지만 여기엔 또 다른 깊은 뜻이 있다. 인간의 수명으로 보자면 그의 어머니는 폐기 단계. 그러나 그런 노모를 복원하고 생명을 불어넣자는 게 입산의 이유이니, 그 어머니를 모실 집을 버려진 폐기물만으로 지어 어엿하게 복원함은 그가 지닌 희망의 종착을 암시하거나 지시한다. 그는 어쩌면 징그러울 정도로 투철하거나 명민한 사내다.

하오의 햇살이 들이치는 골방에서 어머니가 낮잠에서 깨어나신다. 이제 전희식은 그 어머니를 모시고 저 아래 밭으로 고추를 심으러 가야 한다. 그런데 어머니의 표정이 심드렁하시다. 하지만 귀여운 어머니셔라. 머리핀 선물을 드리자 배시시, 대번에 아이 같은 웃음기를 비치며 핀을 머리에 꽂는다. 비로소 전희식이 안도한다. 파안대소를 터뜨린다. 좋아 죽겠다는 투다.

고추 심는 거 도와주겠다고 박 선생이 왔어요, 어머니! 우렁우렁

항아리 박살낼 듯한 목청으로 외쳐댄다. 같이 우리 고추 심으로 가요, 어머니! 하하하핫! 연방 웃으며 노모를 번쩍 안아서 휠체어에 태운다. 비경이다. 숨 쉬는 일은 누구나 다 하지만 숨 쉬는 일을 의식하고 그것에 깊이를 부여하는 건 아무나 하는 일이 아니다. 누구나 부모를 사랑하지만, 그 사랑에 눈 먼 헌신을 부여하고 미칠 듯한 기쁨을 누리는 건 아무나 하는 일이 아니다. 온 산에 꽃향기 자욱하다. 🍃

저는 오랫동안 제가 울었다고만 생각하고 남을
울렸다고는 생각하지 못했는데, 요즘에 와서야
그게 아님을 알았습니다. 내가 울었던 만큼 상대
도 울었겠구나, 내 고집 때문에 상대를 제대로 보
지 못했구나, 하는 반성을 합니다. 산골에 살면서
얻은 소득이자 변화죠.

개에게 글 읽어 주며 견딘 산골살이의 고독

방에 앉자마자 김도연(43세)이 돌배주를 내놓는다. 시골집 뒤뜰 돌배나무에 달린 돌배로 담근 술이다. 처음 만난 상대의 인상을 바라보는 일은 영화의 첫 장면으로 들어가는 것처럼 흥미롭다. 김도연의 눈빛 속에는 소주잔이 어른거린다. 소주처럼 투명하게 시린 고독. 연달아 꺾은 술잔으로 얻어지는 독한 취기와도 같은 고집. 매우 결례되는 소리일 수 있지만 그의 첫인상에선 그런 게 보인다.

김도연이 사는 곳은 강원도 평창군 대관령면 유천리의 산골짝. 오대산 자락이다. 아까 이 집에 처음 들어섰을 때 그는 나를 데리고 뒤곁을 돌아 냇가에 선 돌배나무를 보여 줬다. 보여 줄 것이라곤 오직 이 나무뿐이라는 투였는데, 내가 보기에 앙상한 가지를 하늘로 치켜세운 돌배나무는 도를 닦는 것 같았다.

이게 좀 생뚱맞은 생각이긴 하지만, 팔 벌린 누드로 하늘을 우러른 돌배나무의 애환이라거나 열망 같은 게 마음에 집혀 왔던 셈이다. 김도연의 첫인상도 돌배나무와 다르지 않다. 그는 어쩌면 자신의 대변인인 돌배나무를 내게 보여 줌으로써 살짝 내심을 드러내 보인 것인지도 모른다.

그의 집이 들어앉은 주변 경관은 덤덤하다. 산과 들, 그리고 농로가 어울린 그저 평이한 풍치다. 집 앞 가까운 곳으론 고속도로가 뻗어 나간다. 전면의 조망을 극도로 훼방하는 고속도로 위로는 차량들이 미친 듯이 질주하며 굉음을 토한다. 바로 이곳이 김도연의 고향이다. 이 집에서 태어났으며, 성장했다. 이후 도시에서 청년기를 살다가 8년 전에 부모님이 계시는 고향으로 돌아왔다. 왜 돌아왔나?

미국의 작가 토마스 울프가 쓴 소설 중에 『그대, 다시는 고향에 돌아가지 못하리』라는 작품이 있다. 1920년대 미국에 몰아친 산업화로 인해 파괴되는 고향과 인간성 상실을 다룬 작품이지만, 김도연 그도 고향에 돌아가기 어려운 상황이었다. 고향이란 떠난 자들의 금의환향을 기다려 주는 장소일지언정 패잔병을 환영하는 곳은 아니다. 패잔병. 도시를 승냥이처럼 떠돌았던 젊은 김도연의 신세가 이 패잔병과 거의 흡사했다.

날품 노동으로 밥을 벌고 사업이라는 것도 해봤지만 다 깨졌다. 그리하여 더 이상 도시를 떠돌 힘이 남아 있지 않았지만 그렇다고 고향으로 돌아갈 수도 없었다. 하지만 세상에서 부상을 입은 이 가

김도연의 눈빛 속에는 소주잔이 어른거린다. 소주처럼 투명하게 시린 고독. 연달아 꺾은 술잔으로 얻어지는 독한 취기와도 같은 고집. 매우 결례되는 소리일 수 있지만 그의 첫인상에선 그런 게 보인다.

여운 청춘은 여하튼 어디론가 대피를 해야만 했고, 마침내 도시를 떠나 어딘가에 도착했는데 그곳이 결국은 고향집이었다. 말하자면 김도연의 귀향은 표류였다. 침몰 직전, 간신히 닻을 내린 해안.

차마 대낮에 고향집을 찾아들기 어렵더라고요. 고향 사람들 보기 창피했으니까. 일부러 밤 시간을 택해 집으로 들어갔죠. 21세기 새 천년이 시작된다고 여기저기서 축포를 터뜨리던 겨울이었어요. 참 담하더라고요.

어떤 점이 그렇게 참담했나요?

시골 농가 출신들이 다들 그래요. 별 희망 없는 고향을 한시 빨리 떠나고 싶어 하고, 실제로 다들 떠납니다. 저도 마찬가지였어요. 그런데 밭두렁에 매이기 싫어서 고향을 달아나서는 다시 돌아온 게 겨우 고향이라니, 참담했죠. 돌아와서 3년쯤 참 힘들었어요. 가까웠던 인연들, 관계들, 한꺼번에 찢어지더라고요. 모든 게 툭툭 갈라지는 소리가 들렸어요.

도시에서 실패하고 돌아온 아들을 맞이하시는 부모님의 심경은 어땠을까요?

참 한심해 보였겠죠. 우리 집안이 가족 간에 상당히 무뚝뚝한 편입니다. 그냥 기본적인 대화만 하는데요, 한 달에 말을 나누는 시간이 모두 해서 30분쯤이나 될까. 하지만 짧은 말속에 모든 게 담겨 있어요. 우리 부모님들, 그렇게 묵묵히 저를 지켜봐 주신 셈입니다.

아마도 김 선생은 고향에서 한동안 부러진 날개를 수리한 뒤 다시 도시로 날아갈 궁리가 있었던 것 같은데, 지금껏 9년을 눌러살고 있군요. 이젠 고향에 정착한 건가요?

정착? 글쎄요. 그건 아직 모릅니다만, 이미 타이밍을 놓쳤다 싶긴 합니다. 처음엔 정말 견디기 어려웠지만 차차 익숙해지면서 정이 들었으니까. 이제는 눈에 밟혀서 떠나질 못합니다. 예전에는 제가 참 고집이 셌습니다. 내 갈 길 내가 간다, 누가 막을 수 있냐, 그런 식이었죠. 지금은 변했어요.

내 갈 길? 그게 뭐죠?

고향에 박혀 농사짓기 싫었던 거죠. 좌우간 고향을 떠나자, 그런 것.

닭장 속엔 송아지

낙향 뒤 몹시 힘들었다는 첫 3년간의 김도연은 상처 입은 짐승처럼 굴속에 웅크렸던 것 같다. 부모님께는 죄인이 된 심정이었을 테고, 대학물 먹은 자의 초라한 귀환을 바라보는 이웃들의 삐딱한 시선도 뜨악했을 거다. 호의나 신의들이 일시에 걷히고, 그럴수록 자책의 나락이 깊었으리. 허허한 산중으로 사계가 차례를 바꿔 출입했겠지만 그에겐 늘 세한의 겨울이지 않았을까. 세상의 추위를 피해 고향으로 대피했으나 여전히 엄습하는 추위. 하지만 3년쯤이 지나면서 고향을 새삼스러운 눈으로 바라보게 되었던 것 같다. 비로소 상처에 새살이 돋은 것일 텐데, 그럼 그 이후 그는 농사에 전념했나?

농사일을 열심히 했냐고요? 안 했습니다. 지금도 열심히는 안 합니다.(웃음) 하지 않을 수 없으니까 마지못해 하는 거죠. 요즘 농사라는 게 거의 기계화됐지만 비탈밭은 소 쟁기질로 갈아야만 합니다. 그런데 요즘 소들은 말을 잘 안 듣거든요. 어쩝니까? 아버지와 제가 소처럼 쟁기를 끌고 밀면서 밭을 갈아 주죠.

소가 할 일을 대신하다니 매우 열심히 일하는 걸로 보이는데요? 농사를 도와 부모님께 용돈은 충분히 얻어 쓰나요?

연봉 100만 원을 받습니다.

아니, 왜 그렇게 조금만 받죠?

(웃음)일부러 그렇게 받습니다. 나중을 위한 비축이라고나 할까요.

김 선생은 승용차를 타고 다니는군요. 농사엔 트럭이 더 요긴하지 않나요?

차를 가진 지 겨우 한 달째인데요, 트럭을 갖게 되면 농사에 더 발목 잡히지 않겠어요? 시골 친구들이며 주변에서 다들 반대했지만 무릅쓰고 승용차를 구입했어요. 아니, 제가 연애도 해야 하는데 트럭을 타고 다니면 뭐 되기나 하겠어요?(웃음) 그나저나 우리 진부 읍내로 나가 얘기할까요? 그게 더 편하겠는데요.

노부모님이 계신 집 안에서의 인터뷰가 불편했던 것 같다. 20리쯤 떨어진 진부로 나가기 위해 마당을 나서는데, 외양간에서 여물을 뜯던 소들이 퉁방울눈을 끔벅이며 낯선 객을 바라본다. 닭장 속에는 송아지 한 마리가 들어앉아 장난을 치고 있다. 평화로운 정경이다. 김도연은 소나 닭, 개나 염소까지 집 안에 동거하는 가축들을 모두 식구로 친다. 지금까지 "200여 분들이 동고동락하다 떠났다"고 한다.

진부 시가지는 제법 부산하다. 어둠이 밀려들고 상가의 불빛들이 번들거린다. 야구 모자를 눌러쓰고 휘적휘적 앞장서 걷던 김도연이 "다방으로 갈까요? 식당으로 갈까요?" 하더니 삼겹살집으로 쑥 들어간다. 고기가 지글거리고 소주가 그의 목으로 넘어간다. 술기운의 협찬 탓인가. 어눌하던 그의 말발에 비로소 힘이 붙는다.

겨울 눈은 나의 종교

김도연은 소설가다. 누구나 알아주는 유명 작가는 아니지만, 아무도 알아주지 않는 둔재는 더더욱 아니다. 지난 2000년 "중앙신인문학상"을 받고 중앙 문단에 존재를 통기한 뒤 『0시의 부에노스아이레스』『소와 함께 여행하는 법』같은 장편소설을 발표했으며, 『눈 이야기』라는 산문집도 냈다. 김도연을 만나러 오기 전에 그가 쓴 글들을 찾아 읽어 두었는데 재미있었다. 서러운 삶, 그럼에도 꽃 피워야 할 내 몫의 사랑이나 희망. 그런 게 보였다.

글은 주로 언제 어디서 쓰시나요?

집에선 농삿일하랴, 부모님 신경 쓰랴, 작업이 힘듭니다. 진부에 군립도서관 지소가 있는데 거기서 씁니다. 도서관의 좋은 점은 보는 눈들이 많아 긴장을 유지할 수 있고, 집에서처럼 맘대로 퍼져 잠자거나 할 수 없다는 점예요. 어쨌든 하루 다섯 시간은 도서관에서 버틴

다, 하는 작심으로 써 왔죠. 지난 8년간 발표한 작품들이 다 그렇게
나왔습니다.

김 선생의 책을 보니 눈 얘기가 많더군요. 눈은 나의 종교다, 라는
식으로. 다음 같은 구절도 나오더라고요. "폭설이 내리면, 열등생은,
침묵합니다. 잠듭니다. 지나온 생을 오래오래 들여다봅니다. 그것이
폭설에 대한 열등생의 경배인 것입니다." 대관절 겨울눈의 그 무엇
이 그토록 경배할 만하던가요?

이 고장엔 눈이 참 많이 내립니다. 그게 제가 이곳을 떠나지 못하
는 이유 중에 하나인데요, 눈송이 하나하나엔 뭔가 꿈이 서려 있는

김도연은 소설가다. 김도연을 만나러 오기 전에 그가 쓴 글들을 찾아 읽어 두었는데 재미있었다.
서러운 삶, 그럼에도 꽃 피워야 할 내 몫의 사랑이나 희망. 그런 게 보였다.

것만 같더라고요. 겨울에 산짐승들은 최소의 필요한 양만 먹고 한 철을 납니다. 제게도 마찬가지죠. 눈 내리는 겨울은 나를 들여다보는 시간이며, 몸과 마음을 내려놓는 시기이거든요.

집 안에 기르는 가축들과 대화도 하시죠?

제가 신춘문예에 10년 동안 계속 낙방했어요. 언젠가는 술을 먹고 집으로 돌아왔는데, 개가 반갑게 맞아 주더라고요. 그놈이 갑자기 너무도 고마웠어요. 아, 얘는 나를 알아보는구나, 얘한테 내 소설을 읽어 줘야지, 하며 가방에 넣고 다니던 소설 한 편을 꺼내 읽어 줬어요.

개가 지루해하진 않던가요? 독자치고는 아주 특별한 독자였는데.

(웃음)제가 개나 소나 염소랑 수시로 얘기를 합니다. 누군가 마땅히 속내를 털어 놓을 상대도 없거니와, 털어 놓는다 하더라도 후유증이 크더라고요. 차라리 가축들에게 넋두리하는 게 마음 편해집니다. 한번은 여자에게 바람맞고 소한테 하소연했었죠. 묵묵히 들어 주더라고요. 개를 끌어안고 돈 땜에 여자가 달아났다는 얘기를 하기도 했어요. 개가 알아듣는 거 같더라고요.(웃음) 개는 인간과는 다르잖아요? 인간처럼, 그러냐? 그럼 니가 돈을 왕창 벌어 새꺄, 라고 말하진 않거든요.(웃음)

허, 연애 실패가 많았나 봐요?

돈 못 버는 소설가가 연애에 성공한다면 그게 오히려 이상하지 않겠어요?

그래요? 작가들의 연애 성공 확률이 오히려 매우 높아 보이는데,

돈 문제가 연애에 그토록 심한 걸림돌이 되던가요?

세상이 변했잖아요. 뭐 그렇다고 제가 돈 문제로 여자에게 걷어차인 것만은 아닙니다.(웃음) 실은 많은 여자들을 울렸죠. 저는 오랫동안 제가 울었다고만 생각하고 남을 울렸다고는 생각하지 못했는데, 요즘에 와서야 그게 아님을 알았습니다. 내가 울었던 만큼 상대도 울었겠구나, 내 고집 때문에 상대를 제대로 보지 못했구나, 하는 반성을 합니다. 산골에 살면서 얻은 소득이자 변화죠. 종래에 보지 못했던 것을 산에 살며 새로운 눈으로 바라보게 되니까요.

결혼은 꼭 필요하다 보나요?

지금까지 혼자 내 멋대로 살았으니까 나머지는 마누라에게 얻어맞으며 살더라도 결혼을 하고 싶더라고요. 홀로 사는 거 불행은 아니지만, 슬프더라고요.

연애, 또는 결혼이 지닌 중요한 가치는 뭘까요?

사랑으로 모든 걸 함께하는 거 아닐까요? 출발은 함께하지만 돌아올 때는 각자 따로 되는 여행 같은 건 사랑이 아닐 거예요. 우리 가족은 하루 일과를 같이하고 같이 돌아옵니다. 저나 부모님이나 소나 가출을 안 하고 같이 돌아와서 같이 앉아 있다는 거, 이런 게 사랑이겠죠.

김도연이 도시에서 내몰려 산중으로 들어온 처음 몇 해 동안엔 원망과 환멸이 있었던 것 같다. 원망이라는 단어엔 바랄 '망望'이 들어 있다. 환멸에는 '환幻'이 들어 있다. '망'이나 '환', 이것들은 희망과 열정의 싹눈이 되는 감정들이다. 삶이라는 벌판에서 추위에 쫓겨 고향 산촌으로 떠나온 김도연에겐 그런 싹눈이 새파랗다. 그도 배웠나 보다. 문제는 차가운 세상이 아니라 거기에 나의 더운 온기를 보태는 일에 있음을. 나의 체온으로 추운 세상을 떠메고 가는 일의 사무침을.

재미있는 일들이 참 많아요, 멧돼지하고
맞붙어 죽어라 싸우고 돌아온 개도 있고,
새끼 염소를 비좁은 개집 속으로 데리고
들어가 품고 자는 개도 있고, 어디선가
염소를 몰아다 주는 개도 있고, 소설보다
더 소설 같은 일화들이 참 많거든. 이것
들을 다 글로 쓰고 싶어.

귀농이니 귀향이니,
'귀'자 붙은 건 참 어려운 일이요

경남 거창은 명산이 즐비한 고장. 그래서 거창, 하면 산꾼들은 흔히 산부터 떠올릴 가능성이 많다. "거창 양민학살 사건"을 떠올릴 사람들도 많을 것이다. 나는 이것들에 앞서 작가 표성흠(62세)을 대뜸 떠올리게 된다. 대학 시절 내가 다니던 학과에는 늙다리 만학도가 한 사람 있었다.

이미 처자를 거느린 몸이었던 그는 열 살쯤 어린 후배들과 강의실에서, 혹은 주점에서 허물없이 어울리며 든든한 형님 노릇을 해주었다. 그에겐 다소 무거운 분위기가 있었으나 나직한 톤으로 신중하게 흘러나오는 언어들만큼이나 미더운 구석이 많았다. 품행은 특히 방정했고, 성품 역시 온유했다. 그래서 배울 것도, 얻을 것도 많은 선배였다. 그 선배가 바로 표성흠이며, 그는 지금 거창의 산중에 살고 있다.

조용하지만 강하고 단단한 에너지로 세사를 넘는 사람. 매사 철저하고 치밀한 선배. 내가 생각하는 표성흠은 그런 인물이다. 젊은 날의 고난도 적지 않았지만 응분의 성취가 있었으니 생의 한 보기이기도 하다. 그가 지닌 파워랄까, 지향이 실린 곡진한 실천력이랄까 하는 건 아마도 다음의 두 가지에서 또렷하게 읽힌다.

첫째는 매우 부지런히 글을 쓰고 책을 펴낸 그 왕성한 생산성이다. 그는 지금까지 자그마치 106권에 달하는 저서를 출간했다. 작가는 그 무엇에 앞서 작품으로 제 가치를 증명하는 존재. 표성흠은 이런 자신의 책무를 전혀 게을리하지 않았다. 두 번째는 30여 년의 서울살이를 청산하고 가차 없이 귀향한 박력이랄까 추진력이다. 글 쓰는 일로 밥을 버는 자에게 서울은 매우 괜찮은 시장이다. 그런 서울을 떠난다 함은 어쩌면 만용이거나 자해 행위일 수 있다. 하지만 그는 떠났다. 그리고 도시를 떠나서도 얼마든지 안전하고 무난한 삶을 누릴 수 있다는 걸 보여 주었다. 그는 귀거래에 성공한 드문 케이스다.

표성흠의 거처는 거창읍 학리 금귀봉 기슭에 있다. 풀 향기 진동하는 소로를 따라 올라 집에 도착하자 표성흠이 허연 수염을 바람에 흩날리며 풀밭 위 의자에 앉아 있다. 언뜻 보아 도인의 풍모다. 그러나 도라는 품목은 그의 관심사가 아니다. 또 그러나 누군들 도를 멀리하고 살 수 있으랴. 그의 깊은 눈길에 허심이 어려 있으니 걸어가야 할 도를 외면하지 않고 살아가는 이의 풍색이라 할 만하다.

그가 몸뿐만 아니라 마음을 의탁하고 지낼 뒤편의 금귀봉은 크거나 높은 산은 아니지만 녹음이 칠칠하다. 건너편으로는 백두대간이 달리고, 저 멀리로 지리산이 아련하다. 그는 여기 거처에 "풀과 나무의 집"이라는 당호를 붙였다.

　　표성흠의 곁에선 한 여인이 담뿍 웃음을 머금고 있다. 그녀의 안면 근육이 움직이는 동향이 즐겁다. 수시로 웃다가 어언 언제나 웃게 되어 있는 얼굴을 보유하게 되었음이 분명하다. 마치 천성처럼 만면에 정착한 미소. 이분은 표성흠의 아내 강민숙(60세)이다. "노천명 문학상"을 받은 바 있는 동화작가다. 그러니까 내외가 모두 작가다. 두 사람은 함께 서울에 살며 맹렬한 글쓰기를 했었으며, 걸릴 것 없이 잘나갔다. 그러다가 모조리 접고 귀거래의 수레에 올랐다. 왜 그랬나.

전업 작가로 서울에서 살다 보니 슬슬 위기가 느껴지더라고. 출판 시장도 곤두박질치고. 그러다가 직접적인 동기가 왔는데, 어머님이 석 달 시한부 암 판정을 받은 거예요. 그래 어머님을 모시고 고향으로 내려가자, 그동안 불효자 노릇은 충분히 했으니, 딱 석 달만이라도 효자로 살리라, 하며 내려온 거요. 그런데 이 양반이 3년을 더 살아 버리셨어.(웃음) 그러는 중에 집도 생기고, 살림도 늘고, 그 길로 그냥 주저앉은 게 10년째구만.

어머님이 그렇게 오래 사신 건 극진한 효성 덕분이었겠군요?

나름대로 정성을 다해 모셨으니까 그게 아니라고 할 수는 없겠죠. 하지만 자연 속에서 편하게 지내신 덕이 아닐까 싶군요.

흔히 보자면 도시를 버리고 산골로 들어간다는 건 실패할 확률이 높은 모험이더군요. 더구나 고향 땅으로 되돌아간다는 건 부담이 더 클 것 같은데 정착에 어려움은 없었나요?

왜 없었을까. 첫 몇 년간은 힘들었어요. 말도 안 통하고, 생각도 안 맞고, 하는 짓도 노는 짓도 다르니 정붙이기 쉽지 않았지. 적응해서 편해지고 무신경해지기까지에 10년은 걸리는 것 같더라고. 그전까진 팽팽했어요. 귀농이니 귀향이니, '귀' 자 붙은 건 참 어려운 일이오.

그래도 산골 삶을 동경하고 기어이 실현하려는 사람들이 많은데 이건 무모한 희망일까요?

현실적으로 어렵지. 서울 아파트 한 평 값이면 시골에선 땅을 충분히 살 수가 있지. 하지만 그것으로 해결되는 게 아니오. 세 가지 어려움이 있을 거예요. 마땅한 장소 찾기의 어려움, 고향에서 마주칠 이목의 두려움, 아내의 거부감, 이런 걸 극복하기 참 쉽지가 않죠. 도시와 시골의 문화 차이를 견뎌내는 것도 쉬운 일이 아니고.

채집 생활을 한다

표성흠의 주둔지는 상당히 널따랗다. 원래 부모님이 일군 사과 과수원이 있던 자리에 터를 잡아 집을 짓고, 텃밭을 만들고, 정원을 가꾸었다. 그가 몸뿐만 아니라 마음을 의탁하고 지낼 뒤편의 금귀봉은 크거나 높은 산은 아니지만 녹음이 칠칠하다. 건너편으로는 백두대간이 달리고, 저 멀리로 지리산이 아련하다. 그는 여기 거처에 "풀과 나무의 집"이라는 당호를 붙였다.

풀이라는 형제, 나무라는 자매와 동거한다는 뜻이겠다. '풀 초艸'와 '나무 목木', '사람 인人'이 집에 함께 살면 뭐가 되나. '차茶'가 된다. 그가 보기에 차란 정신을 살리는 향약香藥이다. 그러하니 "풀과 나무의 집"이라는 당호는 차처럼 맑은 정신으로 살자, 차 마시듯 쉬엄쉬엄 한가하게 살자는 뜻이 실린 메타포다.

그러나 산중에서 한적하게 노니는 삶이란 먹는 일의 가뿐한 해결이 있고 나서야 가능한 일. 도시에서건 산속에서건 정면으로 딱 부닥치는 문제는 늘 호구지책이다. 표성흠이 이 문제로 매우 고전했다는 증거는 그리 여실하지 않다. 하지만 나름의 수고를 면제 받긴 어려웠던 것 같다. 서울에서 책을 써서 벌어 모은 돈을 쓰며 3년쯤은 옴팡졌지만 이후엔 팍팍했으며, 그러나 궁즉통의 이치 그대로 다시 활로를 찾을 수 있었다. 그는 말한다. "우리는 채집 생활을 한다"고. 무슨 얘기인가.

월급이 없는 생활이니 처음엔 농사로 먹을 것을 얻고자 했지. 하지만 농사란 남는 게 없더군. 그저 소쿠리 들고 집 안팎에 자생하는

이 집은 이미 표성흠만의 집이 아니다. 누구나 쉬어갈 수 있는 공간으로 소규모지만 도서관과 글쓰기를 배우려는 지역민들을 위한 문예교실도 열고 있으며, 전국에서 유일하게 어린이시비공원이 조성된 곳이다.

나물이며 버섯이며 열매들을 채집해서 먹는 걸로 해결하기 시작했어요. 염소젖도 짜서 먹고.

그것으로 충분했을 리가 없을 텐데요.

당연하지. 빚이 늘기 시작하더군. 그러던 차 거창 읍내의 아이들이 글짓기 공부를 하겠다고 올라오더라고. 나나 집사람이나 잘하는 것이라곤 글 쓰는 일뿐 아니겠어? 아이들을 가르치기 시작했어요. 독서 지도도 하고, 전국 곳곳으로 문화답사도 나가고, 그렇게 지금까지 살아가고 있는 것이지.

그래서 아이들이 쓴 동시를 새긴 시비詩碑들이 곳곳에 세워져 있군요.

이 집은 이미 우리 가족만의 살림집이 아니오. 누구나 쉬어갈 수 있는 공간으로 개방했으니까. 전국에서 유일한 어린이시비공원이 조성되었지. 소규모지만 도서관도 있고, 글쓰기를 배우려는 지역민들을 위한 문예교실도 열고 있지.

거창에 문인협회도 만들고 그러셨던데 그런 일들이 귀찮진 않으세요?

귀찮긴. 재밌더라고. 적당한 수준에서 일하니까. 방문객도 적당한 숫자를 유지하고.

산중살이의 복이랄까, 자연의 혜택이랄까, 그런 건 뭘까요?

시달리지 않고 살 수 있다는 점이겠지. 그러다 보면 몸도 마음도 편해지는 것이고.

하지만 본인은 정작 심근경색으로 위기를 겪으셨죠? 뭔가 스트레스 탓이었을까요?

컴퓨터 때문일 거야. 장편소설 하나 완성하자면 반년은 내리 방에 앉아 키보드를 두드려야 하는데 그놈의 전자파가 문제였던 것 같아. 술이나 돼지고기 탓이기도 하지. 삼겹살을 들고 찾아드는 방문객들이 끊이질 않았으니 아니 먹을 수가 없었어요. 이젠 술을 끊었지만.

술이란 나쁜 건가요?

술? 그건 참 좋은 거 아니겠어?(웃음) 더 마셔서 죽을 지경에 이르기 전까진 마시는 게 좋을 거요.

건강상의 위기를 겪은 뒤엔 뭔가 사고의 변화가 왔을 것 같네요.

원래 완벽한 성격이랄까, 불 같고 칼 같은 사람이었는데 많이 너그러워진 것 같아. 나쁘게 살진 말아야겠다는 생각도 들었고.

글을 안 쓰면 무슨 재미?

6월의 햇살이 따갑지만 산중의 공기는 샘물처럼 서늘하다. 사방에서 들이치는 수목들의 초록이 싱그럽다. 이 정도 풍광 속에 산다면 그 자체만으로도 복락이 아닐까, 하는 생각을 하는데 고양이 한 마리가 다가와 엉덩이를 씰룩이며 몸을 비벼댄다. 유난히 사람을 잘 따른다는 이 녀석은 가출 3년 만에 임신한 몸으로 되돌아와 새끼들을 낳

작가는 시골에 내려오면 안 돼요. 흔히들 공기 좋고 물 좋은 곳에서 글 쓰고 싶다 하지만 작가는 서울에 살아야 해. 그곳에 매체가 다 있잖아. 도시에서 시달리며 글을 쓰는 게 작가라는 생각이 들어요.

왔다. 무슨 사연일까, 궁금해지는데 표성흠이 해설을 붙인다.

어떤 놈 만나 3년간 실컷 놀다간 돌아온 거겠지.(웃음)

(웃음)희한하군요. 이 집은 가만 보니 동물 농장 수준인데요. 자연 속에서 살자면 동물과 공생은 역시 필수겠죠?

그렇죠. 재미있는 일들이 참 많아요. 멧돼지하고 맞붙어 죽어라 싸우고 돌아온 개도 있고, 새끼 염소를 비좁은 개집 속으로 데리고 들어가 품고 자는 개도 있고, 어디선가 염소를 몰아다 주는 개도 있고, 소설보다 더 소설 같은 일화들이 참 많거든. 이것들을 다 글로 쓰고 싶어.

지난 10년간 글은 많이 쓰셨나요?

두 권짜리 소설 『오다 쥬리아』 외에 장편소설 네 편을 썼어요. 대체로 출간이 안 된 채 묵혀 두고 있지만.

멍청한 질문 하나 할게요. 그 어려운 장편을 써도 출간이 안 되는 것을 무엇 때문에 줄기차게 쓰시죠?

(웃음)배운 짓이 그것밖에 없기 때문이지. 그마저 아니면 무슨 재미지? 아무 놀이도 없이 살 수는 없는 일이잖소?

작가에게 이런 산골은 창작 활동에 더 유리할까요?

전혀 아니지. 작가는 시골에 내려오면 안 돼요. 흔히들 공기 좋고 물 좋은 곳에서 글 쓰고 싶다 하지만 작가는 서울에 살아야 해. 그곳에 매체가 다 있잖아. 시골은 어영부영 살기엔 참 편한 곳일 거요. 하지만 작가는 그래서는 안 되잖아? 도시에서 시달리며 글을 쓰는 게 작가라는 생각이 들어요.

그렇다면 다시 서울로 올라가면 되지 않나요?

나야 어느 정도는 일선에서 물러났다고 봐야지. 편하게 살자는 쪽으로 마음이 흘렀다 할까. 적당히 물러날 때 잘 물러났다는 생각도 들어요. 작가로서는 끝났어. 늙었지.

표성흠의 낯빛에 문득 전선에서 물러난 노병 같은 쓸쓸함이 어린다. 그러나 나는 그 석연찮은 표정에 납득할 수가 없다. 끝나다니? 반어법인가? 글을 더 이상 쓰지 말아야 할 때라는 게 존재할 수 있을까? 글쓰기란 노동이나 의무가 아니라 춤추고 노래하는 듯한 삶의 일부가 아닐까? 표성흠이 이를 모를 리 없다.

그는 이제 작가로서 뭔가 터널을 벗어나 또 하나의 새로운 입구 앞에 선 것인지 모른다. 순환하는 자연처럼, 사계를 거치며 변화하는 산처럼 그도 작가적 변신의 여로를 도모하는 게 아닐까. 뒷산마루에 걸린 하늘이 새파랗다. 당싯당싯 허공을 흐르는 새털구름 가뿐하고.

겨울 지리산을 탔다가 선비샘 근방에서
열흘간 고립된 적이 있었죠. 그러다 천황
봉 남향으로 하산하는데, 골골마다 풍경
이 너무 좋았어요. 그때 지리산에서 한
철이라도 꼭 살아 봐야겠다는 마음을 먹
었습니다.

가급적 게으르게, 조금은 삐딱하게, 안 그러면 무슨 재미?

티베트의 현자 파툴 린포체가 말했다. "당신은 집에 코끼리를 두고서는 숲에서 그 발자국을 찾고 있다." 길은 어디 다른 곳에 있는 게 아니라 내 안에 있는데 쓸데없는 탐색에 시간만 낭비한다는 경책이다. 하지만 마음 가는 대로 살기가 쉬운가. 이럴까 저럴까, 여길까 저길까, 머리 굴리는 수고를 면할 수 없는 게 우리네 살이다. 마치 부산을 떨지만 어디에도 가지 못하는 여행자처럼.

그렇다면 이 남자의 삶은 어떤가. 그는 스물셋 새파란 나이에 도시의 야단법석을 뒤로한 채 지리산으로 들어갔다. 이건 조숙일까? 객기일까? 그 발동 요소가 뭐든 입산의 양상은 가차 없는 질주였다. 도시가 싫다, 산이 좋다! 이것이 그의 유일한 입산 이유이며, 그 좋아하는 산에서 지금껏 20여 년째 별 탈 없이 잘 살아간다. 하동군 악양면의 지리산 자락에 눌러 사는 김용회(43세).

악양면사무소 앞까지 1톤 트럭을 타고 마중 나온 김용회를 뒤따른다. 구불구불 골목길을 한참 지나고 들판을 스쳐 집에 도착하자 사방에서 산들이 너울거린다. 2월의 산중 공기는 맵차지만 산기운이 흠뻑 묻어 감로처럼 달다. 집을 볼까? 집이란 거기 사는 주인의 개성을 대변하는 메타포를 내포하게 마련이다. 거기 사는 사람이 지닌 꿈과 희망의 날개짓이 보인다.

그가 손수 짓다시피 한 살림채는 소박하지만 처자식을 건사하는 가장의 분발심을 대변한다. 그는 목다구 공예인이다. 알아주는 이가 드물지 않은 장인. 살림채 옆에 있는 작업장은 날마다 나무를 껴안고 살아가는 그의 땀내와 열기, 어엿한 밥벌이를 하고 있다는 자부심을 기별한다.

차실로 들어가 마주 앉는다. 유리창 저편으로 들판과 산자락이 성큼 다가와 덩달아 자리 잡고 앉는다. 김용회가 자기 소유의 부동산을 가진 건 이 집이 처음이다. 처음 지리산에 들어올 때엔 그저 달랑 맨몸 하나였다. 그리고 빈집을 얻어 이 골 저 골 전전하며 긴 세월을 홀로 살았다. 그러다가 지난 2000년에 우연찮게 만나 뜻이 맞은 문혜아(35세) 씨를 만나 결혼을 했으며, 아내를 거느린 남정네의 도리를 다하기 위해 어렵사리 내 집이라는 걸 장만했다. 이건 중대하고도 흡족한 터닝포인트였던 셈인데, 이전의 그는 유랑자거나 낭인이었으며, 바람이나 구름의 형제였다. 그런 그는 지리산의 무엇이 좋았나.

그가 손수 짓다시피 한 살림채는 소박하지만 처자식을 건사하는 가장의 분발심을 대변한다. 그는 목다구 공예인이다. 살림채 옆에 있는 작업장은 날마다 나무를 껴안고 살아가는 그의 땀내와 열기, 어엿한 밥벌이를 하고 있다는 자부심을 기별한다.

　　군대 제대 뒤 일출을 보려고 겨울 지리산을 탔다가 선비샘 근방에서 열흘간 고립된 적이 있었죠. 눈 속에서 죽을 고생을 했어요. 그러다 천황봉 남향으로 하산하는데, 골골마다 풍경이 너무 좋았어요. 유토피아 같더라고요. 그때 지리산에서 한 철이라도 꼭 살아 봐야겠다는 마음을 먹었습니다.

　　김용회의 고향은 인천. 일찌감치 그림 그리기에 소질이 많았던 그는 재미도 의미도 없어 보이는 공부가 싫어 고등학교를 중도에 집어

치우고 그림만을 그리다가 결국은 인천을 떠나 지리산에 팔자를 묻게 되었다. 처음 입산할 때 그가 들고 온 물건은 화구와 배낭이 전부였단다. 전시회를 앞두고 있던 참이라서 오래 머물 생각은 아니었지만 그게 결국 장기근속의 단초였다.

지리산에서 한 철만이라도 살고 싶다는 작정도 있었지만, 도시의 친구들로부터 벗어나고 싶기도 했었죠. 모두들 음악하고 글 쓰고 그림 그리는 친구들이었죠. 그들과 술 마시며 어울리다 보면 저 스스로 깨어 있는 정신 같은 게 느껴지고 해서 좋았지만 만남이 거듭되면서 진부하더라고요. 이러다가 룸펜 되는 거 아닌가, 잉여인간이지 않은가 하는 생각이 들면서 친구들로부터 벗어나고 싶었습니다.

정신적 방황 같은 게 있었을 게다. 미술학도로서 도시의 동아리들과 어울리는 일에 회의가 느껴졌고, 예술가 지망생들 사이에 유통되기 마련인 시늉과 허세에 진절머리가 났으며, 그렇다면 다른 활로를 찾아야만 했는데, 유토피아로 마음에 새겼던 지리산이 거기에 있는 게 아니냐. 그의 지리산행은 일탈일지언정 추방이 아니며, 도전일지언정 도피 같은 게 아니었던 셈이다. 여기에서 그의 자질 하나가 드러나는데 '안주하지 않는 깡' 같은 게 그게 아닐까 싶다. 생각해 보라. 우리는 흔히 습성의 노예, 관행의 노리개로 살아가는 게 아니던가. 김용회는 모색 속에서 그걸 타파한 것으로 보인다. 나름의 치열함으로.

춥고 배고팠던 첫해 겨울

도시를 떠나 자연 속에 사는 사람들 중의 상당수는 성공하지만, 상당수는 실패하거나 애매해진다. 판타지에 다름 아닌 전원 생활의 유유자적을 쇼핑하는 사람일수록 끝이 나쁠 가망성이 많다. 싸 짊어지고 들어온 재산이 많다 해서 성공적으로 정착할 수 있다는 보장 역시 어디에도 없다.

오히려 알몸으로 들어온 이들이 제대로 스텝을 밟는다. 김용회의 경우가 그 견본이다. 청춘이란 물욕과 애욕으로 움직이는 몸. 미래에 대한 호기만큼이나 불안도 무성한 시기. 젊은 그에게 넘어야 할 장애가 하나둘이 아니었겠다. 어떻게 살았지?

처음 화개골로 들어왔는데 빈집을 얻어 살며 무척이나 고생했죠. 춥고 배고픈 첫해 겨울이었어요. 마을분들이 갖다 준 김치로 밥을 먹었는데 늘 배고프더라고요. 그러다 봄이 왔죠. 들판에서 냉이와 쑥을 캐서 먹는데 그렇게 맛있을 수가 없었습니다. 허허, 하는 웃음이 저절로 나왔어요. 어떤 부자보다도 행복하다 느껴지더라고요. 그날 이후 아주 잘 지내게 됐죠.

매우 빠른 적응을 하셨군요. 그렇지만 뭐든 돈을 벌어야 굶지 않을 텐데 일도 많이 했나요?

산에서 가장 큰 문제는 역시 최소한의 경제를 유지해야 한다는 점이죠. 처음엔 그림 한두 점을 팔기도 했습니다. 하지만 그걸로 생활이 될 수는 없었죠. 그래서 일을 찾았어요. 마을에 대나무로 찻숟가락을 만드는 형이 계셨는데 일을 도울 테니 먹고살게만 해 달라 했죠. 거기서 한 달에 이삼십 만 원쯤 벌었습니다. 그걸로 충분히 먹고 살았죠.

그때 배운 찻숟가락 기술이 지금의 목다구 전문가를 만든 셈이겠

산에서 사는 방법엔 두 가지가 있다. 섬과 같은 고립을 자청하여 그 안에서 나만의 자유나 구도나 고독을 구가하는 방법. 그리고 시장의 좌판처럼 나를 활짝 열어 이웃들과 형제애를 나누며 사는 방법. 김용회의 방법은 후자 쪽이다.

군요. 애당초 전념코자 한 그림 그리기는 중도에 그만뒀나 봅니다.

산속에서 그림을 그리며 살면 사람들은 대단한 예술가인 양 오해합니다. 대접을 받을 수 있죠. 그러나 실상 아무것도 아니거든요. 어느 하루는 칠불사 선방 스님이 제 그림을 두고 "그림 참 좋습니다" 하시더라고요. 이게 제 귀엔 그림 참 X 같습니다로 들리더라고요.(웃음) 이후 열흘간을 묵언하며 참 고민 많이 했죠. 치장으로 허영으로 그림을 그린 건 아닌가, 편하게 살자고 산에 들어왔는데 그림에 발목 잡힌 게 아닌가, 고민 고민하다가 다 털기로 했습니다. 개운하더라고요. 애매한 그림 공부 접고 모든 걸 오픈해 버리니까 산 생활이 더 즐거웠어요.

산 생활의 무엇이 그렇게 즐거웠죠?

산에서 모든 걸 다 누렸는데요, 이 골 저 골 맘껏 돌아다니며 재미있었습니다. 마음에 드는 곳에선 며칠씩 머무르기도 하고 말이죠. 안개가 몰려오면 홀딱 벗고 뛰어다니고, 계곡에서 홀딱 벗고 목욕하고, 낚시도 하고, 별다른 찌꺼기 남은 게 없이 충분히 즐거웠습니다.

김용회는 낙천적이다. 부드러운 표정엔 찰랑찰랑 개운하게 흐르는 여울 같은 미소가 거듭 번진다. 낙관의 힘을 체득한 징표다. 입에서 흐르는 언어들은 소탈하고 진중하다. 소통의 매너, 관계의 따뜻한 회로를 중시하는 미덕이겠다.

산에서 사는 방법엔 두 가지가 있다. 섬과 같은 고립을 자청하여 그 안에서 나만의 자유나 구도나 고독을 구가하는 방법. 그리고 시장의 좌판처럼 나를 활짝 열어 이웃들과 형제애를 나누며 사는 방법.

김용회의 방법은 후자 쪽이다. 고립을 자청하는 게 좋을 수도 없거니와 산에 살면 자연스럽게 인간관계가 확장된다는 게 그의 체험이다. 산이라는 매개체가 사람과 사람을 이어 주고 붙여 주고 얼싸안게 만든다는 얘기.

가급적 게으르게 산다

지리산에 들어와 사는 분들이 대체로 허술한 사람들이 아닙니다. 저마다 실력을 갖춘 분들이죠. 그런데 사회적 신분이 높거나 낮거나 하등에 상관이 없이 친해지게 되더라고요. 다 친구가 되는 거죠.

주로 만나는 이들은 어떤 분들인가요?

일명 "마실단"이라는 동아리가 있습니다. 마실 다니며 차도 마시고 술도 마시는 건데요, 박남준 시인, 이원규 시인, 산악인 남난희 누이, 사진가 이창수 형 등과 가깝죠. 다들 서로서로 형님, 동생, 누님으로 여기며 가족처럼 지내죠. 산이 그렇듯, 늘 변함없이 그대로 있는 분들이죠. 바람이 아니라 돌처럼 제자리에.

지리산에서 순탄하게 살지 못하는 경우도 많다고 들었습니다.

열심히 살러 왔지만 도시에서 생각했던 구상과 실제는 차이가 크

김용회는 서울에서 몇 차례 목다구 개인전을 열어 호평을 받은 바 있다. 그러나 부에 별 관심 없다. 돈에 얽매인다면 그건 김샌 삶이라는 투다. 게으른 적성에 발맞추어 느린 춤을 추자는 생각 같다.

니까요. 부부가 같이 왔다가 대판 싸우고 헤어져서 나가기도 하는데 산이 떠미는 것은 아니죠. 스스로 못 견뎌 나가곤 하죠.

산에서 잘 살아가기 위해선 뭐가 필요할까요?

지자요수智者樂水 인자요산仁者樂山이라 했던가요. 산에서는 어질지 않으면 못 살 것 같습니다. 많이 배웠네, 많이 가졌네, 어깨에 힘주는 분들, 자기를 포장하는 허풍쟁이들은 결국 제풀에 겨워 떠나게 되죠. 욕심 없는 사람들이 잘 사는 것 같더라고요. 마을분들과 잘 어울리면서 말이죠.

처음 들어왔던 지리산과 지금의 지리산은 어떻게 달라졌나요?

찻길이 생기면서 순식간에 바뀌더라고요. 집들이 마구 들어서고, 영업집이 창궐하고. 왜 이렇게 돼야 하는지 모르겠어요. 지리산 덕을 보며 살면서 막상 지리산의 고마움을 모르는 사람들이 참 많습니다. 지나친 개발을 하지 않더라도 어느 정도의 불편은 충분히 감수할 수 있을 텐데 말이죠.

만약 김 선생이 그랬듯 그 누군가 맨손으로 지금 지리산을 들어오고자 한다면 그는 가능성이 있을까요? 지리산에서 굶어 죽는 일은 없다는 얘기는 정말인가요?

물론이죠. 생각을 조금만 바꿔 욕심 없이 살고자 한다면 먹고사는 건 아무 문제가 안 됩니다. 우선 농촌 일손도 모자라고요, 특히 차 관련 일거리가 참 많죠. 일당도 쎈 편이고요. 산악인 남난희 누이는 된장을 만들어 호구로 삼는데 욕심 없이 참 잘 해나갑니다. 1년치 필요한 수입만 확보되면 더 이상 된장을 안 만드는 식이거든요.

김 선생 역시 목다구 작업을 욕심 없이 해나가는 셈인가요?

(웃음)저야 원체 게을러서……. 제가 죽어라 일만 하는 성격이 전혀 아닙니다. 가족을 건사할 정도만 되면 무난하지 않겠어요?

김용회는 서울에서 몇 차례 목다구 개인전을 열어 호평을 받은 바 있다. 고재古材만을 재료로 찻상, 차시, 차호, 차긁개, 차통 등 정겹고 정갈한 전통 다구들을 만들어 그 기량을 인정받고 있으며, 애호가들에게 고가로 팔려나간다. 비즈니스에 꾀를 부리기에 족한 기반이다.

그러나 부에 별 관심 없다. 돈에 얽매인다면 그건 김샌 삶이라는 투다. 게으른 적성에 발맞추어 느린 춤을 추자는 생각 같다.

이 태연한 사내를 남편으로 둔 아내로서는 문득문득 속 터질 일이겠다. 그러나 흐뭇한 궁합이구나. '대구댁'이라 불리는 아내 역시 느긋하기는 이하 동문이다. 아들 둘을 사이에 둔 이 부부는 텃밭 같은 건 가꾸지 않는다. 왜? 귀찮기 때문이다. 그렇다면 즐기는 건 뭐지? 먹는 일이다. 먹고 싶은 것 참지 말고 제대로 먹고 살자는 게 김용회의 중요한 수칙 가운데 하나다.

정말 게으른 것 같지만 사실은 실속도 많은 남자. 조금은 삐딱하면서 사실은 모범 답안이기도 한 이 사람. 무덤덤한 일상 같지만 사는 게 재미있어 죽겠다는 표정을 짓는 사내. 김용회의 항해 귀착점이 어디인지는 아무도 알 수 없다. 결말을 미리 알 수 있는 시시한 인생이 어디 있으랴. 그래서 삶은 즐거운 게임이다. 지리산에 봄기운, 스멀거린다. 🍃

사람에게 대지는 어머니 젖가슴과도 같은 존재입니다. 어릴 때 어머니 젖을 먹고 살 듯이 자라서는 땅이 주는 오곡을 먹고 사니까요. 사람만이 우주의 중심은 아닌 거죠. 자연 역시 우주의 중심으로서 인간의 형제입니다.

먼 곳에서 벗이 오니 여기가 산중 낙원

산에 들어가 살기를 원하는가? 그러나 산속에 거처를 마련할
실력이 도무지 꽝인가? 빈손인가? 걱정 마시라. 여기에 뾰족한 수가
하나 있다. 산지기로 취직하면 된다. 재각齋閣지기로 근무하면 된다.

방금 취직이니 근무니 하는 표현을 썼다. 하지만 산지기로 사는
데엔 까다로운 절차도 규율도 없다. 유교 전통이 면면히 이어지는
한국엔 수백 개의 성씨가 있으며, 대개가 종중산宗中山을 관리하는 재
실을 두고 있다. 대충 3만여 곳에 이른다는 전국 도처의 재실, 재각,
고택들 거의 모두가 비어 있다. 그러니 그 가운데 입맛에 맞는 한곳
을 잡아 입주하면 그만인 거다. 물론 소정의 면접은 치러야겠지만
당신이 남파된 간첩이 아닌 한 딱지맞을 일은 없다.

임대료 같은 건 없다. 무슨 의무적 노역도 거의 없다. 그저 재실을

지키고 산을 관리하면 된다. 이거 매력적이지 않은가? 참신하지 않은가? 서울대 철학과 교수를 하다 별안간 때려치우고 촌으로 들어간 윤구병 씨도 재각지기로 살고 있다. 끄떡없이 잘 살고 있다.

지금 내 앞에 앉아 있는 이우원(60세) 씨도 재각지기로 살아왔다. 끄떡없이 잘 살아왔다. 전북 부안군 보안면 월천리 묵방산 자락의 태인泰仁 허씨許氏 문중 재실에서 12년을 지내왔다. 12년간 땡전 한 푼 내지 않고 석 동짜리 반듯한 기와집 재각에서 희희낙락 잘도 살았다. 재각에 딸린 열두 마지기 전답도 무상으로 경작하며 호구를 삼았으니 이런 누워서 떡 먹기가 다시없다. 그는 복 터진 사내인가? 그러나 과장은 말자. 그의 재각지기 팔자를 복 터진 소식으로 기록한다면 이는 썰렁한 농담.

그가 후미진 산중의 으스스한 재각에 입장한 데에는 그럴 만한 기구한 사연이 있었던 게 아닌가. 그리고 그 기구한 사연이란 뭐 뻔한 거다. 날이면 날마다 피 튀기는 복싱이 벌어지는 서울이라는 사각 링에선 날이면 날마다 KO로 나가떨어지는 패자들이 속출한다. 이우원도 그런 불운한 패자 중에 하나였던 거다.

링 밖으로 떨려나면 어디로 가나? 어디로 가긴. 없다. 갈 곳이 없다. 링 밖도 살벌한 링이긴 마찬가지니까. 이우원 역시 갈 곳도 오랄 곳도 없는 허무한 신세로 추락했다. 측량기사의 아들로 태어나 무난하게 자랐으며 무사하게 살아왔으나 40대 중반 나이에 파산자가 돼 동토로 추방되었던 것. 이혼으로 가정마저 무너졌다. 정신적으로도

이우원은 40대 중반 나이에 갈 곳도 오랄 곳도
없는 허무한 신세로 추락했다. 정신적으로도
피폐해져 그야말로 형편 무인지경이었다. 이럴
즈음 주변 선배에게서 변주원 씨를 소개받았
다. 객관적인 정황으로 보자면 연분 될 가망성
이 제로였지만 그녀는 이우원을 보듬었다.

피폐해져 그야말로 형편 무인지경이었다. 이럴 즈음 주변 선배가
"너 이러다 폐인 되겠다"라며 한 여인을 소개해 주었다.

당시 미혼이었던 그녀의 이름은 변주원(51세) 씨. 객관적인 정황으
로 보자면 연분 될 가망성이 제로였지만 그녀는 이우원을 보듬었다.
함께 살기를 기약했다. 이는 웬 쾌거란 말인가. 비록 걷어챈 깡통처
럼 심하게 추락했지만 이우원에겐 그녀의 환심을 살 만한 뭔가 독창
적인 매력이 숨어 있었나?

매력? 그런 건 제게 없었습니다.
그럼요?

불쌍해서였죠.

아하!

(웃음)그녀가 보기에 제가 너무도 불쌍했다 합니다. 뒷모습이 그토록 측은해 보일 수가 없어서 결혼을 결심했다는 겁니다. 좋은 성품을 타고난 여자라 생각합니다.

설마 지금까지도 남편을 불쌍하게 여기진 않겠죠?

(웃음)아뇨, 지금도 매우 불쌍하다 합니다. 남편이라기보다는 아들이거니 여기고 사는 모양예요.

부인의 도량이 대단하신 것 같군요.

맞아요. 엄청나게 당당한 사람입니다. 도대체 평생 가야 근심 걱정이라는 게 없는 친구거든요.

그런데 두 분이 만나 어떤 연유로 묵방산에 들어오셨나요?"

그 왜 송기숙 선생이 쓴 『녹두장군』이라는 소설이 있지 않습니까? 제가 그 소설 속에 나오는 동학 얘기에 감명을 받고 오래전 동학에 입문했었죠. 나름대로 동학 공부를 해 왔던 겁니다. 그러다 아내를 만나 좀 더 본격적인 동학 공부를 해 보자, 하는 의기투합을 하게 됐죠. 그래 둘이 홍천 가리산수도원에 들어가 공부를 하다가 이곳 변산의 호암수도원으로 옮기게 됐습니다. 그런데 변산의 기운이 우리 부부랑 딱 맞는 거예요. 우주의 자궁 속에 들어온 기분이었거든요. 아예 눌러살고 싶어지더라고요. 그러던 차 수도원의 도인 한 분이 묵방산 재실을 소개해 주셨습니다. "수도인은 소유해서는 안 된다.

언제든 빈 몸으로 떠날 수 있어야 한다"면서 말이죠. 그렇게 해서 재 각지기로 12년을 살아온 겁니다.

태연하고 태평해졌다

안 되면 되게 하라. 세상의 링 위에 널리 유포된 성공 슬로건이다. 한 우물을 파라는 준칙도 두루두루 유통된다. 그러나 세상이란 그런 저돌적 강령들만으로 가뿐히 돌파할 수 있을 정도로 만만한 장소가 아니다. 생의 파랑은 두서없이 몰아친다. 바람이 동에서 불면 서로 바꿔야 하고, 서에서 불면 동으로 틀어야 한다. 이우원의 항해술이 그런 것이었다.

젊은 날의 그는 요트 선수였는가 하면 요트 학교를 운영하기도 했다. 한때는 학사 주점 사장 노릇을 했으며 잡지사 기자 생활도 했다. 좌충우돌 파란에 찬 인생이었다. 그는 연세대학교 신학과를 졸업했다. 그러나 목사가 되는 대신 천도교 열심 당원이 되었다. 그의 명함엔 '천도교 선도사宣道師'라는 문자가 박혀 있다. 그나저나 산중 재각에 박혀 지내며 뭘 먹고 살았나? 수도자들은 덜 먹고도 안 고픈가?

산으로 들어갈 때 그래도 뭔가 믿는 구석이 있었나요?
아뇨, 우리 부부가 손에 쥔 건 단돈 300만 원이 전부였습니다.

재각에 딸린 전답으로 자급자족이 가능했나요?

힘들었습니다. 농사라는 걸 지어본 적이 없었던 데다 어디 어깨너머로 기술을 배울 만한 이웃도 없고 해서 시행착오만 거듭했죠. 농사는 죽어도 안 되더라고요. 그래 동네 막일도 다니고, 절간 건축 현장에 인부로도 일하고, 일당은 초짜라 다른 사람들의 절반이었고……. 그렇게 그저 근근이 입에 풀칠하며 살아온 겁니다.

도중에 따님도 얻으셨죠? 양육비가 필요했을 테니 더 힘드셨겠습니다.

그렇습니다. 아이 우유를 대기 위해 젖소 농장에서 일해 주고 우유를 얻어 오기도 했죠.

중간에 뛰쳐나가고 싶진 않으셨나요?

이우원은 어느 시점인가부터 재각지기 노릇을 즐기는 쪽으로 방향 전환했던 것으로 보인다. 재각 지기의 업무는 실상 소소하다. 그는 산중 생활을 하려는 이들에게 굳이 큰돈을 들여 거처를 마련할 필요가 뭔가, 라며 재각살이를 권한다.

물론 나가고 싶을 때도 있었죠, 하지만 어디 갈 때가 있나, 오라는 데가 있나, 별수 없이 견디고 살 수밖에 없었습니다.

부인은 그런 상황에서도 근심 걱정을 안 하셨나요?

전혀 안 했죠.

놀랍군요.

제 아내가 원래 그런 사람입니다. 무지무지 배짱 두둑한 친구죠. 임신 사실을 알았을 때 저는 솔직히 많이 두려웠습니다. 뭘로 어떻게 키우나, 하고 말이죠. 그런데 아내가 이러는 겁니다. 뭘 그런 걱정을 하느냐, 굶어 죽을 팔자면 굶어 죽으면 되는 게 아닌가. 당신은 한 치 앞도 내다보지 못한다, 그러나 나는 본다, 우린 절대 안 굶어 죽게 돼 있다, 그러니 걱정을 말아라, 하하하!

통 크고 간도 큰 아내의 감화력인가. 이우원은 어느 시점인가부터 재각지기 노릇을 즐기는 쪽으로 방향 전환했던 것으로 보인다. 재각지기의 업무는 실상 소소하다. 과거의 재각지기란 동네 마당쇠에 불과했지만 요즘은 다르다. 그저 재각이 무너지지 않게 관리하거나 종중산의 벌목이나 산불 따위를 지켜내면 그만이다.

그는 산중 생활을 하려는 이들에게 굳이 큰돈을 들여 거처를 마련할 필요가 뭔가, 라며 재각살이를 권한다. 열등감을 누르고 자존심만 죽이면 만사가 편하다는 거다. 그가 경험한 재각지기의 매력은 크게 다섯 가지.

첫째, 계약서가 필요 없다. 따라서 나가고 싶을 땐 언제라도 나갈 수 있다. 둘째, 무료라는 점이다. 계약금도 전세금도 없다. 셋째, 재실마다 제사 비용 충당을 위해 전답이 딸려 있는데 이를 무상으로 얻어 쓸 수 있어 최소한의 호구지책은 된다. 넷째, 경관이 좋다. 재각이란 조상의 제사를 지내는 곳이기에 지관들이 잡은 명당이다. 다섯째, 문중 행사에 일절 관여하지 않아도 되는 게 요즘의 풍속이다. 1년에 한두 차례 치르는 문중 제삿날 하룻밤 정도 재실을 비워주면 그만이다. 그때엔 다른 곳으로 여행을 한다.

이우원이 누린 재각지기의 나날들은 피난처럼 궁색한 중에 대체로 안전한 것이었던 것 같다. 희망이라는 부력도 얻었다. 하지만 남들의 시선은 그리 우호적인 것이 아니었다. 세상으로부터 쫓겨났다는 고독과 소외감으로 뼈가 시리기도 했을 게다. 가장 난감한 적은 역시 가난이었다. 그러나 아내 변주원은 태연하고 태평했다. 덩달아 이우원도 태연하고 태평해졌다. 희희낙락 재각살이의 여유를 즐기게 되었다.

그는 말한다. 12년간 산중에서 살다 보니까 만사 긍정하게 되더라고. 만사 긍정이라면 그건 대긍정이다. 그렇다면 이는 이우원이 얻은 최상의 선물이다. 애당초 그가 구하고자 했던 가치관도 바로 '만사 긍정'이라는 것이었을 테다. 그는 재각지기이기 이전에 수행자가 아닌가. 뭔가 속이 탁 트이는 깨우침을 얻기 위해 산속으로 들어간 게 아닌가.

산은 스승이자 한울

천도교 교지의 핵심은 '인내천人乃天'과 '시천주侍天主' 두 단어에 들어 있다. 인내천은 '사람이 곧 한울'이라는 뜻이고, 시천주란 '마음 안에 한울님을 모신다'는 의미다. 인내천으로 가기 위한 시천주의 자기 수행이 천도교의 구도 양식이 되는 셈이다. 이우원 씨 부부는 이런 구도의 지평을 향해 산중에서 착실한 스텝을 밟아 왔던 것 같다.

그런 그가 대긍정에 이르렀다면 그건 한소식 한 거다. 실제 그는 한소식이라 이를 만한 종교 체험을 하기도 했단다. 그러나 생활로 돌아오자 한순간 도로아미타불이 되더란다. 그래 줄기차게 주문 수행을 하는 것인데 수십 년 된 악습이 그리 쉽게 빠져나가겠느냐는 게 그의 논평이다. 그럼 그 징글징글한 악습은 어떻게 빼내나? 이우원 씨는 산이 악습 세탁의 최적지라 평한다. 좋은 공기, 좋은 물이 사람의 영혼을 숙성시킨다는 거다. 그렇다면 산은 이우원 씨의 스승이자 한울이다.

제가 저 미국의 소로처럼 자연에 대해 매우 예민한 직관을 가진 사람은 못됩니다. 자연에서 신비한 영성을 느끼는 사람이라면 그는 이미 성자가 아닐까요? 그런 점에서 저는 얼렁뚱땅 대충 훑어보는 사람에 불과합니다. 일찍이 해월 선생께선 "땅을 어머니처럼 섬겨라"고 가르치셨죠. 사람에게 대지는 어머니 젖가슴과도 같은 존재란 겁니다. 어릴 때 어머니 젖을 먹고 살 듯이 자라서는 땅이 주는 오곡을 먹고 사니까요. 사람만이 우주의 중심은 아닌 거죠. 자연 역시 우주의 중심으로서 인간의 형젭니다.

그렇다면 사람은 모름지기 산에 살아야 하는 것일까요? 자연과 가까이 살수록 더 사람다운 사람이 되는 건가요?

사는 곳이 어디든 그게 무슨 상관일까요. 어디서건 멋지게 살면 그만이겠죠.

멋지게 산다 함은?

우리가 언제 다시 지구로 올 수 있을까요. 생명체로 태어난 자체가 대단한 기적 아닌가 말이죠. 그럼 죽어서 천국을 가려 할 것이 아니라 살아 있을 때 천국을 만들어야겠죠.

태어남이 이미 기적이라면 삶도 이미 천국이 아닐까요?

가령 산중에 들어와 굶어 죽을지 모른다는 근심 걱정을 끼고 산다면 그건 천국이 아니죠. 걱정 없는 마음으로 가는 것, 이게 천국 만들기겠죠.

이 선생께선 천국을 만드셨나요?

허, 아직 멀었죠. 저는 아직도 왔다 갔다 하며 삽니다. 천국을 만드는 과정에 있을 뿐이죠.

그 천국이라는 건 어떤 식의 생활을 가져오는 거죠?

별 대단한 건 아닙니다. 멀리서 찾아온 좋은 벗과 맘껏 즐겁게 한잔 나누며 하룻밤을 함께 보내는 일, 그게 제겐 지상천국이죠. 하하하!

재각에서 쫓겨남, 그 빛나는 졸업

이우원은 입이 귀에 걸리는 파안대소를 일삼는 남자다. 아내 변주원도 싱글벙글 마냥 잘 웃는다. 불가의 통신에 따르면 여러 가지 보시 가운데 가장 수준 높은 보시는 안시顔施란다. 밝은 면상, 웃는 얼굴 자체가 자비의 베풂이라는 거다. 툭하면 으허허허! 터져 나오는 웃음은 이우원의 내공을 증거하는 것인지도 모른다. 그의 구강 구조 자체가 웃기에 유용한 도구처럼 보이기도 한다.

그렇지만 그가 예전에도 그렇게 잘 웃는 사람은 아니었다. 변주원에 따르면 처음 산에 들어올 때 그의 표정은 어두웠다. 심통 가득한 낯빛이었다. 그게 변한 것이다. 힘이 생기고 여유가 얻어진 탓이다. 그리고 그 힘의 절반은 산이 준 선물이다. 나머지 절반은 아내가 준 보너스다. 그는 아내를 100퍼센트 전폭적으로 믿고 따른다. 닭살 돋는 애처가다. 모범적인 페미니스트다.

동학의 최수운 선생이 깨닫고 나서 처음으로 한 일은 아내에게의 포덕이었다. 그리고 노비 두 명 중 한 명은 딸로, 한 명은 며느리로 삼았다. 여자란 아이를 배는 존재인데, 이는 천지를 배는 것과 같다 했다. 최수운의 진보적 우주적 여권女權 사상이 이렇게 장중한 것이었다. 이 최수운의 메시지를 온몸으로 구현함인가. 이우원은 이렇게 말한다.

남자들은 작은 것에 대범하지만 큰 것에 소심합니다. 여자들은 작은 것에 소심하지만 큰 것엔 대범합니다. 여자가 더 옳고 현명한 겁니다. 그렇기에 큰일은 여자를 따라야만 하는 거죠. 저는 아내를 무조건 따릅니다.

부인 입장에선 늘 현명해야 하는 부담도 있을 것 같은 걸요?

(웃음)그럴 수도 있겠죠. 아무튼 아내의 단점을 결코 따지지 말자, 이게 제 지론입니다.

모시고 섬기는 거겠군요.

그렇습니다. 그게 순리니까 말이죠. 왜 고사성어 중에 무위이화無爲而化라는 게 있잖습니까? 함이 없이 하는 게 인간의 본성이다, 자연 속에 살면서 자연을 닮아 가는 게 순리이자 한울의 뜻이라는 얘기죠. 결국 아내도 산도 땅도, 모든 게 한울입니다.

이우원 부부는 얼마 전 재각지기 생활을 청산했다. 쫓겨났다. 태인 허씨 문중 사람들에게 퇴출당했다. 재각지기 노릇은 야무지게 했지만 문중 사람들과의 처세는 서툴렀던 것 같다. 재각지기에 걸맞게 문중 사람들이 나타나면 겸손도 떨고 막걸리 대접도 하고 그래야 하는데 그는 그걸 하지 않았다.

그는 가차 없이 짐을 쌌다. 서해 바다가 지척에서 밀고 써는 변산 면 도청리 솥산 기슭으로 살림을 옮겼다. 재각살이 12년 만에 정신의 살도 불었지만 경제의 활로도 어엿하게 열렸다. 구절초차를 만드는 일에 공을 들인 덕분이다. 이우원 부부가 '하늘의 선물'이거니 하고 지성으로 가꾸어 만든 그 야생 꽃차는 신세계백화점에 납품 되는 등 탕탕 순항하고 있다.

"궁즉변이요 변즉통"이라 했던가. 목마르면 샘을 파게 되고, 어라, 그 샘에서 느닷없는 온천수가 콸콸 터져 나오기도 하는 게 세상 이치. 이판사판 목을 건 심정으로 분발하다 보면 그 판이 바로 살판으로 진급하기도 하는 게 인생이라는 교실이다. 이우원의 재각지기 졸업은 자못 빛을 발한다. 🍃

자연에서 노닌다 **2장 자유**

예수나 부처도 산이 아닐까요? 크고 높은 산이 아니라
뒷산이나 언덕처럼 한없이 낮은 산. 저는 신을 믿지 않
지만 신비는 믿습니다. 신이 따로 있을까요? 삶 자체
가 신비이고, 모든 자연 현상이 기적이지 않을까요?

예수도 부처도 뒷산의 낮은 언덕

녹색 호수가 있다. 수면에 그림자를 드리운 병풍산이 물속의 제 몸을 들여다보며 나르시스에 빠져 있다. 호수 아래 전면으로 들판이 펼쳐진다. 광활한 들 너머 저 멀리로는 무등산이 아련하다. 가을 예감에 사로잡힌 것인가. 호숫가 나무들은 물처럼 잠잠하다. 한낮의 길 위로 핼쑥한 햇살 더미가 흘러내린다. 호수를 뒤로한 농로 한줄기가 산모롱이로 스며든다. 들풀 향이 길 위에 번진다. 길가에 외딴집 한 채가 있다. 임의진 목사(42세)가 사는 집이다.

마을 사람들은 임의진이 목사임을 모른다. 그저 '임 씨'라고 부른다. 목사이지만 아무런 목회 활동을 하지 않으니 그를 목사라 부를 까닭이 없다. 임의진을 잘 아는 사람들도 그를 목사라 부르는 일은 거의 없다. 목사인 건 분명하지만 목사이지만은 않기 때문이다.

그의 다재는 그의 정체가 무엇인지를 딱히 단정 짓기 어렵게 만든다. 그는 시인이며 수필가이자 동화작가다. 무당벌레와 무덤을 즐겨 그리는 서양화가다. 월드뮤직 평론가이며 음반 기획자이고 가수이기도 하다. 예술의 장르와 경계를 무차별적으로 넘나드는 멀티 플레이어. 한마디로 토털 아티스트다.

지구 곳곳의 살이를 탐사하는 세계 오지 여행 전문가인가 하면, '냅둬 농법'이라는 특유의 게으른 작법으로 산밭을 일구는 농사꾼이기도 하니, 종횡무진에 사통팔달한 막강 포스다. 그는 이 많은 텔런트를 어느 가게에서 구입했나. 재주가 메주인 나 같은 사람에게 그는 낯선 종족이다. 좁고도 갑갑한 이 나라의 식생대에 임의진 같은 특이종이 서식하고 있다는 건 그 자체로 뉴스다. 여러 종목에 걸친 그의 예술적 기량이 어느 수준에 도달한 것인지는 차치하고 우선은 흥미로운 이색이다.

대문을 들어서자 그가 푸른 잔디밭을 걸어온다. 악수를 나눈다. 갈색 뿔테 안경 너머 눈빛이 맑고 따스하다. 그가 바람에 날리는 장발을 손으로 쓸어 넘기자 햇살 받은 수염에 빛 조각이 부서진다. 외양으로 보자면 산림처사의 전형도, 농사꾼의 견본도 아니다. 남미 인디오를 연상케 하는 이국적 풍이다. 밥 딜런과 제니스 조플린이 활동했던 저 히피 시대의 지적 저항아를 생각케 한다. 마당에는 개 두 마리가 있다. 한 놈은 '마오쩌순', 다른 놈은 '추'다. 그는 일과처럼 쩌순과 추를 데리고 병풍산을 산책한다. 처자는 멀리 도시에 있다.

이 집엔 "회선재"라는 이름이 붙어 있다. '신선이 돌아온 집', 혹은 '미친 신선이 사는 집'이라는 뜻이다. "선무당" 이라는 당호에도 메타포가 실려 있다. 신선이 춤춘다, 선 이란 없다, 착한 무당이 산다 등등의 의미를 담은 기표다. 집주인의 취향과 지향을 대변하는 기호다.

임의진은 여기 병풍산 자락에서 5년째 살고 있다. 그전엔 강진에 서 살았다. 강진 "남녘교회" 목사로 오랫동안 목회 활동을 해 왔다. 그러다가 이곳 담양으로 이주하면서 접었다. 교회와 관련된 모든 공 적 활동을 놔 버렸다. "중이 절 싫으면 떠난다"는 말이 있듯이 그도 그렇게 교회를 벗어났다. 뭔가 억하심정으로 교회를 둘러엎은 결별 은 아니다. 아마도 그건 자연스런 이행인 것 같다.

삶에는 왜 스텝이라는 게 있지 않은가. 서울을 찍은 다음엔 부산 을 찍어야 하고, 슬로 슬로 뒤엔 퀵 퀵이 이어져야 하는 것이다. 그는 그렇게 삶을 춤춘다. 삶이라는 여행길을 그냥 간다. 거칠 게 무엇이란 말이냐, 목사로 한 세월 살았으니 이제 다른 폭풍 속으로 가자. 바람아 세차게 불어라, 나 더욱 멀리 가리니. 이런 투다. 여기서 5년을 살았지만 정착엔 흥미 없단다. 내일엔, 내달엔, 내년엔 다시 어디로 튈지 그건 그 자신조차 모른다.

그의 집은 반듯하다. 양명한 햇살이 조명처럼 쏟아지는 길지에 들어앉았다. 그는 1년여에 걸쳐 손수 황토집을 지었다. 퓨전 한옥이다. 집을 장만할 만한 돈이라는 게 있을 턱이 없었지만 지인들의 극진한 협찬으로 완성을 볼 수 있었다. 이 집의 유일한 단점은 너무 깔끔하다는 점이다. 세월의 더께가 내려앉아야 집에 표정이 어릴 것이다. 이 집엔 "회선재"라는 이름이 붙어 있다. '신선이 돌아온 집', 혹은 '미친 신선이 사는 집'이라는 뜻이다. "선무당"이라는 당호에도 메타포가 실려 있다. 신선이 춤춘다, 선禪이란 없다, 착한 무당이 산다 등등의 의미를 담은 기표다. 집주인의 취향과 지향을 대변하는 기호다.

또 있다. '떠돌이별' '어깨춤', 이것들은 그의 아호다. 유목민적이며 낭만적인 아티스트의 자유분방이 드러나는 별명이다. 어떻게 보자면 요란한 인테리어다. 주렁주렁 매달린 옥외 광고판을 생각나게 한다. 그의 생각의 옥내에는 무엇이 들어 있나. 집 안으로 들어가 다탁에 마주 앉는다.

머리에는 마르크스가, 가슴에는 예수가

예술가의 집답게 내부는 미감이 넘친다. 살림보다는 작업의 편의를 위주로 한 공간 구성이 완연하다. 그는 여기서 먹고 자며, 글을 쓰고 음악을 만들거나 그림을 그린다. 홀로 사는 고독은 없을까. 고정 소득이라는 게 없는 판국에 경제는 무엇으로 도모하나. 남모를 애환이 많을까.

제가 나이에 비해 친구는 많지만 조직화된 친분은 아니에요. 그러다 보니 고독한 상황에 자주 놓이게 되죠.

그 고독을 무엇으로 해소하나요?

그럴 때마다 책 읽고, 그림 그리고, 글 쓰고 그럽니다. 어차피 고독은 안고 가야 하는 게 아니겠어요? 고독 안에서 소통을 모색하는 게 결국은 예술일 테데요, 제 작품을 찾는 이들이 마니아들 위주지만 소통의 폭을 어떻게 넓혀 가느냐를 많이 고민하죠.

술은 어떤가요? 외로울 때마다 한잔, 이렇게 되는 건 아닌가요?

맞습니다. 제가 술을 많이 좋아합니다. 미국 펜실베이니아를 여행할 때 일인데요. 그 주州는 술을 안 팔더라구요. 어쩝니까. 자동차로 왕복 다섯 시간 걸리는 옆의 주로 달려가서 술을 사다 마셨죠.(웃음)

(웃음)대단하군요. 어떤 술을 좋아하시나요?

럼을 좋아합니다.

그거 비싸지는 않나요?

좀 비싸지만 콜라를 섞어 마시면 한 병으로 꽤 오래 마실 수 있죠.
저는 그걸 '럼콕'이라 부르는데, 한잔해 보시려나요?

아하, 럼콕! 주세요. 마셔 보고 싶군요. 그런데, 생활은 어떤가요?

그야 물론 어렵죠. 원고료 수입으로 근근이 유지합니다.

실내의 풍치는 거의 절경이다. 천장은 높아 호방하고, 크지 않게
낸 창문은 안정감을 부여한다. 수많은 책들, 책보다 많은 CD들, 갖가
지 악기와 오디오, 벽에 걸리거나 바닥에 널린 그림들, 창문가에 놓인
천체 망원경⋯⋯. 모든 사물들이 조화로운 혼재 속에서 아름답다.

유난히 눈길을 끄는 것은 책장에 놓인 체 게베라 사진이다. 피델
카스트로와 쌍두마차를 이루며 쿠바 혁명을 주도한 게바라. 아르헨
티나 태생의 의사로 세계시민을 자처하며 모든 형태의 제국주의를
파괴하는 데 앞장섰던 혁명전사. 임의진은 체 게베라를 지지한다.
평등 세상을 구현하기 위해 총을 들었던 체의 혁명 정신을 존중한
다. 임의진 역시 혁명 전사를 자처한다. 이상한가? 이 번쩍거리는 자
본주의 세상에서 혁명이라는 단어 자체가 진부하거나 착오적인 시
대정신을 웅변하는 고물딱지로 보일 수도 있다.

그러나 세상을 바꾸려는 자에게 혁명은 여전히 존귀한 테제다. 더
구나 임의진은 해방신학을 공부한 진보 그룹의 목회자다. 그는 목사
로 활동했던 때 사회정의를 위해 줄기차고도 끈질긴 투쟁을 해 왔다

고 자부하고 있다. 교계 내의 따가운 눈총에 아랑곳없는 운동적 목회 활동을 펼쳐왔던 것 같다. 그의 표현에 따르면 "머리에는 마르크스가, 가슴에는 예수가" 있다. 그런 그가 현실 기독교를 바라보는 관점은 얼음처럼 차거나 불처럼 뜨겁다.

한국 교회는 경박한 종말론자들이 판치고 있어요. 진중치 못하고 사려 깊지도 못하거든요. 배금주의와 성장주의는 또 얼마나 강고합니까. 이런 풍조 속에선 공격적 전도가 필연일 수밖에 없지 않겠어요? 무례하고 과격한 미국식 승자 독식 원리가 지배적인 경향이 돼

유난히 눈길을 끄는 것은 책장에 놓인 체 게베라 사진이다. 피델 카스트로와 쌍두마차를 이루며 쿠바 혁명을 주도한 게바라. 아르헨티나 태생의 의사로 세계시민을 자처하며 모든 형태의 제국주의를 파괴하는 데 앞장섰던 혁명전사. 임의진은 체 게베라를 지지한다.

버린 것이죠. 저는 신의 존재성 자체를 믿지 않는데, 차라리 보편 구원설을 신뢰합니다. 예수에 대한 맹신이 아니라 예수의 사랑을 실천하는 일상의 삶 안에 구원이 있다는 얘기죠. "예수 천국, 불신 지옥"이라는 구호가 난무하지만 구약을 보면 그 어디에도 내세 얘기는 없거든요. 제 생각에 신은 성전에 있기보다는 여행자가 쉬는 나무 그늘 같은 곳에 있는 것 같아요.

단호한 언설이다. 보수 교단 입장에서 보자면 발칙하기 그지없다. 교계 사람들에게 이 기독교적 사회주의자는 엉덩이에 뿔난 소다. 불편하고 불쾌한 존재다. "타 종교에도 구원이 있다"라는 얘기를 했다가 살해 위협을 받기도 했단다. 그러나 임의진은 태연하다. 교회와의 끈을 탁 놓아 버린 자의 허심함으로 묵묵히 제 갈 길을 간다. 더구나 그는 교회의 성벽을 넘어 이미 다른 성채에 로프를 건 사람이다. 예술 동네로 이행, 나름의 성취와 나름의 '혁명'을 구현하는 인물이다.

삶은 정처 없어 훠훠 떠나갈 뿐

한때 그의 둘레엔 수많은 크리스천들이 포진했으나 이젠 예술가들로 그 멤버가 바뀌었다. 덩달아 라이프 스타일이 바뀌었으니 그가 얻은 것은 더 많은 예술이거나 자유이며 그가 잃은 것은 아무것도 없다.

다종다양한 예술의 장르들을 편력하는 중에 일련의 네트워크가 구축되었고 의형제를 얻기도 했다. 지리산의 자연주의 시인 박남준, 아트 포크락 가수 김두수, 사진가 김홍희, 서양화가 한희원 등이 그의 예술적 동맹자들이다. 그는 이들과 함께 집단적 문화 생산에 나서기도 한다. 시와 노래가 있는 콘서트도 자주 갖는다.

그런데 임의진은 왜 그렇게 다양한 예술 장르를 편력하는 것일까. 어느 한 장르에 머물기엔 그의 열정이 지나치게 뜨거운 탓인가. 아니면, 어느 한 가지도 제대로 성취할 실력이 결여된 나머지 종목 수를 늘려 성찬을 차리고자 함인가. 한 우물을 파는 자에겐 편협의 폐단이 있는 반면, 열 우물을 파는 자는 경박의 혐의를 받기 쉽다. 반찬 가짓수는 많지만 정작 먹잘 게 없는 밥상을 일컬어 성찬이라 말할 수는 없지 않은가. 아마도 많은 눈들이 그를 삐딱하게 바라볼지도 모른다. 그러나 이런 시선에 그는 주눅 들지 않는다.

잡다하다고 말하는 사람들도 있지만, 예술가란 원래 잡기에 능한 존재들이 아니겠어요? 외국에서는 이런 경향이 두드러지죠. 헤세나 지브란의 경우에서 보듯이 말이죠. 우리들의 옛날 할아버지들은 어땠나요. 시, 서, 화에 가무까지 두루 능했거든요. 글을 쓰면서 저는 글이 가진 여성성에 심취하죠. 그림을 그리면 호방해지고, 음악에서는 천국을 보죠. 저의 노래는 일종의 퍼포먼스인데 특이한 경향성을 가지고 있죠. 예술가라면 늘 새로운 시도가 있어야 하지 않겠어요? 저는 목사들도 음악과 미술을 모른다면 그건 무식한 거라 생각해요. 신을 얘기할 자격이 없다고 보거든요.

임의진은 일테면 예술을 위한 예술 같은 것엔 별 관심이 없는 것 같다. 종교가 그렇듯, 예술이 삶의 일상보다 더 고등한 것일 수 없다는 사유도 엿보인다. 삶 자체가 예술이고, 그 안에 구원이 있다는 얘기인 것 같다. 그게 보헤미안의 본령이니 납득할 수 있다.

그는 스스로를 뉴요커적 내추럴리스트라 말한다. 무정부주의자며 집시 가수라고 한다. "나의 수염은 인사동 수염이 아니라 홍대 앞 수염"이라는 얘기도 한다. 산중에서 산밭을 일구는 그를 남들은 흔히 토속적, 향토적 캐릭터로 오해한다. 그러나 그는 첨단의 멋을 추구한다. 아방가르드의 행보가 생리에 맞다. 북한에 갈 여행 경비가 있다면 차라리 남미에 가서 탱고를 추고 싶어 하는 사람이다.

이런 임의진에게 여행은 삶 그 자체다. 여행의 신이 나를 부른다! 이게 그의 경전이다. 한국에는 돈을 돈이라 부르지 않고 '여비'라 부르는 사람이 하나 있는데, 그가 바로 임의진이다. 그가 부르는 노래의 가사를 볼까. 「여행자의 로망」이라는 제목이 붙어 있는 노래다.

누가 깨웠을까 이른 새벽길을
부는 바람 따라 휘휘 나부끼네

누가 알았을까 나의 여행길을

삶은 정처 없어 휘휘 떠나갈 뿐

　세계 곳곳의 여행지에서 그가 본 것은 무엇일까. 꿈과 희망의 신
천지, 평화로운 영혼이 건널 해안을 보았는가. 그는 뭔가 새로운 것
을 보았거나, 새롭게 보는 눈을 얻는 것인지도 모른다. 그가 옳게 보
고 있는지는 확실치 않다. 옳음은 인간의 인식 능력 너머에 있는지
도 모른다. 그런데, 그는 왜 산에 사나. 매순간 비상하게 되어 있는
그의 정신과 몸은 산중에서 혹시 속박을 느끼나? 그에게 묻자 돌아
온 대답이 간명하다. 저를 기른 건 산입니다. 이건 무슨 얘기인가.

　예수나 부처도 산이 아닐까요? 크고 높은 산이 아니라 뒷산이나
언덕처럼 한없이 낮은 산. 저는 신을 믿지 않지만 신비는 믿습니다.
신이 따로 있을까요? 삶 자체가 신비이고, 모든 자연 현상이 기적이
지 않을까요?

천하가 다 내 집이거니 하고 살아가는데 이런
들 어떻고 저런들 어떻겠습니까. 종일 새소리
에 바람 소리 들리고, 심심하면 산에 올라 목
청껏 노래 부르고 말이죠. 나는 여기가 좋습
니다. 별 불편이 없거든요. 하하핫!

이 풍진 세상, 한바탕 유희로 넘는 게 어떤가

이태백은 이렇게 읊었다. 천지는 만물의 여관이요, 세월은 천지간에 쉼 없이 길을 가는 나그네. 덧없는 삶은 꿈과 같으니 즐거움인들 얼마나 될꼬……. 살면 살수록 더욱 잘 실감할 수 있는 것 가운데 하나가 '덧없음'이리라. 덧없음의 추격을 피해 혹은 술을 마시고, 혹은 사랑을 하고, 혹은 출세에 박차를 가하고, 그렇게 사는 게 우리네 삶이 아닐까.

그런데 여기 이 사람은 '방랑'을 덧없는 인생의 대항마로 내세웠다. '현대판 김삿갓'으로 불리는 김만희(63세). 그는 늘 길에서 길로 떠돈다. 딱히 오라는 이가 없어도 찾아가며, 갈 곳이 없어도 구름처럼 그냥 간다. 그건 그가 타고난 천성의 지시에 의한 것인가 하면, 떠도는 일 외에는 별반 달리 할 일이 없는 탓이기도 하다.

그런데 '김삿갓'이라니. 이게 어쩌다 붙은 별명일까. 처음 그를 일러 누가 김삿갓이라고 불러주진 않았다. 김만희 스스로 지어 붙인 별호다. 자칭 김삿갓인 셈이다. 김만희가 저승에 계신 오리지널 김삿갓인 난고 김병연(1807~1863) 선생에게 정중한 양해를 구하고서 그 이름을 빌려 썼을 리는 없다. 김병연을 면담하기조차 어려운 형편이니, 무단으로 갖다 붙인 별명일 수밖에 없다. 말하자면 표절이다.

　그렇다면 김만희는 왜 하필이면 김삿갓을 자처하나. 두 가지 이유가 있단다. 하나는 어려서부터 김삿갓을 좋아했기 때문이다. 또 하나는 김삿갓이 자의반 타의반 어쩔 수 없는 운명의 농간에 떠밀려 만고의 떠돌이로 살았듯, 그 역시 생의 어느 굽이에선가 길바닥으로 내몰린 신세가 되었기 때문이다. 즉, 취향 따라 김삿갓을 동경했는데, 살이조차 김삿갓처럼 곤궁한 막판에 몰렸으니 김삿갓을 흉내낼 만한 그럴싸한 근거가 뚜렷한 편이겠다.

　김삿갓을 자처함. 이는 인생의 자기 결정권을 가지고 있는 자가 행할 수 있는 고유의 권한이다. 왜 있지 않은가. 배철수와 비스무레한 배칠수, 나훈아의 이미테이션인 너훈아 같은 이들 말이다. 김만희도 그런 계보에 속한다. '아류 김삿갓'이라 보면 되겠다.

　이제 그의 패션을 보자. 머리끝부터 발끝까지 한복으로 통일했다. 소매 깃이 너울거리는 도포를 입었으며, 머리는 상투를 틀어 동곳으로 꽂아 맺고 거기에 탕건을 썼다. 탕건 위에 걸쳐지는 것은 물론 삿갓이다. 그의 등 뒤에 매달린 물건들도 격조에 넘친다. 담요가 들었

그는 매우 낙천적인 인물이다. 상대방을 웃게 만드는 코믹을 구사할 줄 안다. 이는 제스처로 가능한 일은 아니다. 인생이 한판의 코미디 같음을 알아 버린 자, 눈물겨운 삶의 시련을 겪은 자만이 체득할 수 있는 진기한 내공이다.

을 괴나리봇짐이 허리 아래로 늘어져 능청스러운데, 끈으로 매단 조롱박과 짚세기 한 켤레가 걸음을 옮길 때마다 덜렁거려 익살스럽다.

이 섬세한 방랑 패션은 그가 오른손에 꼬나들게 돼 있는 지팡이가 가세함으로써 완성을 보게 된다. 지팡이 꼭대기에는 붓털이 달려 있어 그 지팡이의 임자가 붓질에도 소양이 있는 사내임을 암시한다.

김만희는 길에서 길로 늘 떠도는 사람이다, 라고 아까 썼지만 그에게도 집은 있다. 날아가는 참새에게도 집이 있는 것과 마찬가지 이치다. 그는 현재 충북 보은군 보은읍 북산 기슭인 종곡 마을에 주둔하고 있다. 주둔이란 정착과는 다른 개념이다. 군인들이 전략상의 필요 때문에 예하 소초에 잠시 주둔하다가 상황이 바뀌면 철수하듯이, 그도 문득 살림을 챙겨 다른 정박지를 찾아 나설 가망성이 많은 것이다. 지금까지 그래왔듯이 말이다. 어쨌거나 그는 보은의 산중에서 4년째 머물고 있다.

'미아리 신성일'로 통했던 청춘 시절

김만희의 거처는 꽤 깊은 산속에 있다. 나는 방금 울퉁불퉁한 산속 소로를 거쳐 그의 집에 도착했다. 사방으로 펼쳐지는 무성한 숲, 짙은 풀내음, 노래하는 새들. 산중의 경관을 바라보며 운치를 느끼는데 가만 보니 집이란 게 안 보인다. "집은 어디에 있죠?" 그에게 물을 수밖에 없다. 그런데, "하하! 저게 집이올씨다!"라며 그가 가리키는 곳을 보자니 이게 충격이다. 나는 산속을 꽤나 돌아다닌 편이다. 산간의 허름한 집, 휘어진 집, 뒤숭숭한 집 등등 다양한 주거를 보아 온 편이다.

그런데 김만희의 집처럼 얄궂은 걸 본 적이 없다. 뭔가 폐품 더미를 비닐로 덮어 둔 것 같은 두루뭉수리, 이게 그의 집이니까 말이다. 의아하고 서글퍼 자세히 살펴보니 컨테이너 박스를 앉힌 뒤 비닐과 각목을 얼기설기 엮어 부수 공간을 만들어 낸 집이다.

김만희의 애옥살림이 한눈에 전해지는 경치라서 어쩐지 난감해진다. 그런데 그는 어이 저토록 여유만만한가. 연방 싱글벙글, 성가실게 하나 없다는 표정이다.

참으로 간소한 집이군요. 많이 불편하시겠는데요?

불편하긴요. 천하가 다 내 집이거니 하고 살아가는데 이런들 어떻고 저런들 어떻겠습니까. 종일 새소리에 바람 소리 들리고, 심심하면 산에 올라 목청껏 노래 부르고 말이죠. 나는 여기가 좋습니다. 별 불편이 없거든요. 하하핫!

그렇더라도 홀로 산중에서 적적할 텐데 주로 무엇으로 소일하시나요?

제가 김삿갓 아닙니까. 여기에 가만히 머무는 일을 주로 하는 건 아니거든요. 어디든 홀홀 떠나고 싶으면 돌아다닙니다. 집에 있을 때는 그림도 그리고 만화도 그리죠. 사람은 모름지기 죽을 때까지 불철주야 공부를 해야 하는 법, 공부를 하다 보면 하루가 짧더군요.

공부의 선물일까? 그림과 만화, 이건 그의 전공이라 할 수 있다. 오래전부터 체계적인 습작을 해 온 것은 아니지만 취미 차원을 넘어 특기에 속한다. 서예에도 솜씨가 있다. 그림은 그의 생계 수단이기도 하다. 초등학교 담장 같은 곳에 벽화를 그려 주고 거기서 얻은 수입으로 생활을 도모한다. 그렇다고 일이 쉬 걸릴 리가 없다. 그는 매우 분발한다. 그리고 그럴 만한 많은 재주를 가진 사람이다. 신명나게 타령을 불러낼 수 있으며, 만담이랄까 원맨쇼에도 일가견이 있다. 동화 구연을 잘해 아이들을 끌어들이는 재주도 있다.

비록 노경에 접어들었지만 아직 장정처럼 힘이 넘치니 이도 저도 안 되면 막노동에 나선다. 이렇게 다양한 나름의 실력이 있으니 곤궁한 산중 살림이지만 그럭저럭 무사하다. 다행한 일이 아닐 수 없다. 반찬은 산에 올라 나물을 캐어 상에 올리면 된다. 성격이 낙천적이라 혼자서도 늘 밥맛은 꿀맛이다.

김만희가 여기 보은의 산중으로 들어온 것은 보은이 고향이기 때문이다. 성장기를 고향에서 지낸 그는 서울에 올라가 청춘기를 보냈

그림과 만화, 이건 그의 전공이라 할 수 있다. 오래전부터 체계적인 습작을 해 온 것은 아니지만 취미 차원을 넘어 특기에 속한다. 서예에도 솜씨가 있다. 그림은 그의 생계 수단이기도 하다. 초등학교 담장 같은 곳에 벽화를 그려 주고 거기서 얻은 수입으로 생활을 도모하기도 한다.

다. 그의 분위기와 언동에서 나타나는 협기로 짐작할 만하지만 청춘기는 자뭇 요란했다고 한다. 서울 미아리가 그의 거점이었는데, '미아리 신성일'로 통하는 준수하고도 성깔 사나운 청년으로 동네 건달들과 맞붙거나 어울리는 일을 위주로 한 세월을 보냈던 것 같다. 그러다가 기독교에 입문해 목사가 되었다. 인생이란 이렇게 반전이 있는 법이다.

그러나 인생은 난관의 연속이기도 하다. 어쩌다 보니 김만희는 가정을 잃은 사람이 돼 있었다. 세 번의 결혼을 모두 실패하고 벼랑에 몰렸다. 그는 "한마디로 깡통 찬 인생"이라고 표현하는데, 마치 아무도 돌아보지 않는 미아처럼 거리로 내몰렸던 것 같다.

그는 이런 과거가 괴롭다고, 부끄럽다고 말한다. 그가 삿갓으로 얼굴을 가리는 것은 민망한 과거에 대한 회오가 크기 때문이기도 하다. 마치 조부 김익순을 시로써 규탄한 불효가 부끄러워 평생 삿갓 분장을 하고 다닌 김병연처럼.

어려서부터 유독 김삿갓을 좋아한 이유는 무엇입니까?

원래 저에게 방랑벽이 있었던 것 같습니다. 소싯적부터 가출을 하고 그랬으니까. 어릴 때엔 김삿갓의 뭔가 자유로운 삶이 좋아 보였죠. 나도 저렇게 살고 싶다, 평생을 자유롭게 방랑하며 살고 싶다, 하는 막연한 동경이 있었던 거죠.

그러시다가 중년에 이르러 어려운 처지에 몰리면서 김삿갓을 다시 떠올렸을 텐데 지금 김삿갓에 대한 생각은 어떤가요. 또, 김삿갓의 어떤 점에 매력을 느끼셨을까 궁금합니다.

아시다시피 김삿갓은 지식도 많았던 천재 시인이었죠. 하지만 거의 한평생을 길에서 떠돌며 찬 서리에 된서리를 맞았는데, 제가 보기에 그분은 그런 삶을 차라리 즐기는 쪽으로 전환했던 것 같아요. 어떻게 보자면 김삿갓이야말로 원조 노숙자라 할 수 있지만, 비참한 처지에도 불구하고 시와 방랑으로 인생을 긍정하고 즐긴 분임이 분명합니다. 그건 제가 배우고 실천해야 할 모습이라서 그분의 흉내를 내고 있는 것이죠.

마패 없는 어사

김삿갓의 삶을 따르기로 작정한 김만희는 서울을 떠나 전국을 방랑했다. 산천을 떠돌다 농가의 헛간에 들어 콩깍지를 이불 삼아 덮고 잤다. 커다란 비닐봉지 하나만 있으면 겨울 산천에서도 얼어 죽지 않는 법을 터득했다. 낙엽을 깐 바위에 앉아 비닐봉지에 숨구멍만 내고 덮어쓰고 있으면 어떤 강추위도 이길 수 있다. 말이 방랑이지 실상은 노숙이었다.

그러나 그의 노숙엔 낙관과 배짱이 있었다. 이 점에서 그의 고독한 편력은 방랑의 색조를 머금는다. 더구나 김만희의 의식 안엔 김삿갓이 머물러 있었다. 그는 김삿갓에 더 가까이 가기 위해 김삿갓의 묘소가 있는 영월에서 아예 눌러살기도 했다. 김삿갓 묘지 근방에 거처를 두고 지냈는데, 영월군에서 문화유산 해설사로 위촉한 덕분에 신바람 나는 세월을 보냈다. 영월의 지역 라디오 방송에도 출연했다. 영월의 문화를 알리는 프로그램의 고정 출연자로 1년여 동안 활동했다.

김 씨는 '마패 없는 어사'를 자처하기도 한다. 어디든 불의와 부정이 있는 현장으로 달려가 시위를 벌이거나 따지고 캐고 추적한다. 일본과 독도 영유권 분쟁이 벌어졌을 때엔 일본 대사관 앞에서 끈질긴 1인 시위를 펼쳤다. 길거리에서 잠을 자고 식사는 라면으로 때우면서였다. 대구 지하철 참사 때에는 "정치놀음이나 하는 국회의원들을 나무라겠다"며 여의도 국회의사당 앞으로 달려갔다. 쇠망치를 높이 들고 서서 국회 건물 자체를 때려 부수겠다고 엄포를 놓았다. "먹통들 거듭나라!"는 피켓과 야유가 담긴 그림을 들고 검찰 정문 앞에 버티며 검찰총장을 규탄하기도 했다.

김삿갓 복장을 한 그는 이런저런 시위의 현장 어디서건 눈에 띄기 마련이다. 허연 수염을 흩날리며 카랑카랑 깡 박힌 소리를 외쳐대는 그를 뜯어말릴 사람은 아무도 없다. 김만희 자신의 말대로 "가진 것 오직 깡통 하나뿐"이니 더 잃을 것도, 더 뺏길 것도 없다. 두려울 것도, 외로울 것도 전혀 없다. 비록 뒤에 뭐 하나 믿을 만한 걸 감춰둔 게 없지만 "사회정의가 곧 신의 뜻"이라는 신념이 견고하니 나 몰라라 외면할 방법이 없다.

불의를 보고 참지 못하는 사람이 어디 한둘일까 마는 김만희의 양상은 매우 치열하다. 그는 육박전도 삼가지 않는다. 언젠가 한번은 공무원 서넛과 붙었다가 수염이 절반쯤 뜯겨나가기도 했다. 나이에 맞지 않는 혈기 방장이다. 자칫 제 기분에 취한 돈키호테로 오해받을 수 있는 행장이다. 김만희는 이런 의협심을 선친에게 물려받았다고 한다. 자유당 시절 신익희 선생의 지방 유세에서 모두들 침묵하는데 혼자 일어나 열렬히 박수 쳐 빨갱이로 몰렸던 부친의 물불 안가리는 성격을 빼닮았단다. 김만희 본인도 빨갱이 취급을 당한 적이 있다.

그러나 '마패 없는 어사' 역할을 포기할 생각이 하나도 없다. 그는 그게 '김삿갓 정신'에 어긋나지 않는다고 본다. 밑바닥 백성들 편에 서서 양반 계층의 부패와 억압을 시로써 야유했던 김삿갓이 저승에서 내려다보고 있다면 아마 김 씨에게 응원의 박수를 보낼지도 모른다.

불의를 못 참는 김 씨의 성정을 보자면 그는 매우 꼿꼿하거나 깐깐한 사람이다. 현시욕도 엿보인다. 그러나 그는 매우 낙천적인 인물이다. 상대방을 웃게 만드는 코믹을 구사할 줄 안다. 이는 제스처로 가능한 일은 아니다. 인생이 한판의 코미디 같음을 알아 버린 자, 눈물겨운 삶의 시련을 겪은 자만이 체득할 수 있는 진기한 내공이다.

도포에 삿갓을 쓰고, 김삿갓을 자처하며, 이 풍진 세상을 한바탕의 유희로 건널 수 있는 자가 김만희 말고 또 누가 있으랴. 산에 사는 그에게 마지막으로 산에서 잘 사는 방법이 무엇인가 물었다. 돌아온 대답은 그답게 간명했다.

산에서요? 그저 산에 오르면 포효하는 호랭이 소리를 내지르며 창 한 가락을 불러 제낍니다. 그리고 껄껄 웃어 버리죠. 이거 말고 산에 서 뭘 더하나요? 하하하!

나이가 주는 변화이기도 하겠지만
산에 살면서 제 삶의 많은 것들이 변
했습니다. 시도 변했습니다. 자연 속
의 모든 생명들을 스승으로 여기고
닮으려는 마음이 변화를 불러들인
것이죠.

음주가무만 능한가? 아예 홀딱 벗고 살거늘

지리산엔 대략 3천 명쯤의 은자들이 살아간다. 정확한 숫자를 추산하기는 어렵다. 30여 개에 이르는 골짜기 여기저기를 수시로 옮겨 다니는 이들이 많기 때문이다.

세속 도시와 결별했다는 점에서는 이들을 아웃사이더라 부를 수 있을 것 같다. 직업이나 조직으로부터 일탈되었다는 점으로 보자면 낭인과라 칭할 수 있겠다. 산수에 경도되었다는 점에선 자연주의자이며, 항구적인 정착에 별 관심이 없는 생리로 보자면 유랑의 무리이다.

그들의 신분은 다양하다. 불교나 도교 쪽 수행자들, 무속 신앙인들, 글을 쓰거나 그림을 그리거나 도자기를 굽거나 사진을 찍는 예술인들, 차를 만들거나 천연염색을 하는 사람들, 혹은 이도 저도 뭐라 딱히 단정 짓기 어려운 지리산 마니아 등 저마다 뚜렷한 개성에 찬 인물들이 지리산에 둥지를 틀고 있다.

말하자면 지리산은 방외인들의 메카이자 낭인들의 해방구이니, 이게 지리산 전래의 성격이다. 예로부터 구도자와 산림처사들의 파라다이스였으니까 말이다. 지리산의 힘은 사람을 살린다는 데에 있다. 정신과 영혼을 살찌게 해 사람다운 품위를 더하게 하는 산이다. 아울러 사람의 목숨을 방치하지도 않으니 실로 '어머니 산'이다. 지리산 자락에 사는 사람들은 흔히들 말한다. 이 산에선 결코 굶어 죽을 일이 없다고. 기아나 자살이 없는 산이라고. 산채나 약초 등이 지천이니 최소한의 먹을거리는 쉬 조달이 되며, 찾아 나서기만 한다면 뭔가 일거리가 널려 있다는 것이다.

그래서인가. 지리산에 박혀 사는 산림처사들의 일상은 태연하다. 빈곤에 별 두려움이 없으며 내일의 운명을 미리 앞당겨 근심을 하지 않는다. 지리산 남부, 하동군 악양면 중산간 지대의 소박한 산방에 사는 박남준(53세) 시인의 삶이 그러하다. 그는 알아보는 이들이 많은 시인이다. 자연을 관하는 시적 작풍으로도 그러하지만 특유의 은둔적 삶으로 주변의 관심과 응원을 받고 있는 인물이다.

시인의 산방에 들어서 그와 인사를 나눈다. 악수를 하며 그의 눈 속을 들여다본다. 거기에 순하고 부드러운 게 들어 있다. 그가 지리산에 들어온 지는 어언 5년. 그사이 지리산의 협찬으로 많은 걸 숙성시켰을 게 분명하다. 혼자 산중에 눌러 사는 사람 고유의 자존과 자

박남준의 집은 아담하고 조촐하다. 오래된 농가를 편의에 따라 고치고 다듬었다. 바라보기만 해도 마음이 편해지는 집이다. 조붓한 뜰엔 나무들이 싱싱하고 꽃밭이 화사하다. 뒤꼍엔 연이 자라는 작은 연못과 텃밭, 간소한 정자가 있어 살풋 운치가 넘친다. 집 옆으로는 계류가 흐르니 물소리에 귀가 맑아진다.

족이 깊어졌을 게다. 이는 시로써 발현되기도 하겠으나 지금 그의 표정으로도 그게 엿보인다.

안색에 붉은 기운이 돌아 간밤에 들입다 마셨나 짐작해 보는데 과연 이틀 연달아 술자리가 있었단다. 이틀 연속 소주병 뚜껑을 땄으니 장취의 낙이 오롯했겠다. 그는 음주와 가무에 능한 시인으로 알려져 있다. 간드러지는 노랫가락으로 좌중을 제압하는 솜씨로도 유명하다. 그의 시집에 발문을 썼던 최영미 시인은 "이제까지 살면서 나는 그처럼 몸의 깊은 곳에서 울려 나오는 처절한, 오간장을 한데 녹여 무쳐 버릴 것 같은 소리를 들은 적이 없다"고 감탄하기도 했다.

박남준의 집은 아담하고 조촐하다. 오래된 농가를 편의에 따라 고치고 다듬었다. 바라보기만 해도 마음이 편해지는 집이다. 조붓한 뜰엔 나무들이 싱싱하고 꽃밭이 화사하다. 뒤꼍엔 연이 자라는 작은 연못과 텃밭, 간소한 정자가 있어 살풋 운치가 넘친다. 집 옆으로는 계류가 흐르니 물소리에 귀가 맑아진다. 이렇게 되면 나는 일종의 선망을 느낀다.

나도 이런 집을 갖고 싶다는 욕심과 희망이 새삼 강해진다. 도시 생활을 청산하고 산으로 들어가고 싶어진다. 그러나 그럴 여건이 되질 못하니 꾹 참아야 한다. 이는 어쩌면 나약한 변명이다. 여건이 부족해서라기보다 도시의 삶에 길들여진 나머지 욕망도 그만큼 번잡한 탓일지 모른다. 산중에서 생계를 도모할 방책이 없는 탓이기도 하다. 지리산에서 아사한 자가 없다 하지만 사람이 어이 굶주림을 면하는 것만으로 살아갈 수 있으랴.

'홀딱벗고새'가 전해 준 소식

내 몸의 유통기한을 생각한다
호박을 자른다
보글보글 호박죽 익어 간다
늙은 사내 하나 산골에 앉아 호박죽 끓인다

박남준이 쓴 시의 한 구절이다. 산속의 일상 한 가지가 그려져 있다. 산중에 홀로 앉아 호박죽을 끓여 먹기. 이를 즐거움으로 아는 내 공이 있어야 산중살이를 무사히 누릴 수 있을 것이다. 자칫 '청승'이나 '궁상'으로 비칠 수도 있는 쓸쓸한 독존을 허심한 '청빈'으로 승화하는 데에 그 비결이 걸려 있을 터인데, 그는 이 남다른 경지를 노크하는 사람으로 보인다. 그가 산중을 살아온 것은 어언 18년쯤에 이른다. 지리산에 들어오기 전엔 모악산의 외진 산골에서 13년을 홀로 살았다. 방송국 구성작가나 미술관 큐레이터 등으로 근무하며 도시를 살았던 그가 일찌감치 홀홀 다 떨쳐 버리고 산중으로 들어간 이유는 심플하다. 산에서는 돈을 벌지 않고서도 살아갈 수 있다는 충분한 가망성을 보았기 때문이라는 거다.

도시의 삶은 모든 게 돈과 관계가 됩니다. 돈을 써야만 하고 돈을 벌어야만 하는 것이죠. 그런데 산에서 살 경우는 다릅니다. 쌀과 된장만 있으면 나머지는 자급자족이 되거든요. 모악산에 살면서 그걸 알게 되었죠. 아, 어떻게든 산속에선 견디낼 수 있겠네, 더 조화롭게 더 편안하게 살 수 있겠네, 하는 착상을 했는데, 그러면서 사표를 내고 아예 산에 눌러살기 시작했습니다.

일찍이 중국의 도연명이 관직을 버리고 귀거래사를 부르며 산야에 은둔한 것처럼 과거의 선비들은 흔히 초야에 묻혔다. 청빈 속의 유유자적, 안빈낙도의 자유를 구가했다. 박남준의 행장이 바로 그 계보에 속한다. 그러나 오늘날의 냉혹한 자본주의 세상에서 일을 하지도 않고 돈을 벌지도 않는다는 것은 거의 만용에 가까운 배짱이거나 무모한 도박일 수 있다.

수단 방법을 가리지 않는 축재를 일상의 업무로 여기고 살아가는 게 우리네의 보편적 양상이 아니겠는가. 청부清富에 관한 지지는 있지만 청빈이란 차라리 경멸의 대상이기조차 하다. 그러나 그는 가난한 살림을 작정하고 산에 몸을 맡겼다. 도회적 성향이 농후한 그에게 처음의 산 생활은 전혀 만만한 게 아니었던 것 같다.

초기엔 많이 힘들었습니다. 춥고 배고프고 외롭고 애환이 참 많았죠. 사람들로부터 잊힌다는 고독도 혹독하더군요. 처음엔 우편물이 날마다 왔는데, 이게 차차 1주일 간격, 보름 간격으로 벌어지더니 나중엔 한 달이 지나도 오질 않더군요. 지금은 그런 대로 이름이 알려졌지만 처음엔 무명 시절이라 원고 청탁조차 1년 내내 단 한 건도 들어오지 않았으니까요. 너무도 외롭고 심심해서 마당의 돌멩이나 꽃하고 얘기하며 살았습니다. "나는 참 심심하다, 너희도 심심하냐?" 이렇게 혼잣말을 하기도 했는데, 내가 혼자 중얼거리고 있다는 걸 알고 나서는 섬뜩하고 무서워지더라고요.

배고픔에 고독까지 겹쳤으니 극한의 어려움이었을 것 같군요. 그게 어떻게 극복이 되었나요? 다시 도시로 돌아가고 싶은 생각은 없었나요?

견딜 만했습니다. 주변 생물들에게 말을 걸면서 위로도 받고 위안도 받고 그랬죠. 하루는 먹을 게 없어 쑥을 캐는데, 새 한 마리가 흐흐흐 울어 대더군요. 이게 제 귀엔 비웃음으로 들렸습니다. 새조차 나를 비웃는구나 생각하니 모든 게 와르르 무너지는 기분이 들더군요. 쑥을 캐면서 오열했습니다. 도대체 어떤 새일까 알아보았더니 '검은등뻐꾸기'라는 희귀조더군요. 나중에 누가 그러는데 보통 '홀딱벗고새'라 부른다고 했습니다. 그때 제 머릿속이 훤해지는 기분이 었는데요, 오호라, 진정으로 홀딱 벗고 사는 삶을 살라고 말해 주기 위해 날아온 새였군, 하는 생각을 했어요. 단순히 '돈을 쓰지 않는 삶'에서 나아가 세상의 모든 명리까지 홀딱 벗고 산다면 더 풍요로운 삶이 되겠구나, 하는 각성 같은 걸 했던 순간이었죠.

한 달 생활비 15만 원

'홀딱벗고새'와의 만남으로 그는 많은 걸 다시 홀딱 벗어 버렸던 것 같다. 그러자 새 한 마리, 나무 한 그루를 바라보는 안목에 새로운 힘이 실리고, 세상에 스승 아닌 존재가 없다는 인식을 하게 되었다고 한다.

그렇다면 이와 같은 삶의 방식은 널리 권장할 만한 것일까. 시인이나 수행자들만이 누릴 수 있는 독특한 삶이라 해야 할까. 그는 많은 사람들이 자연 속에 사는 세상이 아름답다고 보고 있다. 그것이 더욱 안전하고 행복한 실천적 삶이라고 여긴다.

나이가 주는 변화이기도 하겠지만 산에 살면서 제 삶의 많은 것들이 변했습니다. 시도 변했습니다. 자연 속의 모든 생명들을 스승으로 여기고 닮으려는 마음이 변화를 불러들인 것이죠. 그저 한 그루 나무처럼 살고 싶다는 게 제 바람인데, 그러다 보니 분노하는 마음도, 미워하는 마음도 사라지게 되더군요. 홀딱 벗은 삶들이 많아진다면 세상에 변화가 오지 않을까 싶습니다. 저 차가운 무한경쟁으로부터 자유로워지고 여유로워지는 산중의 삶은 널리 권장할 만합니다.

시인의 방에서 차를 마신다. 그가 직접 재배하고 채취하고 덖어서 만든 녹차다. 책들과 책상을 중심으로 여기저기에 놓인 살림살이는 극히 간소한데, 벽 한 면을 가득 채운 음악 CD와 기타가 인상적이다. 음악에 조예가 깊고 노래를 잘하기로 정평이 난 그는 풍류 가객이다. 기타를 치며 노래를 하면 모두들 자지러진단다. 춤도 잘 춘다고 한다. 시 낭송회에서는 그 미성으로 인기가 높다. 멀고 가까운 곳에 사는 벗들이 술병을 높이 들고 찾아들기도 한다. 그러고 보면 그에겐 별반 부족할 게 없겠다.

돈이야 쓸데가 많질 않으니 한 달에 15만 원이면 거뜬하다. 노후에 관한 걱정 같은 건 당최 그의 관심사가 아니다. 어제는 지났고 내일은 다가오지 않았으니 오직 오늘 당장 먹고 살 수 있으면 그것으로 만족한다. 원래 그는 집이라는 걸 자기 소유로 하기를 원치 않았다. 세상을 떠날 때에 노잣돈으로 쓰일 200만 원이 잔고로 남은 통장만 있으면 됐지, 하며 살아왔다.

그러다 덜컥 집이 생겨버렸다. 그의 한심한(?) 살이를 보다 못한 주변 지인들이 십시일반으로 성의를 모아 현재의 산방을 장만해 주었단다. 그는 이게 별로 마땅치 않아 1년여를 입주도 하지 않은 채 궁시렁거리며 지내다 마지못해 등기부등본을 받고 이사를 했다.

오늘은 뭘 해 먹을까. 텃밭을 둘러본다. 아욱 잎이 벌써 또 불쑥불쑥 자랐다. 며칠 전에도 아욱국을 끓여 한 사흘은 먹었는데 아우~ 또 아욱국을 끓여 먹어야겠네. 뚝뚝 아욱 잎 한 주먹 그리고 첫물 고추, 고추가 제법 주렁주렁 달려간다. 고추 몇 개 따고 오잉~ 오이도 먹을

근래의 유행인 '웰빙well being'이 무엇이냐고 묻는다면, 단순히 '잘 먹고 잘사는' 생존 차원이 아니라 뭇생명과의 경이로운 만남에서 행복과 감사를 느끼는 삶, 이것이 참으로 고수의 웰빙이 아닐까 싶다.

만해졌네. 어이구~ 가지도. 음 가지는 저녁에 쪄서 가지나물을 무쳐
야지.

　박남준 시인이 쓴 글이다. 근래의 유행인 '웰빙well being'이 무엇이
냐고 묻는다면 그의 이 문장들이 답이 될 수 있을 것 같다. 단순히
'잘 먹고 잘사는' 생존 차원이 아니라 뭇생명과의 경이로운 만남에
서 행복과 감사를 느끼는 삶. 이것이 참으로 고수의 웰빙이 아닐까
싶다.

　텃밭의 생물들을 바라보는 저 평화로운 시선이 바로 웰빙의 본령
일 게다. 생명들이 가진 지순한 숨결을 통해 내 안의 영성을 고양하
고, 삶의 허심한 지평을 바라보는 일은 얼마나 고상한가. 욕망의 관
성에서 벗어나 내면의 깊이와 넓이를 키워 나가는 일은 그 어떤 비
즈니스보다 화급하고도 박진감 넘치는 사업일지 모른다. 산중 자연
과의 교감으로 시와 삶에 신성한 에너지를 불어넣는 그의 일상은 소
박하되 생동하고 자유로운 것으로 보인다.

　그런 그에게 단 하나의 불편이 있다면 이웃들의 눈치를 심하게 봐
야 한다는 점이다. 이웃이란 그의 영토에 동거하는 새나 풀이나 벌레
같은 것을 말한다. 브래드 피트가 나온 「티베트에서의 7년」이란 영화
를 보면 극장을 짓기 위해 대공사를 벌이던 사람들이, 지렁이가 나오
자 공사를 중단하고 정성스럽게 지렁이를 옮겨 주는 장면이 나온다.
그들에게 지렁이란 인간하고 하등 다를 게 없는 귀한 생명체다.

박남준의 이데아가 그와 닮았다. 그는 딱새가 뒷간에 둥지를 지으면 뒷간에 앉아 제대로 똥을 누지 못한다. 딱새 일가의 생육을 훼방할까 우려하는 탓이다. 죽어 나뒹구는 나비를 보면 꽃을 그 시신 위에 얹어 애도를 표하고서야 잠자리가 편해진단다. 이걸 간지러운 섬약함으로 본다면 지나친 과소평가일 게다. 세상에서 가장 무거운 짐에 해당하는 가족이라는 등짐을 지지 않은 자의 희희낙락이라 깔본다면 그건 질투의 소산일 게다. 물론, 홀딱 벗은 마음으로 산중을 사노라 자부하는 그에겐 그만이 알고 남들은 미처 모를 고독과 더불어 고심이 있을지도 모른다. 방금 홀딱 벗었지만 가만 돌아보니 실은 별로 벗은 게 없다는 부채감으로 난감할 수도 있겠다.

여하튼, 박남준은 제멋에 겨워 산다. 그 자신이 바라는 바대로 한 그루 나무처럼 조용히 지리산에 박혀 있다. 자연에 고개 숙이고, 산에 맨살을 부비는 삶. 여기엔 세상을 살짝 다르게 보는 눈썰미가 어른거린다. 🍃

처음엔 여기가 깡촌 중에 깡촌이었어요. 반딧
불이도 살았고요, 열목어도 많았어요. 지금은
다 사라졌죠. 친구들은 어디 유배 간 것 정도
로 여기지만, 그래도 조금은 남들보다 재미있
게 살고 있죠.

누가 뭐래도 내 맘대로 몰두한다

10년 전엔 밤이 무서워 밖으로 나갈 수도 없는 벽촌이었다. 유령들의 집회소처럼 어둠만이 삼엄했을 게다. 물소리는 벼락같아서 귓방망이 얻어맞은 것처럼 얼얼했다. 오지란 그런 곳이다. 무인지경에 저 만강산. 누가 통째 잡아먹어도 모를 험지(險地)였다.

그러나 변했다. 뻑적지근한 농원을 중심으로 인근 일대에 펜션이라는 게 우후죽순으로 들어서면서 풍경이 돌변했다. 강원도 평창군 봉평면 흥정계곡. 서울내기로 긴긴 세월 서울서 살다가 자연으로 귀의한 남자 이대우(67세)의 집이 이곳에 있다.

그의 집으로 가는 길이 어지럽다. 태기산 혹은 흥복산에서 흘러내린 연봉들이 사방에서 너울너울 싱싱한 춤을 추지만 원색을 칠한 식당이니 펜션이니 영업집들의 패션이 요란하다. 탕탕 흘러 마땅할 게

류도 기가 막히거나 숨통이 답답하다는 듯 나른하게 흐른다.

얼마 전까지만 해도 토박이들이 괭이를 을러메고 산밭으로 가던 두렁길들. 그것들도 이젠 '공구리'를 친 찻길로 변했다. 물방개처럼 부산하게 나대는 차량들로 면소 사거리 뺨치게 소란하다. 이래서야 산골 생활의 참한 맛을 어이 누리나? 그러나 이대우는 무슨 상관이냐는 투다.

처음엔 여기가 깡촌 중에 깡촌이었어요. 반딧불이도 살았고요, 열목어도 많았어요. 지금은 다 사라졌죠. 이 시대에 어딘들 오지가 남아 있기나 하겠습니까? 저기 허브농원이 번창하면서 겨울철에도 사람들이 줄기차게 찾아오는데, 모든 게 10년 전과는 상전벽해처럼 달라졌어요. 그래도 재미있게 삽니다. 친구들은 어디 유배 간 것 정도로 여기지만, 그래도 조금은 남들보다 재미있게 살고 있죠.

유배라? 그럴 만도 했겠다. 멀쩡하게 서울살이를 잘하던 그가 갑자기 산으로 들어갔으니. 젊을 적의 그는 언론사 기자였다. 몇몇 괜찮은 회사에 근무하기도 했다. 이름난 컴퓨터 회사에서 중역으로 9년간 일하기도 했는데, 어느 날 그냥 "때려치웠다." 그리고 여기 홍정계곡으로 들어와 버렸다. 왜 그랬나.

월급쟁이가 적성에 안 맞았습니다. 툭하면 때려치웠거든요. (웃음)

시골에 가서 살자, 하는 건 오래된 꿈이었어요. 뭐가 좋아서 그랬냐? 서울에서 할 게 없더라고요. 개나 끌고 다니며 산골에서 그냥 누가 뭐래도 내 멋대로 살고 싶었습니다. 보시다시피 이 골짜기가 요란해지면서 산골 생활이라는 게 좀 우스워졌지만 그래도 많이 만족합니다. 서울에서는 뭐든 멋대로 하기가 힘들어요. 제재가 많거든요. 산골에선 구속이 없습니다. 편합니다.

내 멋대로 살고 싶었다. 이게 요점이다. 도시의 모든 인연을 싹둑 끊고 산으로 들어가 혼자가 되는 일. 누가 보더라도 이건 모험이거나 도전이다. 유배객으로 보는 시선은 그래도 훈훈하다. 숫제 낙오자나 도망자로 볼 가망성이 많지 않겠는가. 하지만 이대우는 도시를 일종의 감옥으로 본 것 같다. 호젓한 삶, 간섭도 속박도 받지 않는 자유로운 삶. 이걸 도시에서 구한다는 건 맨땅에 헤딩하는 것과 같은 도로徒勞에 불과하다는 관점이었으리라.

그런 그에게 서울은 시급히 탈피해야 할 수렁이었다. 관계와 욕망의 지배를 받지 않는 해방구는 어디인가. 궁리가 많았을 게다. 산림은거를 통해 자유를 구하는 일은 그에게 상당히 화급한 문제였던 것 같다. 12년 전, 쉰다섯이라는 꽤나 늦은 나이에 서둘러 산에 든 것을 보면 그걸 알 수가 있다.

산중 생활은 늦어도 40대에 시작해야 한다고 봅니다. 체력이나 순

발력을 요구하는 일들이 많기 때문이죠. 무엇보다 부부가 함께 합의하는 일이 필수적입니다. 제아무리 남편이 산에 살고 싶다 하더라도 부인이 반대하면 소용없지 않겠어요? 제 아내는 다행스럽게도 흔쾌히 동의하고 나섰습니다. 덕분에 별 무리 없이 산으로 들어올 수 있었죠.

미친 듯한 몰두

도시를 청산하고 산골로 이주함은 어쩌면 다시 태어나는 새 삶을 의미한다. 결심도 많고 계산도 섬세하고 희망도 큰 법이다. 자연위사自然爲師라, 흔히들 자연을 선생님으로 믿고 섬기며 겸손하게 살 작정을 야무지게 하게 마련이다. 정색을 하고 들어앉아 도를 닦는 나날을 지향하기도 한다. 그러나 이대우에게 뭔가 아주 특별하거나 근사한 포부가 있었던 것 같지는 않다. 내 멋대로 살고 싶다! 그저 그뿐이었다.

하지만 만만치 않은 게 인생이라는 게임. 내 멋대로 산다는 게 쉬운가? 그럴싸한 물리적 공간이 주어졌다고 내 멋대로 사는 내공마저 덩달아 부여되는 건 아니다. 이대우 씨도 처음엔 그저 독서로 소일한 것 같다.

모던한 목조 주택 통유리창으로 들이치는 아침 햇살을 어깨에 받으며 향기로운 커피를 마시고, 낮에는 바하의 음악을 듣고, 밤이 오면 총총히 빛나는 별들과 교신하며 삶의 무한한 광휘 같은 걸 떠올렸으리라. 평생의 동맹자인 아내 서경옥(66세) 씨는 곁에서 자수를 놓거나 남편의 얘기를 조용히 귀 기울였을 게다. 이 정도만도 이게 어딘가. 이른바 '전원 생활'의 우아한 격조가 넘친다.

그렇지만 이대우의 욕망 구조는 살짝 다르다. 전원 생활이라니, 그건 사치스러운 표현이라는 생각이다. 산골 생활은 아무리 폼을 잡아 봐야 여하튼 뭔가 야생의 에너지가 요구되는 탓이다. 우리네 삶

그에겐 반쯤 미친 듯이 몰두하는 일 하나가 있다. 그것으로 '멋대로 살기'를 구현한다. 새집 만들기가 그거다. "산에 들어오면서 꼭 하고 싶은 게 있었는데, 그게 목공일이었어요. 그중에서도 새집을 만들고 싶었죠. 아무 대가 없이 몰두할 수 있는 새집 만들기가 참 즐겁고 솜씨도 늘더라고요. 지금까지 칠팔백 개를 만들었습니다."

의 뿌리가 시골에 있는 즉, 시골살이를 여분의 낭만쯤으로 오해하지 말자는 사유도 읽힌다.

삶 자체가 여흥이나 판타지 같은 것일 수 없다는 인식도 엿보인다. 하지만 그는 궁색한 경제에 직면해 있지는 않다는 점에서 행운아이거나 실력자다. 원래 그에겐 서울에 평수 너른 아파트가 있었다. 이걸 처분해 좀 작은 아파트를 장만했고 나머지 자금을 산골살이에 투입했다.

그저 그럭저럭 큰 불편 없이 생활합니다. 산골에서 뭔가 생계를 꾸려 나갈 일을 찾는다는 건 불가능합니다. 그럼 어떻게 해야 하나? 한마디로 건달처럼 생활하는 수밖에 없어요. 덜 쓰면서 간소하게 살아야 하는 것이죠. 그리고 실상 크게 돈 들게 없는 게 산골이에요. 도시보다 대략 3분의 1 정도의 생활비가 들어갈 뿐이죠. 우리 부부는 한 달에 칠팔십 만 원 정도를 씁니다.

집 안엔 책이 많다. 관심 영역이 너른 탓인가. 다종다양한 책들이 보인다. 후지와라 신야의 『동양기행』, 주강현의 『독도 견문록』, 스티븐 킹의 『유혹하는 글쓰기』 등이 눈에 들어온다. 독서는 그의 중요한 취향이다. 왜 책을 읽나? 이 멍청이가 그렇게 묻자 돌아오는 답이 간결하다.

시간 때우기 좋아서, 란다. 독서로 때울 수 있는 게 시간뿐이랴.

그는 상당히 내향적인 남자인지도 모른다. 생김새만큼이나 내뱉는 언설도 텁텁하고 좀 심드렁하다. 독서를 즐기는 사람은 생각도 많은 사람일 텐데, 표현이 어눌한 그의 머리에 운동장 사이즈의 뭔가 큼직한 상상력이 들어 있을지도 모른다. 여하튼 독서는 사물을 탐하거나 사람을 만나기를 바라는 식의 일상적 욕구보다는 덜 세속적이다.

독서 외에 이대우는 전자 오르간 연주를 즐긴다. 베란다에 앉아 달빛을 실루엣처럼 걸치고 양주나 과실주 한잔을 마시길 좋아한다. 정든 벗이 찾아오면 삼겹살을 구워 소주병을 쓰러뜨린다. 누가 보면 영락없이 팔자 늘어진 양반이다. 그렇다면 그는 이것으로 오랜 숙원이었던 '멋대로 살기'를 완수했나? 실상이 그러하다면 밍밍하다. 그는 이러자고 좋은 직장 다 때려치우고 산으로 들어온 게 아니다. 그럼?

그에겐 반쯤 미친 듯이 몰두하는 일 하나가 있다. 그것으로 '멋대로 살기'를 구현한다. 새집 만들기가 그거다.

산에 들어오면서 꼭 하고 싶은 게 있었는데, 그게 목공일이었어요. 그중에서도 새집을 만들고 싶었죠. 제가 어려서부터 약간의 손재주와 예술적 창의력은 있었던 것 같아요. 아무 대가 없이 몰두할 수 있는 새집 만들기가 참 즐겁고 솜씨도 늘더라고요. 지금까지 칠팔백 개를 만들었습니다.

마이너리티의 즐거움

왜 하필 새집을 집중적으로 만드시나요?

사실 새들에게 인공적인 새집이 불필요할지도 모릅니다. 스스로들 집을 지으니까요. 제가 만든 새집에 둥지를 트는 새들은 아마 천 마리 중에 한 마리 정도일 거예요. 미미한 수치죠. 하지만 새집을 제대로 만들어 걸어 주면 천적에게 잡혀 먹을 확률이 적어지고 부화 성공률도 높아집니다. 그리고, 숲속에 새집을 걸어 두면 분위기가 아주 좋아집니다. 그 무엇보다 만드는 재미가 크죠. 만드는 룰이 있는 것도 아니고 제 맘대로 디자인하고 톱질하고 망치질하는 자유를 만끽하는 셈이죠.

판매도 하십니까?

어떤 대기업에서 다량을 사가기도 했지만 원래 판매용은 아닙니다. 일상에서 별 쓸모가 없어서 사겠다는 사람도 없고, 그래서 만드는 사람도 없어요. 지금까지 두 번 새집 전시회를 가졌습니다. 날이면 날마다 일고여덟 시간씩 작업실에서 새집을 만들며 살아왔는데, 대부분은 창고나 실내에 쌓아 두죠. 집 주변 나무에 걸어 두기도 하고요.

새들이 날아와 인공 새집에 잘 적응하던가요?

새집엔 두 종류가 있어요. 하나는 알을 낳고 새끼를 기르는 살림집이고, 다른 하나는 먹이집입니다. 이것들이 새들에겐 꽤 유용하

덩치가 큰 직박구리와 어치는 함께 날아드는 경우가 많다. 쇠딱따구리와 오색딱따구리도 이 계곡 숲의 공인된 가수다. 이 산속의 형제들을 위해 그는 새집을 짓는다. 아울러 자신에게 기여하기 위해 새집을 짓는다. '멋대로 살기'의 스케줄을 새집 짓기로 관철하는 거다.

죠. 먹이집은 주로 겨울철에 이용되는데 눈 내린 겨울 산에서 먹이를 찾지 못한 새들을 위해 먹이를 놓아 줍니다.

그와 같은 인위적 돌봄이 혹시 새들의 자생력을 해하는 일은 없을까요?

산중의 겨울은 가혹합니다. 멧돼지조차 먹이를 찾지 못하죠. 굶주려 죽어 가는 새들이 참 많습니다. 산골의 집집마다 겨울철엔 새들에게 먹이를 줘야 한다는 게 제 지론예요. 새들이 사라지면 나무도 죽습니다. 새가 없다면 나무를 망치는 해충들을 무슨 수로 감당할까? 새집은 생태적 용도가 분명합니다.

새에 관한 조예가 깊으실 것 같습니다. 흔히 '새대가리'라 해서 새를 비하하는 경우가 있는데 새는 정말 머리가 나쁜가요?

(웃음)낭설일 뿐이죠. 새집을 걸어 두면 새들이 이를 보고 금방 입주하지 않습니다. 1주일 이상 면밀하게 관찰한 뒤에 비로소 들어가 살죠. 새집 안에 짚이나 깃털을 깔아 아늑한 방을 만드는 기술도 놀랍습니다. 날아가는 게 본업인 새들의 생리도 특별합니다. 일테면, 몸을 가볍게 하기 위해 먹이를 먹으면 불과 20분 안짝에 허공을 날면서 똥을 싸 버립니다.

홍정계곡에는 많은 텃새들이 살아간다. 이대우는 계곡 일대에서 대략 열한 종류의 조류를 확인했다. 몸집이 작으면서 개체수가 많은 박새, 쇠박새, 진박새, 곤줄박이, 동고비, 노랑할미새들이 하루 종일 날아들어 지지구 재재구 노래 부른다.

덩치가 큰 직박구리와 어치는 함께 날아드는 경우가 많다. 쇠딱따구리와 오색딱따구리도 이 계곡 숲의 공인된 가수다. 이 산속의 형제들을 위해 그는 새집을 짓는다. 아울러 자신에게 기여하기 위해 새집을 짓는다. '멋대로 살기'의 스케줄을 새집 짓기로 관철하는 거다. 이를 일러 자리이타自利利他의 본이라 해야 하나?

남들은 산골 생활의 겉만 보고 참 좋겠다, 부럽다, 라고 합니다. 이게 뭘 모르는 소리죠. 그런 이들에게 저는 딱 한 달만 산에 살아 보라 말합니다. 뭐 하나 쉬운 게 없는데 특히 겨울철 추위가 혹독합니다. 또 뭔가 몰두할 수 있는 소일거리를 찾는다는 게 쉽질 않아요. 이래서야 내 멋대로 살기 어렵죠. 제가 새집을 만드는 건 몰두하기 위해서입니다. 몰입이 있어야 재미도 있고 행복도 있으니까요. 몰두가 없는 산중 삶은 실패한다는 게 제 결론입니다. 참을 수 없이 고독해지니까요.

이대우의 새집 만들기는 거대한 업무는 아니다. 영혼을 쥐어짜는 무슨 예술이나 구도도 아니다. 그러나 산중 삶의 영일을 보장하는 수단이다. 소박한 일락逸樂이다. 혼자 노니는 감미로움이다.

그에게도 한때 중시했던 사회적 외연이나 품위, 가치라는 게 있었다. 하지만 모두 걷어차고 산에 들었다. 주류에서 벗어나 마이너리티minority로 사는 일의 즐거움. 그는 그런 걸 체득한 사람으로 보인다. 그런 그에게 약간의 비논리, 약간의 무대포, 약간의 고집 같은 게 보이는 건 어쩌면 정당하다. 여하튼, 그는 삶의 한 드문 보기이다. 이 시대에 만연한 시장 논리에 구속되지 않은 이미지가 강하다. 아무나 산에 사는 게 아니다. 🍃

산에 살면서 겸손을 배우는 한편, 독단적이고 야생적인
면모가 살아났다 할 수 있을 겁니다. 집개가 아닌 야생
들개의 습성, 그런 게 몸에 배게 되죠. 삶과 죽음을 자연
스럽게 보는 힘도 생겼고, 이게 긍정적인 에너지 아닐까
합니다.

집개로는 어림없다, 야생 들개처럼 살아야 한다

산중의 삶은 한결 평화로울까. 자연과의 교감 안에서 영혼의 휴식을 얻을 수 있을까. 영월 망경대산 자락에 사는 시인 유승도(49세)에 따르면 그건 허영이거나 관념에 불과하다. 세상의 모든 장소가 그렇듯 산중 역시 냉혹하고 매정한 곳이다. 서투른 낙관, 허약한 감상 따위가 통할 수 없는 차가운 세계.

유승도는 최근 두 번째 시집을 냈다. 시집 제목은 『차가운 웃음』. 산골살이의 보고서이자 고백서라 할 수 있는 이 시집에는 자연과 생태를 바라보는 시인의 냉정한 관점이 있다. 「돼지 잡는 날」이라는 시의 몇 구절을 볼까.

고기를 씹으면 피비린내가 뇌로 퍼진다 내가 내려친 도끼머리에 머리를 맞고 쓰러지는 돼지, 칼로 멱을 찌르니 콸콸 쏟아지는 피, 그 피가 내 머리뼈 밖으로 흘러내린다 (중략)

돼지를 잡아 고기를 먹는 날이면 술로 먼저 입을 헹궈도 돼지의 피비린내가 온몸으로 파고든다 그럴수록 나는 돼지고기를 씹는다 꾹꾹 씹어 삼킨다

돼지를 도살해 으적으적 씹어 먹는 시인의 엽기적 경치가 선연하다. 생존이란 그런 것이며, 도시에서건 산에서건 그 무엇에 앞서 삶이란 냉혈의 게임이라는 인식. 상위 포식자가 하위자를 먹어 치우게 되어 있는 먹이사슬. 그것은 계략이나 꿍꿍이에 의해 움직이는 게 아니라 창조주가 디자인한 자연 법칙이다.

유승도의 시선은 이와 같은 삶의 원초적인 비정함, 야생의 처절함과 치열함에 꽂힌다. 사치스런 연민의 감정으로 온전히 간파할 수 없는 생의 차가운 이면을 담담하게 바라본다.

그의 사유가 그러하니 그의 삶 역시 지극히 현실적이다. 산중 생활의 안빈낙도라거나 풍류 따위는 그에게 생소한 개념이다. 명상이나 고독은 그의 친숙한 벗이 아니다. 관조의 눈으로 자연을 대하는 경향도 그다지 신뢰하지 않는다. 세상의 시인 중에는, 나는 몽상을 좋아한다, 고로 존재한다, 라고 말하는 사람이 있다. 유승도는 이렇게 말하는 것 같다. 나는 있는 그대로의 현실을 좋아한다, 고로 존재한다, 라고.

산 중턱 고원에 자리한 그의 집은 마을에서 외떨어져 있다. 버려진 폐가였던 것을 수년에 걸쳐 고치고 다듬어 이젠 운치 넘치는 산방이 됐다. 세상의 탐욕과 광기가 침범 못할 이 골방에서 그는 책을 읽거나 글을 쓴다.

이런 그의 일상은 다분히 실용적인 기획 속에서 굴러간다. 그의 집엔 목줄을 매달아 키우는 개 두 마리가 있다. 한 놈은 방범용 진돗개이고, 한 놈은 식용 똥개다. 품성이 좋은 건 똥개 쪽이지만 그 미덕이 그에게 돋보여 '식용'의 운명을 면제 받을 가망성은 없다. 때가 되면 그 개는 도살될 팔자인데, 기르던 개를 잡아먹으면 맛이 없더라는 게 시인의 체험이다. 따라서 이웃집 개와 바꿔 잡아먹는 게 그의 노하우. 이게 좀 염치없는 짓 같아 보이지만 그게 유승도의 실사구시다.

황량한 떠돎을 접고 산중에 은거

　유승도 시인이 망경대산에 들어온 것은 도시에서의 삶이 고단해서였다. 세상은 때로 양계장을 닮았다. 자본과 경쟁을 축으로 돌아가는 생존의 닭장 속에서 개인은 한 마리 닭 신세가 된다. 이 닭은 다른 닭들처럼 울에 갇힌 채 모이를 쪼거나 피똥 묻은 알을 까는 게 고작이다. 어쩌다 그 작은 대가리를 심오하게 굴려 닭이 먼저냐 알이 먼저냐를 궁리해 보지만 그래 봤자 머잖아 털 뽑힐 닭 신세가 달라질 건 없다. 이 닭은 그래서 닭장이 싫다. 홀로 까마귀 되어 날아가고 싶다. 유승도가 살았던 청춘의 나날이 그랬다.

　유승도는 말한다. "나는 세상과 불화가 많았다." 그는 충남 서천의 해변에서 모태를 박차고 세상에 나왔다. 그 최초의 출정은 힘찼지만 세상의 파란은 더 세차게 그를 덮치길 거듭했던 것 같다. 거리를 떠돌다 '삼청교육대'에 끌려갈 뻔했으며, 군대에서는 구타 사건에 얽혀 이등병으로 불명예제대를 했다. 뒤늦게 경기대 국문과를 들어갔지만 객기와 치기의 짬뽕인 문청(문학청년)들이 흔히 그렇듯 술과 방황의 진도에 한층 가속을 붙였을 뿐이다. 졸업 뒤에는 막노동으로 밥을 벌었다. 제주도에 가서 연안어선 어부 노릇을 했으며, 탄광의 막장 인부로 일하기도 했다.

　동가식서가숙 식의 황량한 떠돎이었다. 대책 없는 유랑이었다. 문학도로서는 더할 수 없이 좋은 체험이었다. 비록 모이를 찾기 위한 방편으로서의 떠돎이었으나 그나마 들고남이 자유로웠으니 닭장치고는 괜찮은 닭장 시절이었다. 그러나 그 어디고 까마귀처럼 날 수 있는 곳은 없었다.

그는 말한다. "그 바닥에도 견제와 다툼은 예외가 아니었다. 더 살벌했다." 어이하나. 유승도는 인생 막장에 접어든 심경에 몰렸던 것 같은데, 그 구체적 절망감을 미루어 짐작하기란 쉬운 일이 아니다. 마치 사막에서 실종된 것과 같은 상황에 이른 그는 정선땅 구절리 산속으로 들어가 폐광촌의 방 하나를 얻어 거기서 1주일간 내리 잠만 잤다고 한다.

검은 종이로 창을 도배해 무덤 속처럼 빛 하나 들이치지 않는 골방에서 이후 비몽사몽의 두어 달을 더 보냈는데, 어느 날 귓가에 새소리가 들려왔고, 그 지저귀는 새를 보고 싶었고, 그리고 그 감흥을 시로 썼는데 그게 문단 데뷔작이 됐다. 「나의 새」라는 시.

그렇게 시인이 됐지만 그건 이마에 붙은 명예일지언정 생활을 해바라기처럼 꽃피게 하는 데는 그다지 쓸모 있는 게 아니었다. 그는 다시 양계장 순례에 나섰다. 그러다가 대학 후배 김미숙(43세) 씨를 만나 결혼했으며, 아들 현준(11세)을 얻었고, 가망 없는 도시 생활을 청산하고 여기 망경대산으로 들어왔다. 그때가 1998년이니 어언 만 10년이 지났다.

유승도와 마주 앉아 차를 마신다. 그의 얼굴엔 감상할 게 많다. 작은 눈에 예리하게 찢어진 눈꼬리. 귀얄처럼 늘어뜨린 콧수염. 청룡도를 높이 꼬나들고 마상馬上에 오르면 당장에 고구려 무사가 되기에 족한 풍모다. 야성의 숲에서 튀어나온 파르티잔 같기도 하고, 또 어찌 보자면 티 한 점 없이 고상한 서생이다. 우뚝한 콧날에는 줏대가 엿보이고, 의지가 서린 입매로 보자면 매사 신중함을 미덕으로 삼을 상이다.

산 중턱 고원에 자리한 그의 집은 마을에서 외떨어져 있다. 버려진 폐가였던 것을 수년에 걸쳐 고치고 다듬어 이젠 운치 넘치는 산방이 됐다. 세상의 탐욕과 광기가 침범 못할 이 골방에서 그는 책을

유승도는 청룡도를 높이 꼬나들고 마상에 오르면 당장에 고구려 무사가 되기에 족한 풍모다. 야성의 숲에서 튀어나온 파르티잔 같기도 하고, 또 어찌 보자면 티 한 점 없이 고상한 서생이다. 우뚝한 콧날에는 줏대가 엿보이고, 의지가 서린 입매로 보자면 매사 신중함을 미덕으로 삼을 상이다.

읽거나 글을 쓴다. 유리창으로 들이치는 겨울 산록의 갈색 조調가 수
채화다.

야생적인 면모가 살아났다

가족을 이끌고 이 깊은 산에 들어올 때 어떤 작정이 있었나요?

자급자족이 목표였습니다. 어차피 글만 써서는 생활이 안 되니까
농사로 호구지책을 삼자는 생각이었죠. 글과 농사, 두 가지를 함께
하자는 작정이었는데 둘을 다 하기가 어렵더군요. 농사는 많이 줄였
습니다. 농토가 2천7백 평인데 많은 땅을 묵혀 두고 있죠.

생계가 쉽지 않을 거 같군요.

돈의 압박은 끊임없이 받습니다. 돈에 맞추는 삶이랄까. 그 왜 있
잖습니까? 군대에서 워커에 발을 맞추는 거, 그런 식이죠.(웃음)

쌀독에 쌀이 떨어진 적은 없었나요?

아직 그런 일은 벌어지지 않았습니다. 통장 잔고가 바닥을 치는
일은 가끔 벌어지죠. 그러면 바짝 긴장이 되는데, 그럭저럭 넘어가
게 되더군요.

한 달 생활비는 얼마나 드나요?

혼자 산속에 산다면 10만 원으로도 살 수 있죠. 가족이 있다 보니
사정이 달라지는데 60~70만 원 정도는 들어갑니다.

글은 열심히 쓰셨나요?

(웃음)나름대로 열심히 해 왔죠. 한때는 글을 포기할 생각도 했습니다. 끼리끼리 추켜세우는 문단 풍토도 맘에 안 들고, 나 아녀도 시쓸 사람 많고, 심정적으로는 그만뒀는데 원고 청탁이 들어오더라고요. 연필 놨다고 말 못하겠더라고요. 하는 데까지 열심히 해보자, 그런 생각이죠.

글 쓰는 일은 괴로운가요?

그렇지는 않습니다. 제가 좋아서 하는 일이니까.

유 선생 인상이 비록 무인풍이지만 애잔함 같은 게 비칩니다. 고독에 몸서리치거나 하진 않나요?

고독과는 어느 정도 담을 쌓고 삽니다. 오히려 외롭지 않아서 문제겠죠.(웃음) 외로워야 시가 나올 텐데 말이죠.

그렇더라도, 사는 게 별 재미없다는 표정이 엿보이는데 이는 웬일인가요?(웃음)

맞습니다. 재미없습니다.(웃음) 뭔가 특별한 게 없으니까요. 산다는 일의 재미라거나 슬픔 같은 관념조차 없어진 것 같아요. 옛날엔 슬픔의 힘이 강했고, 그게 시를 쓰게 했는데 요즘엔 맹맹해졌습니다.

그 맹맹함이라는 건 어디서 온 것일까요?

나와는 무관하게 흐르는 세상의 거대한 흐름, 그것을 바라보는 허무랄까 덧없음이 바탕에 깔린 탓일 겁니다.

산골 생활의 매력은 무엇인가요?

얽매이지 않고 살 수 있다는 점이죠. 직장 생활을 안 하니까 자고 싶을 때 자고, 일하고 싶을 때 일하고, 놀고 싶을 때 놀 수 있으니까요.

유 선생의 온유함 속에는 뭐랄까, 낙천적 성향이 느껴집니다만 신작 시집의 시편들을 보자면 야생성이 강하게 나타나더군요. 산에 살며 성격이나 가치관도 많이 변했나요?

겸손을 배우는 한편, 독단적이고 야생적인 면모가 살아났다 할 수 있을 겁니다. 집개가 아닌 야생 들개의 습성, 그런 게 몸에 배게 되죠. 삶과 죽음을 자연스럽게 보는 힘도 생겼고, 이게 긍정적인 에너지 아닐까 합니다.

두릅과 더덕이 있는 밥상

시인의 아내가 밥상을 차려 내온다. 부부가 손수 재배하거나 채취한 두릅과 더덕, 강에서 잡아온 물고기로 끓인 매운탕이 정갈하고 맛깔스러우니 이게 산중 성찬이다. 이 밥상에는 산 살림의 광채가 들어 있다. 음식 냄새가 번져 더욱 안온한 집 안 전체에도 결핍의 불편을 대수로이 여기지 않는 시인의 광량이 실려 있다.

유승도가 더덕주를 술잔에 따른다. 솔바람 한 자락이 술잔에 엉기고 풀내음 한 줌이 덤벼든다. 그러니 술은 향유이며, 음주는 권장할 만한 행사. 다만 한 잔의 술만으로도 온몸에 향이 번지는데, 술잔을 기울이는 유승도의 만면에 흡족한 미소가 어린다. 그는 애주가다. 적막한 산속에 고요히 앉아 있지만 생존의 긴장을 면제 받기 어려울 것이며, 가끔은 권태가 덤벼들 것이다. 내홍과 질곡으로 통과해 온 도시가 새삼스런 동경으로 그리울 수도 있을 게다. 그러니 아니 마실 수 있으랴.

하지만, 술로도 해갈되지 않는 목마름이 있을 법한데, 그는 혹시 산중에서 뭔가에 다시 코 꿰어 있는 것은 아닐까. 그래서 물어본다.

가끔은 가족을 떠나 자유로워지고 싶은 맘이 들진 않나요?

그럴 생각이 전혀 없습니다.

믿을 만한 가장이시군요.

(웃음)오히려 가족들이 저를 두고 떠날까 걱정합니다.

(웃음)어째서 그런 걱정을 하죠?

살수록 연민이 커집니다. 가장으로서 충분한 역할을 못한 송구스러움도 크고 말이죠.

산으로 들어온 것은 결국 현명한 선택이었나요?

후회는 없습니다. 도시와 시골을 이분법적으로 나누어 삶의 문제를 따질 일도 아닐 겁니다. 어디에 살건 결국은 마음의 문제일 테니까요.

창밖의 어슴푸레한 노을이 이제 저녁의 어둠을 데려오고 있다. 헤어질 시간이다. 호기심 넘치는 걸음으로 찾아들었다가 산향山香을 가득 담고 돌아서는 발길에 미련이 남는다. 유승도의 눈빛에도 아쉬움이 어린다.

집 앞 산마루에, 시인 부부가 마치 정다운 오누이처럼 나란히 서서 작별의 손을 흔든다. 그들의 순한 웃음이 여운으로 따라붙는다. 마음속의 먼지들, 증류처럼 흩어져 사라진다.

제가 소리하는 사람이기에 늘 오디오로 음악을 듣고 지냅니다. 하지만 자연의 소리가 음악보다 더 좋게 들릴 때가 많아요. 일테면 가을밤에 듣는 귀뚜라미 소리에 귀가 극도로 예민해지는데, 마침내 귀가 청빈해집니다. 이렇게 되면 귀가 한층 밝아지고 맑아져 비로소 소리다운 소리를 들을 수 있고, 소리다운 소리를 낼 수 있게 되는 거죠.

산에 사니 소리가 보인다

조붓한 농로를 따라 산기슭을 오른다. 산촌 민가의 오래된 가옥들이 써늘한 대기 아래에서 잔뜩 몸을 옹송그리고 있다. 한겨울 한파가 매서운 날이다. 이 추운 날에 산골 사람들은 뭘 하며 지내나. 칩거가 상책일 게다. 좀체 사람은 보이질 않고 그저 적막뿐이다. 간간이 개가 짖어 적막을 뒤흔든다.

소리꾼 권재은(51세)의 집은 마을의 뒤편, 산중턱 언덕배기에 있다. 충북 충주시 신니면 광월리 부용산 자락이다.

스산한 산자락, 겨울의 한복판에서 바라보는 삶의 세한이 아스라하다. "춘초명년록春草明年綠, 왕손귀불귀王孫歸不歸"라, 봄풀은 내년에도 푸르겠지만 그대는 가면 오지 못하리라. 중국의 시인 왕유의 시다. 산은 지금 동면 중이지만 봄이 오면 다시 청춘을 되찾는다. 자연은 순환적이다. 그러나 선형적인 인간의 청춘은 지독한 일회성을 면치 못한다. '회춘'이라는 게 있지만 어디 진짜 봄으로 돌아가는 것이랴. 그저 잠시 용을 쓰는 것일 뿐이며, 결국은 시간에 떠밀려 늙어 간다.

이게 상당히 쓸쓸한 이치인데, 산중 자연의 품에 안겨 살면 시간 도적의 횡포에서 살짝 벗어나게 되는가? 도시를 벗어나면 한결 어엿한 살이가 가능한 것인가? 권재은이 도시를 떠나 여기 산중에 묻힌 건 어언 4년째. 산 생활에도 등급이 있다면 그는 이미 초급을 졸업했다. 얼어붙은 빨간 벽돌집 문을 열고 나와 객을 맞는 그의 모습에 산에 사는 사람 특유의 야성이 비친다. 길게 길러 동여맨 꽁지머리. 편한 입성에 드러나는 검박.

누군들 한번쯤 깊은 산중의 외딴집에 살고 싶은 충동을 느끼지 않으랴. 텃밭을 가꾸거나 산나물을 캐고, 명멸하는 별들과 산짐승의 동향을 주시하며 사는 일의 만족감에는 도시가 주는 다양한 즐거움을 상회하는 뭔가 근원적인 품위가 있을 것이다. 그러나 도시를 박차는 일이란 전선의 병사가 주둔지에서 이탈하는 것처럼이나 위험하거나 무모하다. 권재은에게도 망설임이 많았을 게다. 도시에서 쌓은 관계와 기반을 물리고 산으로 들기 위해선 마음을 비우는 일이 선행되어야만 할 테니 이게 이미 내공을 요하는 일이다.

그는 소리꾼이다. 경도, 서도 소리로 이름을 날려 일쑤 '명창' 소리를 듣는 가객이다. 이런 그가 보기에 자연은 두 가지다. 하나는 불멸하는 자연이며, 다른 하나는 인위적이면서 근원에 동화하는 자연, 즉 예술이다.

다시 말해 예술도 궁극적으로는 자연이라는 얘기다. 그렇다면 예술인은 운명적으로 자연의 제자이거나 자연의 창안자이며, 따라서 자연 속에 사는 게 순리라는 뜻일까? 그가 오랜 근거지였던 충주시 도심을 버리고 산골로 들어온 것은 산이 내는 소리를 듣고 싶다는 욕망 때문이었던 것 같다.

제가 소리하는 사람이기에 늘 오디오로 음악을 듣고 지냅니다. 하지만 자연의 소리가 음악보다 더 좋게 들릴 때가 많아요. 뭐랄까, 때로는 커피보다 물이 더 좋을 때와 같은 거겠죠. 일테면 가을밤에 듣는 귀뚜라미 소리에 귀가 극도로 예민해지는데, 마침내 귀가 청빈해집니다. 이렇게 되면 귀가 한층 밝아지고 맑아져 비로소 소리다운 소리를 들을 수 있고, 소리다운 소리를 낼 수 있게 되는 거죠.

골바람이 불어 마당의 낙엽들을 휘젓는다. 연꽃 모양을 닮은 부용산의 연봉들이 팔을 벌려 만물을 안아 주지만 온 세상은 얼음처럼 차다. 새들의 날갯죽지도 한파에 꺾였나? 날아오르는 것들조차 하나 없는 허공이 스산하다. 묵언으로 늘어선 나무들의 숲을 바람이 헤집는다. 가슴을 말갛게 헹궈 주는 겨울 산의 냉기가 이 계절의 진미이겠으나 달랑 간소한 벽돌집 한 채로 이루어진 권재은의 거처는 가히 고즈넉하고 을씨년스럽다. 많이 가지지 않는 삶을 존중하는 그는 이 집에 세 들어 산다.

책을 많이 읽는 이유

권재은을 따라 실내로 들어가지만 춥기는 밖이나 안이나 마찬가지다. 난방비를 줄이려 보일러를 최소치로 가동하는 덕분이다. 그가 골초임을 증명하는 담배 냄새가 집의 본질처럼 정착해 있다. 이렇다 할 꾸밈도 치레도 없는 실내 경관에서 다시 그의 소박한 취향이 엿보인다. 그러나 그가 호사를 부리는 게 있으니 오디오와 책들이다. 이른바 명기라 부르는 오디오 구성품들이 벽의 한 면을 채우고 있고, 그 맞은편 서가엔 책들이 첩첩하다. 5천여 장에 달하는 씨디와 음반도 이 집 쥔장의 정체를 통기한다.

제가 말이죠, 돈을 모아 놓고 살지는 말자는 기본 수칙을 갖고 사는 사람입니다. 돈 생기는 족족 쓰는 것이죠. 10만 원이 생기면 책을 사고, 20만 원이 생기면 음반을 삽니다. 30만 원이 생기면 차茶를 사고요, 100만 원이 생기면 오디오를 사는 식이죠.

오디오나 음반은 소리하시는 분이니 그렇다 치고, 저 많은 책들이 인상적이군요.

이렇다 할 꾸밈도 치레도 없는 실내 경관에서 다시 그의 소박한 취향이 엿보인다. 그러나 그가 호사를 부리는 게 있으니 오디오와 책들이다. 이른바 명기라 부르는 오니오 구싱품들이 벽의 한 면을 채우고 있고, 그 맞은편 서가엔 책들이 첩첩하다.

책을 많이 읽는 이유가 있습니다. 제가 한때 문화 운동 주변에 있었는데 공부가 필요하더라고요. 또 산에 혼자 살다 보면 달밤에 살짝 눈물이 맺힐 만큼 외롭기도 한데 독서보다 시간을 잘 보낼 수 있는 방법이 달리 없더라고요. 소리에 대한 디테일한 글들을 찾아 읽는 즐거움과 도움도 아주 크고 말이죠.

좋은 소리꾼이 되려면 부단한 연습 이외에 독서도 필수적인 걸까요?

소리만 열심히 연습한다고 소리가 보이는 건 아닙니다.

소리가 보인다? 무슨 뜻인가요?

그냥 사물을 바라보는 것은 '견見'입니다. 이치를 꿰뚫어 바라보는 것은 '관觀'이죠. 남들 하는 대로 그저 타성에 젖어 움직이면 '견'이죠. 하지만 내부로 침잠된 고요한 마음으로 바라보면 '관'입니다. 소리란 결국 세상을 보는 '관'의 눈과 마음을 얻는 일일 거라는 게 제 생각이에요.

판소리를 집대성한 신재효는 소리꾼이 갖추어야 할 기본 능력 가운데 하나로 득음이라는 걸 꼽았더군요. 권 선생이 말씀하시는 그 '관'이라는 것에 이 득음이 어울리면 결국 득도가 되는 것인가요?

남들이 예우 차원에서 어떤 소리꾼을 일컬어 득음했다고 말할 수는 있겠죠. 소리꾼 스스로 그런 느낌을 지닐 수도 있을 테고, 그저 목청이 트이는 정도를 득음이라 말할 수도 있겠죠. 그러나 제 생각에 득음이란 환상이나 희망으로 존재하는 개념 같습니다. 득음의 경지를 유토피아적 극락이나 열락이라 비할 때 그것의 돌파가 실제로 가능키나 할까요? 우화등선류의 환상적 지평은 희망을 갖게 하지만 그건 가능치도 않고 또 그리 재미있는 차원도 아닐 겁니다. 제가 듣기로 구도자 가운데에 진정 득도한 분은 없다 하더라고요. 부처님 외에 자유자재한 분이 누가 다시 있을까요?

그렇다면 좋은 소리란 무엇을 말하는 건가요?

소리치고 나쁜 소리는 없을 겁니다. 그렇다고 기능적으로 노련하게 잘하는 소리가 좋은 소리라고 말하기도 어렵죠. 삶과 소리가 하나가 되었을 때, 그렇게 해서 나오는 소리가 좋은 소리인 것이죠. 선생에게 소리를 배워서 답습하는 기능에 멈추는 게 아니라 삶 자체가 소리여야 한다는 생각입니다.

삶 자체를 소리로 살았던 소리꾼엔 어떤 분들이 있다 보시나요.

그 옛날 고종 연간의 여류 명창 진채선이나, 1900년대 중반의 전설적인 소리꾼 임방울 선생이나 이화중선 같은 이들이 그런 분들이었을 겁니다. 과거의 소리광대는 요즘처럼 전문화된 직업 집단이 아니었죠. 귀하고 높은 존재가 아니라, 예술을 한다는 의식조차 없이 그저 삶의 밑바닥으로 내려가 대중들과 하나가 되었던 분들이죠. 누구나 만만히 대하고 집적거릴 수 있는 대중의 벗으로서의 본분을 잊지 않았던 분들입니다.

장고 하나 메고 유랑하고 싶어

끽다와 흡연이 있는 인터뷰 중에 물살 같은 어둠이 창으로 스며든다. 산중의 적막이 깊어지니 세상이 조용하다. 모두가 내 것인가 하면, 모두가 내 것이 아닌 세상. 욕망의 허망한 수레가 뒤로 물러나는 기분이 들고 있으니 산에 사는 맛이 이 맛인가.

권재은은 아까 자연의 소리에 귀가 청빈해진다고 했다. 청빈해진 귀로 세상의 소리를 듣고 청빈의 마음으로 소리를 한다는 얘기일 게 다. 우리가 사랑하는 세상, 그러나 사랑하면서도 안을 수 없는 세상, 이 난처한 세상을 소리꾼은 청빈한 소리로 껴안고 싶어 한다. 배운 것이 오직 소리이기에 소리에 전념하며 자연을 닮고자 한다.

　　권재은은 열두 살 때 시조를 잘하는 동네 어른에게 소리를 배우면서 외길 인생의 싹눈을 틔웠다. 일찌감치 민요 백일장 같은 대회에서 두각을 나타냈다. 그러나 부친의 격렬한 반대가 있었고, 급기야 중학교를 때려치운 뒤 소 한 마리 판 돈을 챙겨 서울로 무작정 상경

권재은은 우리가 사랑하는 세상, 그러나 사랑하면서도 안을 수 없는 세상, 이 난처한 세상을 청빈한 소리로 껴안고 싶어 한다. 배운 것이 오직 소리이기에 소리에 전념하며 자연을 닮고자 한다.

했다. 그리고 종로에 있었던 벽파 이창배 선생의 전수원에서 잠시 도제식 소리 수업을 받았으며, 이후엔 거의 혼자 부단한 연습을 해 20대에 이미 무게 있는 상들을 받기에 이르렀다. 이런 이력에서 알 수 있듯이 그에겐 뚜렷한 계보라는 게 없다.

저에게 소리를 배우는 제자들에게 저는 말합니다. 계보 없는 선생에게 배운 걸 나중에 후회하지 않을 자신이 있느냐고 말이죠. 저 자신 스승이 없었지만 사실 음악이란 자득하는 장르죠. 선생에게 배우면 배운 대로밖에 못하거든요. 시인 신경림 선생이 하루는 그러시더라고요. 신 선생께서 미당에게 시를 배웠다 하지만 무슨 가르침을 받은 게 아니라 미당의 시를 보고 느낀 게 많았을 뿐이라고 말이죠. 소리도 마찬가지예요. 스승으로 말하자면 주변의 모든 사람, 모든 사물이 다 스승입니다. 소리가 곧 삶이기 때문에 그런 겁니다.

산중에 머물며 생활은 어떻게 도모하시나요?

지금까지 음반 두 장을 냈고 공연도 합니다. 열 명 정도의 제자를 가르치기도 합니다. 그럭저럭 별 불편 없이 살아가고 있어요.

담배는 물론 술도 많이 즐기시죠? 이게 소리에 지장이 되지는 않을까요?

약간의 지장은 있지만 끊을 생각은 전혀 없습니다.(웃음) 제가 무슨 일이 있어도 하루에 여덟 시간은 소리 연습을 합니다만, 부단한 연습이면 뭐든 극복할 수가 있습니다. 적당한 장애는 늘 좋은 거라는 게 제 지론이기도 하죠.

적당한 장애가 상책이라는 무슨 증거라도 있나요?(웃음)

제가 소리로 40년을 살아왔습니다. 이게 가능했던 게 그 장애 때문이었어요. 어릴 적 소리를 하겠다 했을 때 부친의 반대가 극심했는데 거기서 오기가 생기더라고요. 그 오기로 소리 인생을 끌어왔다고 볼 수 있습니다. 고생이 없는 인생이 무슨 재미가 있겠습니까?(웃음) 장애가 없다면 스스로 장애를 만드는 게 현명한 예술가일 거예요.

그럼 요즘의 권 선생에게는 어떤 장애가 있나요?

남들의 호평을 듣기도 하고 예전보다 여러모로 편해진 게 문제죠. 장애물이 없어졌다는 고민을 좀 하고 지내는데 이게 차라리 괜찮은 장애일까요?(웃음)

소리판의 평자들은 권재은의 소리를 두고 "뭔가 다르다", "공력이 특별하다", "가식 없이 사실적이다"라는 식의 호평을 한다. 그러나 그는 주변의 평에 무심하다. 소리꾼의 모든 소리는 호·불호로 가를 수 없으며, 다만 서로 다를 뿐이라는 입장이다. 관점의 따뜻함이 느껴지는 태도이지만 호평에 심취하는 순간 나락으로 떨어질 수 있다는 자경自警도 삼엄하다.

창밖 검은 하늘에 별이 총총하다. 그는 별빛 하늘 아래에서 소리를 뽑으며 별과 교신하는 비밀을 아는 사람일까? 처음 산에 사는 소리꾼이 있다는 얘기를 듣고 굴이나 폭포에서 피나는 수련을 해 마침내 목이 터져 통달명랑通達明朗한 소리를 얻기 위해 노력하는 사람을 떠올렸다.

그러나 권재은의 관심은 득음 같은 것에 있지 않다. 자연으로 승화하는 예술, 삶과 빈틈없이 뒤섞이는 소리를 구할 뿐이다. 소리를 오래 하면 마침내 사람다운 사람이 되고 산이 되고 물이 될 수 있다고 본다. 이런 그에게 꿈 하나가 있다. 무엇인가?

다시 한 번 몸 뒤집기를 하고 싶습니다. 장고 하나 을러메고 정처 없이 전국을 유랑하고 싶어요. 과거의 소리광대들처럼. 그게 소리꾼의 본분이니까요. 🍃

자연에서 나를 바꾼다 **3장
변신**

산에 들어온 초기엔 참 힘들고 막막했지만 서서히
산중의 시간들이 소중하게 다가왔죠. 그러면서 몸
도 회복되었고, 그렇게 되다 보니 그래, 참 좋다,
언제 산에 살 기회가 다시 오겠는가, 가능한 한 오
래 오래 살아보자, 하는 생각을 하게 된 겁니다.

산에서 새 몸 받은 기적

승려는 도를 얻기 위해 산으로 간다. 심마니는 산삼을 캐기 위해 산으로 간다. 새만 쳐다보고 지내다 보니 새대가리가 되어 머리가 잘 안 돌아간다고 조크 하는 조류학자 윤무부 교수는 새똥을 관찰하기 위해 입산한다. 시인 도종환(56세)이 산으로 들어간 것은 신병 때문이었다. 몸이 아파 죽을 지경이었는데 백약이 무효였었다. 그래서 산에 입원했다. 널리 알려졌다시피 산은 믿을 만한 의료진이 포진한 명문 병원.

도종환은 마침내 자연이라는 의사의 메스를 받아 회생했다. '의학의 아버지' 히포크라테스는 일찌감치 "사람의 병을 낫게 하는 것은 자연"이라는 이론을 개진했다. 도종환은 히포크라테스가 말한 '자연의 치유력'을 온몸으로 체험한 생생한 모델. 의학계는 그를 주목해야 하리.

그의 집은 충북 보은군 내북면 법주리의 깊은 산중에 있다. 구불거리는 농로를 따르다가 난해한 산길을 거쳐서야 도착하게 되어 있다. 그가 홀로 밥을 해 먹고 잠을 자며 시를 짓기도 하는 산중 거처로 접어들자 매우 사교적인 종족들인 새들이 먼저 나서 쪼르릉 쪼릉 환영사를 읊는다.

나지막한 코러스로 울리는 바람 소리, 물소리의 선율도 청아하다. 그리고 사위 가득 숲이 출렁거린다. 연두에서 진초록으로 이행하는 5월의 나뭇잎들이 파랑처럼 일렁거린다. 산기운이 해일처럼 범람하는 이 숲의 도가니 안에 그의 황토집 "구구산방龜龜山房"이 있다. 구구龜龜, 거북이 두 마리다. 느리게 가기의 천재들인 거북처럼 태연하게 살자는 뜻일 것이다. 이른바 '파시스트적 속도'로 굴러가는 세상의 카오스를 성찰하는 시인의 명상적 사유를 대변하는 명패일 것이다.

그는 널리 이름난 시인이다. 자그마치 100만 부쯤이 팔린 첫 시집 『접시꽃 당신』은 그의 이름을 인구에 회자토록 이바지했다. 결혼 3년 만에 암으로 먼저 세상을 떠난 아내를 향한 사부곡인 그 시집의 출간 이후 그의 시작詩作 활동은 더욱 왕성한 것이 되었다.

문예 조직 안에서의 활약도 분주했다. 교사로서 전교조 활동에 나섰다가 투옥과 함께 해직되었다가 10년 만에 복직하기도 했다. 수많은 강연회에 불려 다녔으며, 방송 진행자로 나서기도 했다. 누구보다 바쁘게 살아왔던 셈이다. 말하자면 거북처럼 느긋하게 살 겨를이

산기운이 해일처럼 범람하는 이 숲의 도가니 안에 그의 황토집 "구구산방龜龜山房"이 있다. 구구龜龜, 거북이 두 마리다. 느리게 가기의 천재들인 거북처럼 태연하게 살자는 뜻일 것이다. 이른바 '파시스트적 속도'로 굴러가는 세상의 카오스를 성찰하는 시인의 명상적 사유를 대변하는 명패일 것이다.

없었다. 그가 이 시대의 미신인 속도 숭배의 열심당원일 리는 없지만, 공사다망했던 지난날들의 일상은 고속질주의 관성을 붙인 채 퉁탕퉁탕 잘도 굴러갔다.

산에서 얻은 '평온'이라는 명품

그러다가 급제동이 걸렸다. 몸 안의 부품 뭔가가 치명적인 오작동을 일으켜 쓰러지게 되었다. 몹시 구슬픈 소리를 내며 탈진에 이른 그의 몸 앞에 대기한 것은 입을 벌린 죽음의 검은 그림자. 이 병원 저

병원 다 다녀보고, 이 약 저 약 다 써봤지만 소용이 없었다.

병명은 자율신경 실조증. 교감신경과 부교감신경의 균형이 깨지면서 발생하는 희귀 질병이다. 체내의 면역 체계가 무너지면서 감기라도 걸릴라 치면 1년이 가도 낫지를 않게 되는 중대한 질환이다. 결국 그는 학교에 사직서를 내고 이곳 산중으로 들어오게 되었다. 그게 5년 전 일이었으며 마침내 거뜬히 병을 떼어냈다.

산에 들어온 초기엔 참 힘들고 막막했습니다. 무섭고 외롭고 괴로웠습니다. TV나 신문도 안 들어오는 적막한 숲속에서 오직 혼자 지내야 했으니까요. 하지만 도리 없이 견뎌야만 했죠. 그러다가 서서히 조용하게 지내는 시간들이 좋아지기 시작하더군요. 산중의 고요와 평화 속에서 혼자 책을 읽는 그 시간들이 소중하게 다가왔죠. 그러면서 몸도 회복되었고. 그렇게 되다 보니 그래, 참 좋다, 언제 산에 살 기회가 다시 오겠는가, 가능한 한 오래 오래 살아보자, 하는 생각을 하게 된 겁니다.

만약 당시 여길 들어오지 않고 계속 도시에 머무셨다면 병을 이겨내기 어려웠을까요?

그랬을 겁니다. 아무리 약을 먹고 주사를 맞아도 낫지를 않았으니까요. 자연에 몸을 맡기는 외에 다른 방법이 없었던 상황이었죠.

산에 들어온 뒤 몸 안에 어떤 일이 벌어진 것일까요? 이 산의 무엇이 병을 떨치게 했을까요?

세상의 번잡함을 내려놓고 자연의 흐름에 순응한 덕분이 아닐까 싶군요. 친구들 중에 정신과 의사가 있는데 그들의 얘기가 "몸이 곧 마음"이라고 하더군요. "마음이 또한 몸"이고 말이죠. 몸과 마음이 둘이 아니고 하나라는 건데, 이 몸과 마음의 균형이 깨지면서 병이 왔던 것이었겠죠. 산속에서 마음의 평온을 찾으면서 저절로 몸이 회복되었던 것 같습니다.

자연의 치유력이라는 게 실감이 납니다. 그런데 자연 속에선 왜 마음이 평온해지는 걸까요?

많은 일과 관계에 얽혀 살게 되는 도시와 달리 산속에선 자연만 바라보고 살게 되죠. 나무, 숲, 새, 빈 하늘 이런 것들을 바라보면서 욕심이나 잡념 같은 것들이 씻겨 나가는 겁니다. 그러면서 '도법자연道法自然', 즉 도는 자연에서 배운다는 노자의 가르침을 알게 되는 것 같습니다. 자연의 이치가 삶의 이치라는 걸 배우면서 평온을 얻게 되는 것이죠.

그가 과도를 들고 참외를 깎는다. 손놀림이 섬세하고 차분하다. 껍질 벗겨진 참외의 하얀 속살이 접시 위에 놓이는 걸 바라보며 나는 그의 마음의 속살을 어루만져보고 싶은 충동을 느낀다. 산방의 뜰에서 인사를 나눌 때 그의 첫인상은 근엄해 보였다. 고집이나 낯가림 같은 게 많은 남자라는 인상.

그러나 뭔가 우울이 배인 듯한 그의 얼굴에 미소 한 자락이라도 어리게 되면 인상이 급변한다. 안면 근육이 한순간 이완되면서 밝은 화색이 물살처럼 번지고, 눈빛마저 소년처럼 싱싱해진다. 그러다가 다시 한순간에 근엄한 얼굴로 되돌아간다. 말하자면 그는 민감하게 변하는 얼굴 표정을 지닌 사람이다.

어쩌면 그 심중을 잘 읽을 수 없는 안면 경치다. 그의 외면의 양상이 그러할진대 내면의 동향은 또 얼마나 기민하거나 복잡하게 진동할 것인가. 아마 고도의 센서가 내적 세계를 가동할 것이며, 그 미묘한 심상의 바다엔 시의 고등어, 언어의 다랑어가 유영하고 있을 것이다.

나는 깊이를 예측하기 어려운 그 심상의 체온을 느껴보고 싶은데, 그는 그저 '평온'을 얘기하고 있다. 그가 산중에서 얻은 가장 유력한 명품이 바로 '평온'이며, '평온'으로써 육신의 지옥을 벗어나 갱생의 날개를 얻었다는 게 아니냐.

방하, 방하!

불가의 묘법 중엔 '방하放下'라는 게 있다. 정신과 육체를 유린하는 일체의 집착을 놔 버리는 일, 또는 집착을 일으키는 여러 인연을 놓아 버리는 일을 말한다. 끊임없는 방하, 방하로써 해탈에 이를 수 있다는 게 선종禪宗의 요체다. 도종환이 숲속에서 행한 사업이 바로

도종환은 심중을 잘 읽을 수 없는 얼굴이다. 그의 외면의 양상이 그러할진대 내면의 동향은 또 얼마나 기민하거나 복잡하게 진동할 것인가. 그 미묘한 심상의 바다엔 시의 고등어, 언어의 다랑어가 유영하고 있을 것이다.

이 방하일 것 같다. "세상의 번잡함을 내려놓고 자연에 순응"함으로써 평온을 얻었다고 말하고 있으니.

그렇게 얻은 평온으로 그는 새 몸을 받았고 새 시를 썼다. 그는 산중에 살면서 쓴 시편 60수를 모은 『해인으로 가는 길』이라는 시집을 냈다. 그의 아홉 번째 시집인 이 책은 종래의 시적 경향과 완전히 다른 시들로 조합되었다. 지난날 그의 시들은 사랑과 시대를 노래하거나 정의와 화해를 예배했다. 조화, 나눔, 평등을 추구했다는 점에서 그건 '화엄華嚴' 정신의 시적 발현이었다.

그러나 산속에 살면서 그는 '해인海印'의 지평으로 항로를 바꿨다. 해인이란 번뇌 망상의 풍랑이 가라앉은 지혜와 깨달음의 경지. 화엄으로 휘몰아쳐 가기 위해서는 이 해인의 경지를 거쳐야 한다는 게 불가의 공리. 그가 이런 해인의 의미에 천착하게 된 것은 일련의 반성적 성찰에 의해서다.

지금까지 내적 수양이 부족한 채 과잉된 행동 중심의 삶을 살아온 것은 아닌가, 제대로 이룬 것은 없으면서 이름만 퍼진 사람은 아닌가, 부끄러운 줄도 모르고 세상의 큰일을 도모한 날이 많지는 않았는가 하는 뼈아픈 반성에 도달한 셈이다. 다시 말해 그는 반성적 성찰을 통해 평온을 얻었으며, 새로운 사유가 담긴 새로운 시를 쓰기에 이르렀다.

산중에 살면서 많은 것이 변했습니다. 우선 남들에게 하는 인사말이 변하게 되더라구요. 전에는 그저 "안녕하세요!"라 했지만 요샌 "청안淸安하세요!"라 합니다. 무엇보다 명실상부하지 못했던 자신을 돌아보게 되었습니다. 괜히 목소리만 크지 않았는가, 내실을 다지지 못한 채 헛된 욕심에 이끌렸던 건 아녔나 하는 반성이 있었던 것인데, 이런 생각들이 담긴 게 『해인으로 가는 길』이라는 시집이지요. 지난날의 시와는 전혀 다른 내용의 시들이 담긴 시집입니다.

그의 산방은 반듯하고 어엿한 황토집이다. 정원엔 잘 단장된 잔디밭이 있고 온갖 관목들이 울을 이루고 있다. 원래 이곳은 마늘밭이었다고 한다. 그랬던 것을 어떤 이가 집을 짓고 들어와 살다가 암으로 그만 세상을 떠나게 되었다. 그 바람에 빈집이 된 것을 그가 들어와 새 주인이 되었다. 산방의 내부는 몹시 쾌적하다. 통유리 밖으로 정원과 숲의 짙푸른 신록이 아롱거리고 저 너머 멀리로 구룡산이 보인다. 실내의 풍경은 조촐하고 단순하다. 벽난로와 다탁, 책장과 오래된 소파 등속이 어울려 차분한 분위기를 이룬다. 그의 검소하고 담백한 성품을 한눈에 읽을 수 있는 정경이다.

참 착한 사람

그는 외톨박이는 아니다. 아이들, 그리고 재혼으로 얻은 아내가

인근 청주에 산다. 가족들이 때때로 산방을 방문하며 그 역시 수시로 가족들을 찾아간다. 그러나 주로 산방에 머물며 산의 동맹자로 살아간다. 처음 그의 산 생활은 시련에 찬 것이었던 것 같다. 고독이 그의 벗이었으며 고난이 그의 형제였다.

산 생활의 기술도 미숙해 특히 겨울나기의 고역에 매우 부대꼈다. 혹독한 겨울을 지낸 뒤 맞이한 봄날에 핀 진달래꽃을 보면서는 눈물이 나기도 했다고 한다. 마을과 외떨어진 나머지 인적도 끊겨 저승처럼 고적했다. 주민들은 저기 저 산속에 웬 아픈 사람 하나가 와 있다네, 하는 정도로만 알고 지냈다고 한다.

도종환을 잘 아는 사람들은 그를 '참 착한 사람'이라고 말한다. 뭐든 남의 부탁을 매정하게 거절하지 못하는 여린 남자라고도 한다. 집 안에 날아든 벌레 한 마리라도 미물이 아니라 한울로 여기는 마음. 이는 예사롭지 않은 감성이다. 숙련된 내면의 징표다.

하지만 서서히 방문자들이 생기기 시작했다. 친구들이 그의 예후를 관찰하기 위해 찾아왔고, 문인들이 나타나 소주병을 밤새도록 쓰러뜨리곤 했다. 독자들도 찾아와 이 조용한 남자의 조용한 음성에 귀 기울이다 돌아가곤 한다.

이곳에 온 사람들은 누구나 참 좋네요, 살고 싶네요, 라고들 말합니다. 그러면서 무섭지 않은가 묻습니다. 그러면 저는 무섭다고 답하죠. 안전한가, 라고 물으면 안 안전하다, 따뜻한가 물으면 춥다, 그렇게 답해 주죠. 그렇게 되면 아하, 썩 살 만한 곳은 못 되나 보다, 그냥 가끔 들리는 정도가 좋겠구나, 하는 결론들을 내리게 되죠.

산중 생활이 쉽지 않다 하더라도 도시 생활에 지치고 진력이 나다 보면 누구나 문득문득 조용한 산골에 살고픈 충동을 느끼게 될 겁니다. 산에서 잘 살기 위해서는 어떤 준비가 필요할까요?

자연과 내가 한몸이라는 물오동포物吾同胞의 감성, 우주적 대가족주의에 대한 이해 같은 것이 있을 때 산 생활이 잘될 수 있을 거라는 생각을 합니다. 이곳엔 멧돼지며 고라니 같은 짐승들이 흔히 나타납니다. 사람들은 그걸 보면 대뜸 먹을거리로 생각하더군요. 꿩을 보면 아, 샤브샤브를 해 먹으면 괜찮겠네, 하는 식으로 말이죠. 사람의 욕망이라는 걸 탓할 수는 없겠지만 자연을 해치지 않으면서 사는 게 도리가 아니겠는가 싶습니다.

그런데 개나 닭 같은 가축들은 전혀 기르질 않는군요.

전에는 키웠죠.

왜 지금은 안 키우시나요?

사람들이 침을 흘리기 때문이죠.(웃음) 뭐든 먹을거리로 생각하거든요.

(웃음)어째 도 선생님 집에 찾아오는 사람들은 죄 굶주린 양반들인가 보네요.

그러게 말예요. "이천식천以天食天"이라는 얘기가 있듯이 우주 전체를 한울로 본다면 우리가 먹는 것도 우리가 섬겨야 할 한울이겠죠. 무조건, 내 맘대로 잡아먹을 수 있다는 생각은 참 위험한 발상이란 얘기죠. 이렇게 말하는 저로서도 실은 잘못을 범하고 있습니다. 집 안에 들어온 날벌레들이 결국은 유리벽에 갇혀 버둥거리다 죽게 되는데 이건 그들에겐 재앙이니까요. 그래 수시로 벌레들을 밖으로 내보내주지만 한계가 있죠. 나는 산이 좋아 산방에 살지만 나 때문에 죄 없는 많은 목숨들이 죽어 나가는 겁니다.

도종환을 잘 아는 사람들은 그를 '참 착한 사람'이라고 말한다. 뭐든 남의 부탁을 매정하게 거절하지 못하는 여린 남자라고도 한다. 이렇게 선한 그의 본성이 산중에 들어와 더욱 번성하고 있나? 집 안에 날아든 벌레 한 마리라도 미물이 아니라 한울로 여기는 마음. 이는 예사롭지 않은 감성이다. 숙련된 내면의 징표다.

결국 사람은 자연 안에서 눈을 뜨게 되는가. 욕망의 각축장인 세속 도시를 벗어나 자연 속에 머물면 마침내 두더지 마음에 초롱처럼 밝은 눈이 달리게 되는가. '물오동포'를 얘기하고 '우주 대가족주의'를 말하는 그의 거창한 이데아가 얼마만큼 무르익은 것인지는 알 수 없다.

하지만 그는 자연이 연주하는 생명의 오라토리오 안에서 온전해 보인다. 그의 식구들인 숲의 모든 동식물들과 교제하며 양지에 핀 민들레꽃처럼 평온하다. 🍃

산에서의 모든 날들이 마음공부의 연속이었습니다. 그러니 산이 큰 스승이 아니고 무엇일까요. 일개 무지렁이에 다름없었던 저의 소갈딱지, 저의 내면세계를 산이 키워 줬단 말이죠.

촛불만 켜고 살아온 산중 평화 18년째

삶에는 터닝 포인트라는 게 있다. 그것은 느닷없이 찾아들기 십상인데, 때로는 불행의 얼굴을 하고 나타난다. 김종수(58세)의 경우가 그랬다. 그는 서울 토박이로 줄기차게 서울에 살았다. ROTC 출신의 유능한 회사원이었다. 대학 산악부 시절부터 백두대간을 탔던 산꾼이었다. 부족할 것도 특별할 것도 없는 평범한 도시민이었다.

널리 알려졌듯이 롤러코스터처럼 어지러운 도시의 살이란 고독하거나 고역스런 행사. 그래서 우리는 때로 술을 퍼마시게 되어 있는데, 김종수 역시 못 말릴 술꾼이었다. 산꾼치고 술꾼 아닌 이가 드무니 그 역시 마셨다 하면 7차, 8차가 예사였다. 술이란 잘 마시면 주선酒仙으로 진급한다. 그러나 취중에 달 잠긴 연못 속으로 뛰어든 이태백의 이상한 종신終身처럼 낭패를 볼 수도 있다. 김종수의 과도한 음주 활동의 종장도 전혀 바람직한 게 아니었다.

몸이 망가져 수습할 가망성이 없는 지경에 이르렀다. 위에 구멍이 생기고 기가 쇄해 거의 사경에 이르렀다. 백약이 무효였다. 어이하나. 김종수는 모든 일상을 중단하고 서울을 떴다. 이판사판에 막가는 판이었으니 미련을 둘 여지가 없었다. 산으로 가자, 산이 나를 살리리라. 그렇게 산에 들었다. 강원도 정선땅 민둥산 자락으로.

그렇게 허겁지겁 입산한 게 18년 전의 일이었다. 18년. 긴 세월이다. 그사이 무슨 일이 벌어졌나. 모든 게 바뀌었다. 죽을 것 같던 몸이 부활했다. 욕망의 구성 요소가 달라졌으며, 삶과 세상을 바라보는 눈이 변했다. 나는 지금 김종수와 마주 앉아 있다. 눈빛이 맑구나. 언젠가 흑요석처럼 검고 투명한 눈을 가진 여자를 본 적이 있다. 그녀에게 비결을 묻자 소변을 받아 아침마다 눈알을 씻어 준 덕이라 했다. 오줌도 안광에 기여한다. 몸이란 이렇게 야릇하고 신비하다. 김종수의 맑은 눈은 아마 자연의 소변을 안약으로 삼은 덕택일 게다. 산중 자연이 그를 살렸으니 산이 통째 신약이다.

그러나. 중요한 것은 언제나 이 '그러나'에 있다. 그러나 산이 거저 베푸는 법은 없다. 죽어라 들러붙어 두드리는 자에게만 문이 열리는 이치. 그는 산중에 들어앉아 활명의 묘수를 궁리하고 또 궁리했다. 술에 찌들려 송장에 다다른 몸을 일으켜 세울 궁구란 화급한 현안이었으니 몰두 또한 깊었겠다. 궁즉변에 변즉통이라. 실로 옳은 소식이다. 궁하면 변하고, 변하면 통한다. 간절히 변화를 갈망하자 길이 환

김종수는 몸이 망가져 수습할 가망성이 없는 지경에 이르러 산에 들었다. 그랬던 그가 건강을 되찾고 15살 연하의 현미정 씨를 설악산 산속에서 만나 결혼에 이르러 슬하에 1남 3녀를 거두었다. 죽을 것 같던 몸이 부활해 욕망의 구성 요소가 달라졌으며, 삶과 세상을 바라보는 눈이 변했다.

히 보였다는 게 김종수의 통첩이다. 뭘 보았나. 자연의 이치다.

산에 들어와 한동안은 잠만 잤죠. 술과 불면에 시달렸던 서울에서와 달리 잠이 편합디다. 그렇게 지내다 보니 느낌의 세계랄까 하는 게 맑아지면서 자연의 순환이 보이기 시작했어요. 해가 뜨는 아침이면 밝아지고 따뜻해진다, 밤이 되면 어두워지면서 차가워진다, 이게 무슨 이치인가. 봄이 되면 만물이 살아나고 싹 나고 꽃이 피고, 그러다가 추풍낙엽의 가을과 엄동이 오면서 만물이 시들고 정지한다, 이게 무슨 이치인고. 이런 궁리였는데, 아하, 따뜻한 기운과 차가운 기운, 이 양자가 자연의 주인공이로구나, 하는 결론에 이르렀죠. 그렇다면 내 몸도 거기에 맞추면 될 것 아닌가. 예로부터 두한족열頭寒足熱이라는 건강법이 전해지지만 머리는 차게 하고 배 속은 따뜻하게 하는 게 내 몸을 살리는 오직 유일한 길이라는 걸 깨달았던 겁니다.

찬 기운과 더운 기운의 이치, 그건 동양철학의 근간인 음양론의 요체가 아닌가요? 김 선생의 득의에 찬 깨달음이라 보기엔 이미 너무도 유명한 이론인 거 같습니다.

맞습니다. 새로울 게 없죠. 하지만, 보세요. 머리로만 이해하는 지식의 세계와 직접 체험하는 느낌의 세계는 차원이 다르죠. 인체에는 생명 온도라는 게 있는데 내장을 따뜻하게 해 줘야만 이게 유지됩니다. 배 속은 따뜻하게, 머리는 차게 해 줘야 몸이 살고 덩달아 정신이 맑아지며 영혼조차 깨어납니다. 모든 기운이 배 속에서 나온다. 배 속을 따뜻하게 하라, 그러면 죽을병도 고친다, 이게 제 얘기의 핵심인데, 이건 그 어떤 의학자도 착안하지 못한 활명법이에요.

배 속을 따뜻하게 해 주기 위해서는 어떻게, 무슨 일을 해야 하나요?

아주 쉽습니다. 차가운 음식을 절대적으로 피하고 더운 음식을 먹으면 되니까. 차가운 음식이 내장을 죽이는 반면 더운 음식은 죽었던 배 속 세포조차 살려내거든요. 제가 지금까지 총 1,500일가량 단식을 했어요. 그런데, 단식 중에 뜨거운 물을 마시면 전혀 기력이 떨어지질 않습니다. 따뜻한 음식이 몸을 살린다는 뚜렷한 반증 아니겠어요? 배 속이 따뜻하면 살고 차가워지면 죽는다, 이건 움직일 수 없는 진실이에요. 죽어 가던 제 몸이 살아난 이치가 바로 거기에 있습니다.

사람이 살면서 어떻게 찬 음식을 피할 수 있죠? 여름엔 시원한 수박을 먹게 되고 생맥주도 마시게 되는데 그것도 독이 되나요?

과일도 불에 구워 먹어야 합니다. 술도 당연히 데워 마셔야죠. 배 속을 차게 하면 천하장사라도 결국은 붓고 굳고 썩고 아프다가 죽을 수가 있어요. 차가운 기운이 뭉친 '적積' 때문인데, 몸의 이상뿐 아니라 신경질에 화가 늘고 사고력, 창의력, 집중력, 영력 모든 게 저하되죠. 제가 말하는 이치는 너무도 간단해요. 너무 쉬워서 오히려 믿지를 않으려 하죠. 그러나, 보세요. 제 몸이 견본입니다. 젊어 보이지 않나요? 보통 실제 나이보다 10년은 젊게 봅디다. 죽을 지경이었으나 이렇게 변했어요. 배 속이 따뜻해지는 생활, 박 선생에게도 강력히 권합니다. 직접 경험하면 놀라운 실감을 할 거예요.

처음 2년은 내리 잠만 잤다

김종수의 방 안에는 수백 권의 장서가 있다. 모두 의학이나 동양철학, 수행에 관한 책들이다. 김 선생 본인에게도 4권의 저서가 있다. 『따뜻하면 살고 차가워지면 죽는다』라는 책자는 2003년에 냈는데 16쇄를 찍은 스테디셀러. 중앙 일간지에 건강 칼럼을 연재하기도 했으며 대학이나 기업에서 행한 강연회도 수백 회에 이른다. 그의 지도를 받아 족보 있는 갖가지 질환을 떨친 수련생만도 500여 명에 이른단다. 순항이다. "차가운 배 속을 타파하라" 외치는 그의 목청은 몹시 높은데 그게 척척 먹혀들고 있다. 그러다 보니 그의 산중 거처엔 찾아드는 사람이 많다. 지친 이, 외로운 이, 슬픈 이, 병든 이들이 찾아와 그의 지원을 받는다. 종이처럼 구겨진 몸과 마음을 추스르고 돌아간다. 그래서 그의 기림산방氣林山房은 늘 부산하다.

이건 어쩌면 폐단이다. 산중의 명품은 무인지경의 적막이며, 산림 처사의 본분은 적막 속 자연의 리듬을 경청하는 데에 있다고 본다면 말이다. 방문객이 많아서야 어이 한무閒撫를 누리랴. 그러나 정작 김종수는 거침없다. 산방의 문호를 활짝 개방한 것은 그게 자신의 도리이기 때문이라 한다.

이 좋은 건강법을 나만 알면 되나, 널리 알리고 두루두루 나누어 사람을 이롭게 하자, 차가운 생활에 찌든 세상의 병증을 고쳐 보자, 하는 태세다. 확신이 넘치고 소신이 깡깡하다. 자신의 건강론이 세상을 구제할 한 가지 단서가 되기에 족하다는 신념을 표할 때 그의 눈은 당구공만 하게 뒤룩거린다. 그러나 교만이 안 보이니 숙수熟手다. 머리만 쓰거나 입으로만 떠드는 자가 아니라는 증빙일 것 같다. 그도 그럴 것이 그는 사지에서 돌아온 사람이 아닌가. 꺼지는 촛불

처럼 가물거리는 명줄을 간신히 건져낸 자 특유의 뚝심과 결기, 사생
관과 세계관이 베이스에 공고하다.

　김종수의 기림산방은 소박한 귀틀집 서너 채로 이루어졌다. 손수
고치거나 지은 집들이다. 민둥산 자락 해발 700미터 고지에 자리한
이 골짜기는 원래 화전민들의 집단 거류지였다. 그가 처음 여기에
들어왔을 때엔 흉물이 된 폐가 서너 채만 남아 있었다. 직장도 처자
도 모두 뒤로한 채 단신 입산한 그는 폐가에 들어 내리 2년을 잠만
자다시피 했다.

　쑥대밭이라는 거 아시죠? 첨 여기 와서 쑥대밭의 진수를 알았죠.
귀신 나오게 생긴 폐가에 쑥만 2미터 이상씩 자라 있었으니까. 모든
게 힘들었어요. 삽질이라는 걸 안 해봤으니 농사가 쉽나요? 주경야
독을 하리라 했지만 전기가 안 들어오니 밤에 할 일이란 오직 잠뿐,
그렇게 2년여를 주로 잠으로 보내다 보니 비로소 머리가 맑아지고
정신이 밝아지더군요. 찬 기운과 따뜻한 기운이 교대 근무를 하는
순환의 이치가 보이고 말이죠. 서울에서 아프고 쓰리고 괴로웠던 몸
과 마음의 상태도 공부의 과정이었음을 알겠더군요.
　당시 산으로 들어오지 않았다면 어땠을까요?
　망가진 몸 그대로 무너졌겠죠. 저는 주로 몸을 얘기하고 있지만
실상 몸과 마음은 분리된 게 아닙니다. 하나라는 얘기죠. 산에 들어
와 마음이 열렸다, 열리면서 내면의 필링이 살아나는 일이 거듭되었

으니 산에서의 모든 날들이 마음공부의 연속이었다, 이렇게 되는 거죠. 그러니 산이 큰 스승이 아니고 무엇일까요. 일개 무지렁이에 다름없었던 저의 소갈딱지, 저의 내면세계를 산이 키워 줬단 말이죠.

그렇다면 사람은 모름지기 산에 살아야 마음이 열리는 걸까요? 도시에서 이상적인 삶을 살기엔 그리 적합하지 않다 보시나요?

도시의 삶은 외면할 수 없는 현실의 연속 아니던가요. 어떻게든 좀 더 벌어야 하고, 경쟁을 해야 하고, 그러다 보면 신경 쓸 일이 많게 되죠. 신경을 많이 쓰다 보면 기운이 소모되고 지치게 되니 마음 열릴 겨를이 없죠. 도시에 살더라도 자연을 자주 찾음으로써 내면의 안정을 얻고 지혜를 찾는 게 대책이지 않겠나 싶습니다.

고집스런 반전反電 용사

산중의 하루해는 짧다. 서편 하늘에 노을이 어리더니 이내 캄캄해진다. 부엌 식탁 위에 촛불이 오르고 그 아래에서 저녁을 먹는다. 촛불 아래 어른어른 떠오르는 간소한 음식들은 은밀한 성찬이자 소박한 만찬이다. 왜 촛불인가. 전기가 안 들어오기 때문이다. 김종수는 18년간 전기 없이 살아왔으며 앞으로도 그럴 거라고 한다. 그의 집에는 문명적 도구라 할 만한 게 거의 없다. 전기라는 에너지가 있고서야 존재 증명이 가능한 티비, 컴퓨터, 냉장고 따위가 전혀 없다. 미국의 작가 커트 보네커트는 컴퓨터 혐오자다. 김종수는 맹렬한 전기 혐오자다. 관에서 전기를 주겠다 했지만 냅두소서, 했다. 전기로써 보장되는 모든 편의가 더 일하게 하고, 더 악착을 떨게 하고, 더 싸우게 하고, 더 잠 못 자게 한다는 인식.

그는 촛불 아래서 날마다 글을 쓴다. 야생의 힘을 되찾은 그의 눈은 올빼미처럼 밝아 밤에도 훤히 보며, 전깃불의 싸늘한 발광이 아닌, 시원의 어둠 안에 서린 따뜻한 생명 열기에서 삶의 본연을 느끼는 것 같다. 빌어먹을 전기가 산중의 행복과 평화를 깨부술까 우려

산중의 하루해는 짧다. 서편 하늘에 노을이 어리더니 이내 캄캄해진다. 부엌 식탁 위에 촛불이 오르고 그 아래에서 저녁을 먹는다. 왜 촛불인가. 전기가 안 들어오기 때문이다. 김종수는 18년간 전기 없이 살아왔으며 앞으로도 그럴 거라고 한다.

하는 것이니, 이건 차라리 반란이 아닐까. 오, 전기야, 날 제발 내버려 둬! 이 고집스런 반전 용사는 그렇게 외치는 것 같다.

식사를 마치고 다시 김종수의 방으로 들어간다. 장작불에 달궈진 구들이 절절 끓는다. 그에겐 믿음직한 도반이 있다. 아내 현미정(42세) 씨가 바로 그렇다. 그는 15살 연하의 현미정 씨를 설악산 산속에서 만나 결혼에 이르렀다. 이 부부의 생산성은 탁월해 1남 3녀를 거두었다. 고3 아들만 춘천에 있고 딸들은 여기서 함께 산다. "우리 한잔 마셔야 하지 않겠어?" 김종수가 와인병을 꺼내 들자 현미정 씨가 안주와 술잔을 대령한다.

술이건 밥이건 이 집에서 빠질 수 없는 건 뜨거운 물이다. 김종수가 반쯤 술이 든 와인병에 뜨거운 물을 부어 칵테일을 만든다. 허, 나는 난생처음 뜨거운 포도주를 마신다. 이게 무슨 맛일까. 기대 반, 당혹 반으로 더운 와인을 목으로 넘기는데 이게 별미다. 배 속에 온기가 확 퍼진다. 웅크렸던 온몸의 세포들이 일제히 일어서 활개를 치거나 춤을 추어댄다.

사람들은 술, 담배를 오직 독으로 알지만 그게 아닙니다. 건강 보조제로 아주 좋은 것들이거든요. 배 속을 따뜻하게 한단 말이죠. 다만 소주든 맥주든 반드시 덥게 해서 마셔야 합니다.

아주 좋은 뉴스인데요.

뭐든 배 속을 따뜻하게 해야 합니다. 그러면 무병장수할 수 있습니다. 참나에 이를 수 있습니다.

참나? 그건 무엇인가요?

영혼이 최고조로 맑은 상태죠. 마음공부의 궁극입니다.

김 선생님은 참나를 얻으셨나요?

(웃음)얻긴요. 그저 참나의 경지를 알고 있다, 하는 정도죠. 그러니 갈 길이 멉니다. 나름대로 뭔가 얻은 것 같지만 날마다 미진한 게 다시 터집니다. 매순간 노력할 뿐이죠.

술을 마치고 마당에 나서니 천지가 캄캄하다. 숨소리조차 빨아들이는 정적 속을 거닌다. 구름을 뚫은 별빛 하나가 아련하다. 밤하늘 맑아 별들이 총총한 밤엔 무한의 광휘로 아찔하겠구나. 하지만 이밤, 희미한 한줄기 별빛만으로도 충분히 아름답다. 🍃

사는 일 중에 가장 중요한 가치는 생명에 대한 깊은 생각, 깊은
배려가 아닐까요. 그것을 통해 따스한 마음, 친절한 마음씨를
얻는 일보다 더 소중한 가치가 다시 있을까요.

나무에게 말하네, 꽃에게 속삭이네,
천 송이 풀꽃으로 피어나라

애처로운 과거사로부터 그녀의 얘기를 시작해야겠다. 사람이 살면서 겪을 수 있는 가장 큰 아픔엔 어떤 게 있을까. 사랑하는 사람과의 사별이 아닐까. 사별, 그중에서도 자식을 먼저 저세상으로 보낸 자의 슬픔처럼 깊은 통한이 다시 있을까. 그건 악몽, 혹은 지옥이 아니면 다른 무엇일 수 있으랴.

자식이 죽으면 흙에 묻는 게 아니라 가슴에 묻는다. 자식의 영혼을 묻은 어미의 가슴에도 뜨거운 피가 계속 흐를 수 있을까. 슬픔으로 무너지고 아픔으로 으스러진 그 가슴에 뭔가 여전히 뜨거운 게 흐른다면 그건 단지 가슴이 아니라 기적적인 인종忍從의 동혈洞穴 같은 것이 아닐까. 어미에게 인종의 세월을 남긴 채 훌훌 떠난 세상의 모든 자식들은 정말이지 야속하다.

그러나 자식을 키워본 사람은 안다. 그 어느 부당한 경우에도 미워할 수 없는 게 자식임을. 자식을 잃은 어미의 인종은 오히려 더 큰 사랑을 잉태한다. 모를 건 오직 신의 계략. 꽃처럼 어엿하고 별처럼 빛나던 우리의 자식들을 느닷없이 서둘러 불러들이는 하늘의 횡포를 무엇으로 저항할 수 있으랴.

신의 잔인한 호명을 받은 아이는 속절없이 떠난다. 서울, 1998년 겨울의 어느 날, 그렇게 한 아이가 이 행성을 떠났다. 아무런 예고도, 별다른 조짐도 없이 찾아든 변고였다. 사고는 이랬다. 모든 식구들이 잠자리에 든 심야의 집 안에서 불이 났다. 순식간에 집 전체가 불길에 뒤덮였고, 소방차가 출동했지만 골목통 도로가 비좁아 별다른 역할을 하지 못했다.

그리고 무슨 일이 벌어졌는가. 삼엄한 불길에 갇혀 미처 제 방을 빠져나오지 못한 딸아이가 싸늘한 주검으로 변했다. 이제 막 세상을 향해 여린 꽃눈을 터뜨리던 나이, 향년 24세. 아이의 이름은 천초영千草英. 초영, 풀꽃이로구나. "천 송이 풀꽃으로 피어나라"는 뜻으로 부모가 지어 준 이름이다.

세상과 이별하는 마지막 일순, 불 너울의 농락, 그 허망한 소멸의 순간에 초영이 최후로 본 잔영은 어떤 것이었을까. 이해할 수 없는 생사의 아스라한 지평이 꿈처럼 밀려들었을 법하다. 그리고, 환幻처럼 어른거리는 제 엄마를 보지 않았을까. 꺼져드는 호흡을 다해 엄마를 애타게 부르지 않았을까. 안녕! 엄마, 잘 자! 불이 나기 불과 20

분 전, 초영은 엄마에게 그렇게 밝게 웃으며 인사하고 제 방으로 들어갔었다.

딸이 죽고 내가 다시 태어났다

초영이 떠난 지 만 11년. 초영의 엄마 정상명(59세) 선생은 산중 거처에 머물고 있다. 춘천시 서면 퇴골의 냇물가에 자리한 그녀의 집에는 "자두나무집"이라는 이름이 붙어 있다. 운명적 만남이란 사람

1998년 겨울의 어느 날, 그렇게 한 아이가 이 행성을 떠났다. 향년 24세. 아이의 이름은 천초영千후 룿, "천 송이 풀꽃으로 피어나라"는 뜻으로 지어 준 이름. 아이를 보낸 슬픔을 참고 견디는 사이 어언 그녀에게 밝고 따스한 에너지가 스미기 시작했다.

과 사람 사이의 업무만은 아니다. 장소와도, 땅과도, 집과도 운명 같은 통정通情이 생긴다. 1996년 초봄, 산촌 순례 중 우연히 이 집을 발견한 정 선생의 경우가 그랬다.

일곱 그루 자두나무와 쥐똥나무 울타리가 있는 시골집을 보자마자 '이 집의 임자는 바로 나'라는 확신을 가졌다. 딱히 누구의 눈에나 띌 만한 매력으로 도드라지는 집은 아니었지만 '이 집이 오랫동안 나를 기다려왔고, 나 또한 이 집을 그리워했다'는 느낌에 사로잡혔다. 낮은 선율로 집을 어루만지며 흐르는 옆댕이의 냇물이 무엇보다 그녀의 마음을 흔들었다.

그날 마침 딸내미 초영이 동행을 했는데, 정 선생은 초영에게 의견을 물었다. 엄마의 독특한 취향을 누구보다 잘 알았던 초영은 이렇게 말했다고 한다. "엄마가 참 좋아하겠다!" 이젠 망설일 까닭이 하나 없었다. 그렇게 해서 정 선생은 퇴골과 연을 맺었다.

서울 생활을 청산하고 언젠가는 시골에 살리라 했는데 드디어 그 베이스가 마련된 셈이었다. 그녀는 수시로 퇴골을 드나들며 자두나무집을 가꾸기 시작했다. 행복한 날들이었으리.

그러나 삶은 비정한 수수께끼. 두 해 뒤, 예의 저 불길이 초영의 목숨을 앗아갔다. 아이를 키우는 부모 누구에게나 그렇듯 자식은 내 생명보다 더 귀하고 더 아름다운 존재. 정 선생이 겪었을 절망과 충격은 말 그대로의 청천벽력 같은 게 아니었을까. 그녀는 화장을 거쳐 한 줌의 재로 변한 초영의 유해를 자두나무집 뜰에 조성한 성모상 앞 지하에 묻었다.

이후 그녀의 나날들은 슬픔에 찬 것이었지만 놀랍게도 그건 그리 오래가는 슬픔이 아니었다. 바둑판 위의 반전처럼 인생에도 그 비슷한 극적 전환이 있다. 딸아이의 돌연한 떠남은 정 선생의 인생을 크게 바꿔 놓았다. 막히는 데서 도리어 통한다 했던가. 부처는 고난 가운데서 보리도를 얻으셨다 했던가. 부모란 이 세상에서든 저세상에서든 자식이 잘 살기를 기도하는 존재. 그녀는 더 이상 그 육신을 어루만질 수 없는 곳으로 떠난 초영이가 행여 슬퍼할까 봐 소리 내어 울 수조차 없었다.

슬픔도 힘이 된다는 말은 실로 옳다. 슬픔을 참고 견디는 사이 어언 그녀에게 밝고 따스한 에너지가 스미기 시작했다. 생사에 관한 집요한 성찰 끝에 담대한 시선이 열리고, 그 열린 눈으로 뭇 생명들과 소통하고 교감하는 힘을 얻게 되었다. 세상의 모든 유정물과 무정물이 초영의 숨결과 마찬가지로 고귀하고 순수한 생명체로 다가왔으니 그녀가 보기에 세상은 아름다웠다.

긍정으로의 대전환. 바로 그것이었다. 정 선생은 이 전환의 순간을 일컬어 "초영이가 죽고 내가 대신 태어났다"고 말한다. 그녀는 환경 운동가로 변신한다. 초영이 떠난 이듬해인 1999년에 환경단체 "풀꽃세상"을 창립, 그 대표를 맡게 된다. '풀꽃'이라는 이름은 물론 초영의 뜻풀이인 '풀꽃'에서 따왔다.

녹색 언어, 녹색 감성으로

정 선생님은 환경 운동을 하기 이전부터 그림을 그리는 서양화가로, 갤러리 운영자로, 혹은 글을 쓰는 예술가로 살아왔습니다. 그런 당신은 전혀 운동가처럼 보이질 않습니다. 감성적이고 섬세한 예술인 특유의 내향적 성향이 강하게 느껴지는데, 환경 운동에 뛰어들어 어려움은 없었나요?

제가 원래 혼자 놀고 혼자 있기를 좋아하는 사람이에요. 사람들에게 먼저 말도 못 거는 성격이었거든요. 극소수의 몇몇 좋아하는 사람들만 만나며 살았고, 또 그렇게 살다가 끝날 줄 알았어요. 그러나 환경 운동을 하면서 변했습니다. 단체의 대표를 맡아 매사 벅찼지만 헤쳐 나가야만 했죠. 하루 두세 시간 정도만 잠을 자고 열심히 일했는데, 원래 제가 구사할 수 있는 단어라는 게 몇 개 되지도 않았지만 저절로 늘기 시작하더라구요. 덕분에 이젠 누가 말을 시키면 수도꼭지 열린 듯 술술 풀어 놓을 수 있게 되었죠.(웃음)

"풀꽃세상"은 여느 환경단체와 그 운동 양상이 매우 다른 것 같습니다. 어떤 방식과 지향을 가지고 활동해 오셨나요?

세상을 바꾸자는 좋은 힘들 중에는 이슈 파이팅, 즉 투쟁을 그 방식으로 택하기도 하죠. 그러나 저희는 투쟁이나 구호를 지양해 왔어요. 저도 그렇지만, 저와 함께 "풀꽃세상"을 이끌어온 소설가 최성각 선생이나 모두 예술가가 아니겠어요? 본성대로 갈 수밖에 없는 것이

긍정으로의 대전환. 바로 그것이었다. 정 선생은 이 전환의 순간을 일컬어 "초영이가 죽고 내가 대신 태어났다"고 말한다. 그녀는 환경 운동가로 변신하여, 초영이 떠난 이듬해인 1999년에 환경단체 "풀꽃세상"을 창립, 그 대표를 맡게 된다. '풀꽃'이라는 이름은 물론 초영의 뜻풀이인 '풀꽃'에서 따왔다.

죠. 원래 사람의 마음은 흙처럼 말랑말랑한 것이었는데 그게 욕망에 짓눌려 아스팔트처럼 딱딱해졌다, 그 딱딱한 아스팔트 마음에 녹색 언어랄까, 녹색 감수성으로 다가가 풀씨 한 알을 심는다, 그런 심정으로 일해 왔다 할 수 있습니다.

아름다운 취지에도 불구하고 일부 환경 운동가들의 경우 기이하게 권력화함으로써 사람들의 식상함을 자아내는 수도 있더군요. 운동의 진정한 성취가 그만큼 어렵다는 것일 텐데 "풀꽃세상"은 어떤

성과를 거두었나요?

우리는 매해 자연물에 상을 드렸어요. 제1회 '풀꽃상'은 영월 동강의 비오리라는 새에게 드렸는데, 이게 사람들의 마음을 두드렸던 것 같습니다. 어, 새가 상을 받아? 비오리가 어떤 새지? 동강에 댐이 생긴다는데, 그러면 그 새들은 어떻게 되는 거지? 사람들은 깜짝 놀랐던 거 같아요. 그 놀람의 순간, 동화적인 감성이랄까, 부드럽고 향기롭고 사랑스런 감정을 은연중에 회복하는 게 아닐까요. 이렇게 우회적으로 감동을 주는 운동이라 자부해 봅니다.

사람은 자연의 일부다

그들의 일손이 바삐 움직인다. 뽕나무 가지치기가 한창이다. 그들 누구인가. 풀씨들이다. "풀꽃세상"의 일꾼들이니 그들의 일은 풀씨를 뿌리는 데에 있으며, 그들 자신이 또한 그 풀씨다. 별명도 그래서 한결같이 '풀'자 돌림자가 붙었다. 정상명 선생은 '왕풀'이다. 계급적 관점에서 붙은 '왕'자가 아니라 이목구비가 뚜렷하고 손발이 커서 그렇게 됐다. '왕풀'과 함께 "풀꽃세상"을 야무지게 끌어온 상머슴 최성각 선생은 '그래풀'이다. 자연을 향한 무례한 공격이 태연하게 저질러지는 이 요상한 지구는 "그래, 됐다!" 라고 말해도 좋을 만큼 안전하거나 멋진 별은 아니다. 하지만 최 선생은 낙관과 관용을 잊지 않는다. 그러니 '그래풀'이다. '왕풀'과 '그래풀'은 혼신의 힘을 다한 협동과 합심으로 "풀꽃세상"을 끌어왔다.

 그러다가 2003년 2월, 회원들에게 단체의 살림을 넘긴 뒤 "풀꽃평화연구소"를 개설, 이곳 자두나무집과 맞붙은 곳에 퇴골지소를 짓고 일상의 센터로 삼고 있다. 일찍이 문재가 튀어 '학생 시인'으로 통했으며 장차 '근사한 불량 할머니'가 되고자 하는 소망을 갖고 있는 심현숙 선생은 '산풀'이다. 이 세 사람은 늘 노동을 한다. 텃밭을 일구어 채소를 거두며, 뜰에 자라는 나무들의 동향을 주시한다. 두 마리 거위와 개들도 식솔이자 형제다. 오늘의 뽕나무 가지치기가 서울에서 내려온 동아리 '산야초'와 '디풀'이 힘을 보탠다. 한때 "풀꽃세상"은 "풀꽃교"라 불릴 만큼 성원들의 결속력이 단단했다. 이렇다 할 유명 인사나 잘난 이들이 참여한 건 아니지만 잘도 굴러갔다. 전국 곳곳의 많은 사람들이 한 톨 풀씨의 마음으로 자발적인 동참을 했다. "사람은 자연의 일부다", "모든 생명체들은 굳건하게 서로 연결돼 있다"는 이 단체의 기본 사유에 동조하는 장삼이사들. 그 많은 풀씨들이 발휘한 힘은 화려하지는 않지만 뜨거운 숨결처럼 절실한 것이었다. 풀씨들은 행복하겠다. 자연의 회복 안에서 삶의 확장을 도모함은 얼마나 큰 경사인가.

나무에게 새에게 말을 건다

자두나무집 벤치에 앉아 건너편에 앉은 정상명 선생을 바라본다. 그녀의 용모는 도회풍이다. 몸에 입은 복식으로 보자면 당장 일어나 현란한 집시 댄스를 마구 추어댈 것만 같은 로맨틱이 넘친다. 그러나 어쩔 수 없구나. 그녀의 맑은 눈빛엔 아직 슬픔의 기미가 남아 있다. 자식을 먼저 보낸 어미의 한줄기 회한이 잔광으로 어린 동공은 문득 별빛처럼 시리다.

독일의 전후파 시인 피온테크는 청각적 정조가 어린 시구로 가을을 예배했다. "높고 맑은 가을이/ 나에게 이별의 오카리나를 분다." 그녀는 이 고요한 가을의 산중에서 어떤 음성을 듣는가. 초영의 음성이 그녀의 귀에 엄습할까? 생전에 고왔던 아이였던 초영은 죽어서도 어미에게 어여쁜 한 떨기 꽃이자 노래하는 새.

어느 날의 꿈에선가 초영이 말했다고 한다. 엄마! 사람이 죽은 뒤 천상에 가져올 수 있는 것은 다만 선행밖에 없어요! 선행을 잊지 말라고, 그것이 아름다운 풀꽃 세상을 만드는 일이라고 제 엄마에게 거듭 당부했다고 한다. 정 선생은 딸의 메시지를 복음이자 생을 건너는 비의로 받아 들였다. 그러자 세상은 더욱 투명하게 아름다웠다. 산중의 온갖 생명들이 그녀 자신의 몸처럼, 그녀 자신의 혼처럼 다가온 것일까.

정 선생은 늘 말을 거는 사람이다. 마당의 가래나무에게, 조팝나무에게, 뽕나무에게 말을 건다. 꽃과 곤충, 새와 냇물과도 대화를 한다. 그녀의 대화는 아마 기쁜 노래이거나 기도일 것 같다. 물어본다.

사는 일 중에 가장 중요한 가치는 무엇이죠?
생명에 대한 깊은 생각, 깊은 배려가 있어야 하지 않을까요. 그것을 통해 따스한 마음, 친절한 마음씨를 얻는 일보다 너 소중한 가치가 다시 있을까요.

그녀의 얘기를 하나로 뭉뚱그리면 '사랑의 필연'이라는 게 될까. 사랑을 잃거나, 사랑스런 존재를 상실한다 하더라도, 그렇더라도 그 치유는 오직 더욱 큰 사랑을 하는 데에 있다는 통첩이 아닐까. 뒷산 숲에서 향이 번진다. 🍃

늘 여행하는 우리 가족에게 고향이나 거주지
같은 건 의미가 없습니다. 전국의 모든 계곡,
모든 나무 그늘, 여행하다 멈춰 머무는 그곳
이 그저 내 사는 곳이겠거니 합니다.

집을 버리니 날이면 날마다 소풍

생활이란 우리가 자주 착각하는 것처럼 멍에가 아니라 자유로운 활공장일지도 모른다. 문제는 관점에 있을 뿐이다. 오체투지처럼 궁구하는 삶이 있으며, 경주마처럼 각축하는 삶이 있고, 바람의 사주를 받아 가뿐히 떠도는 삶이 있다. 목수 김길수(37세)는 아마도 바람과 조약을 맺은 계열에 속한다.

세상은 척박한 장소일까? 일상의 애환이 죽비처럼 등짝을 후려치는 삶이란, 삶 속의 사랑이란, 시인 이성복이 말한 대로 그저 '치욕'일까? 도시의 굶주린 사냥꾼으로 배회하게 되어 있는 역정 속에서 바라보는 삶의 광경은 가히 쓸쓸한 곡예다. 김길수가 도시를 벗어난 이유가 여기에 있다. 사람은 좌우간 도시를 벗어나 자연 속에 살아야 온존할 수 있다는 기본 인식. 도시에 붙인 악성 댓글의 혐의를 풍길 수도 있는 사고다. 그러나 그게 김길수의 관점이다. 관점이 지향을 열어 주고, 지향이 실천을 추동한다. 김길수는 동에서 불어온 바람이 서로 가듯이 자기 삶의 관점이 지시하는 그대로 자연 속으로 흘러간다.

김길수에겐 집이 없다. 지리산 뱀사골 언저리에 집 한 채가 있었지만 팔아 치웠다. 그의 경험에 따르면 집이란 사람을 얽어매는 애물단지다. 집에 안주하는 순간 빼도 박도 못할 강박감으로 허우적거릴 수밖에 없다는 생각이다. 그렇다면 어디서 사나? 차에서 산다. 차가 집이다. 차령 10년짜리 고물딱지 소형 버스 내부를 살림방처럼 개조해 거기서 자고 먹는다. 아내 김주화(34세), 그리고 어린 세 남매와 함께 차에 살며 차를 집이라 부른다.

그러나 김길수 일가가 집으로 여기는 버스가 어디 한곳에 붙박여 있지는 않다는 점에서 온전한 집이라 할 수도 없다. 수시로 여기저기 굴러다니는 집이 무슨 집이겠는가. 그러나 이는 집을 고정자산으로 여기고 가급적 남들보다 크고 넓은 집에 살아야만 폼이 난다고 믿는 천박한 영혼들의 고정관념에 불과하다는 게 김길수의 생각인 것 같다.

집이 족쇄가 아니라 생활의 원활한 날개가 돼야 한다는 가치관. 집에 붙들리는 게 아니라 집을 배낭 짊어지듯 가볍게 을러메고 자연에서 자연으로 꾸준히 순례하는 데에 살이의 가망성이 있다는 유목민적 사유. 김길수의 모험과 실험은 바로 거기에 바탕을 두고 있다.

김길수에겐 집이 없다. 지리산 뱀사골 언저리에 집 한 채가 있었지만 팔아 치웠다. 그렇다면 어디서 사나? 차에서 산다. 차가 집이다. 차령 10년짜리 고물딱지 소형 버스 내부를 살림방처럼 개조해 거기서 자고 먹는다. 아내 김주화, 그리고 어린 세 남매와 함께 차에 살며 차를 집이라 부른다.

그렇다 하더라도 거점이라거나 센터 같은 게 있지 않을까? 지리산에서 생의 한때를 살았으니 거기가 본거지일까? 그의 얘기는 이렇다.

지리산은 마음의 고향입니다. 그러나 늘 여행하는 우리 가족에게 고향이나 거주지 같은 건 의미가 없습니다. 전국의 모든 계곡, 모든 나무 그늘, 여행하다 멈춰 머무는 그곳이 그저 내 사는 곳이겠거니 합니다. 여행 중에 만난 좋은 사람들이 사는 곳, 그 역시 베이스캠프이고 말이죠.

여행. 시간이라는 물살에 매달린 쪽배 같은 인생 자체를 한바탕의 여행으로 보는 태도는 드문 게 아니다. 그러나 나날의 삶을 길에서 길로 떠도는 여행으로 채워 가는 사람을 만나기란 양계장에서 토종닭 찾기만큼이나 어렵다. 그렇다면, 김길수는 삶이라는 여행계에 데뷔한 놀라운 혜성이거나 희한한 변종(?)인가.

우리는 누구나 일상에서 해방된 여행의 자유를 누리고 싶어 안달을 한다. 꽤나 많은 이들이 용감하게 사표를 던지고 지구의 오지나 사하라사막을 돌아다니기도 한다. 나도 한때 두 달가량 일상의 모든 스케줄을 접은 채 먼 곳을 정처 없이 떠돈 적이 있다. 아, 사는 일의 희열을 안겨 주었던 복된 여행이여! 처세 대신 방심을, 자제 대신 자유로 내가 나를 풀어 놓은 시간들이었다. 모름지기 기탄없는 여행으로 인생의 모든 시간들을 소비함이 사람의 본분에 맞는다는 생각조차 들 지경이었다.

그러나 그게 쉬운가? 바가지 긁는 마누라와 삐악거리는 새끼들이 딸려 있는 처지이고 보면 가당찮은 판타지일 뿐이다. 그러나 김길수는 걸림이 없이 제 지향을 관철한다. 나 몰라라 가족들을 팽개친 채 혼자 돌아다니는 게 아니라 가족과 함께 움직인다. 김길수 본인 혼자만의 만족을 위해서가 아니라 아내와 자식들에게도 유익하고 유쾌한 경험을 줄 수 있다는 확신으로 결행한 모험이다. 그의 정신에 피부처럼 들러붙은 가족애의 진상을 엿볼 수 있다.

교사에서 목수로 변신

집을 버리고 차에 살며 움직이는 생활을 선택하면서 저는 두 가지 중요한 목표를 정했습니다. 하나는 강요된 소비를 하지 말자는 것이죠. 매체들이 부추기는 소비에서부터 집 관리에 쓰는 비용까지 사람들은 지나친 소비를 하며 삽니다. 그런데 집 없이 살게 되면 돈을 덜 쓸 수가 있고, 덜 벌어도 됩니다. 또 하나는 강요된 교육에 매몰되지 말자라는 건데요, 자연 속에서 아이들은 오히려 폭넓은 시야를 얻게 되고, 그것으로 더 좋은 미래를 선택할 수 있을 거라 봅니다. 아이들을 위해 저 자신부터 더 다듬어야 하고, 더 깨달아야 하고, 더 굴러야 하고 말이죠. 여행 중에 현명한 사람을 만나 철저하게 부서지자, 새로워지자, 그런 생각이죠.

목수 김길수는 원래 교사였다. 2001년 봄, 지리산 자락 남원시 산내초등학교에 초임으로 발령 받았던 그는 청년 교사답게 교직에 꿈을 걸었다고 한다. 그러나 현실 교단의 풍토에 적응하기 어려웠다. 그는 아이들을 밖으로 데리고 나가 서서히 녹아가는 눈 속에서 순결하게 피어오르는 봄꽃을 직접 보고 느끼게 하는 식의 교육을 하고 싶었다.

하지만 통하지 않았다. 위계와 권위를 중심으로 돌아가는 비非수평적 환경에 넌덜머리를 내고 사표를 쓴 것은 부임 2년만이었다. 당시 그에겐 이미 처자가 딸려 있었다. 그러나 생계 걱정을 전혀 하질 않았다고 하니 이 대목에서 두둑한 배짱이 엿보인다.

바닥으로 내려가서도 충분히 행복할 수 있다는 게 김길수의 통첩이다. 입에 풀칠하기 위해 전전긍긍할 게 뭐 있느냐는 투다. 어려서부터 워낙 밥 굶기를 밥 먹듯이 해 왔기 때문에 굶주림이 두렵지도 않거니와, 막일이건 뭐건 닥치는 대로 일하면 가족들의 세끼 식사를 얼마든지 챙길 수 있는 세상 아니냐는 거다. 좋은 집, 좋은 밥에 대한 욕망이 없으므로 호구엔 아무 문제가 없을 수밖에 없으며, 실제로 별 문제 없이 살아왔다고 한다. 그는 일당 4만 원을 받으며 집 짓기 현장에서 날품을 팔았다. 어려서부터 나무 다루는 적성이 있었던 터라 아예 목수를 직업으로 하자는 작심을 했다. 목공 관련 전문서적을 구해다가 달달 외다시피 독학하는 한편, 현장 인부로 경력을 쌓아 마침내 번듯한 목수의 면모를 갖추게 되었다.

김길수는 한옥 전문 목수다. 한옥에 매료된 것은 단절과 밀폐를 면하기 어려운 양옥과 달리 한옥은 소통이 가능한 구조이기 때문이다. 나무와 흙으로 지어지기에 종국엔 자연으로 깨끗하게 돌아가게 돼 있는 재료들의 생태적 성격 역시 그의 지향과 맞다. 나는 김길수에게 몇 년생이냐고 물었다. 그러자 그가 73년생이라 한다. 73학번이 아니라 73년생? 노숙하게 늙어 있는 얼굴 경관과 어울리지 않는 나이에 잠시 눈을 끔벅였다. 집 한 채를 짓고 나면 10년은 늙는다고 하는데, 김길수가 그 견본인가? 그는 지금까지 열두 채의 한옥을 지었다. 그러나 집 짓기를 통해 한결 젊어질 수 있다는 게 그의 지론이다.

집을 '내 집'으로 지으면 10년이 늙지만, '우리 집'으로 지으면 반대로 10년은 젊어집니다. 아집으로 짓는 '내 집'은 닫힌 욕망의 공간이 됩니다. 그러나 '우리 집'은 남들과 소통하는 열린 공간이죠. 집이란 결국 마음이 쉬는 곳입니다. 나를 고집하지 않고, 소유욕에 매몰되지 않고, 웃음과 노래와 잔치가 출렁거리는 집. 이런 집을 짓는 일은 노동이자 놀이라 할 수 있습니다.

도피인가, 대안인가

김길수의 집 짓기는 비즈니스가 아니라 인생 공부거나 놀이처럼 보인다. 최소한의 경비와 최대한의 노동을 투여해 즐거운 집 짓기를 한다. 시원시원하게 집 잘 짓는 목수라는 소리도 듣는다. 지리산에서 집을 짓던 어느 날인가는 독일인 청년이 찾아와 집 짓기에 가세했다.

건축학도인 독일 청년은 못을 쓰지 않는 한옥의 공법에 매료돼 김길수 팀에 합세했는데, 이 청년은 김길수의 귀가 번쩍 뜨일 귀띔 하나를 했다. 세상에는 집 없이 캠핑카 하나로 살아가는 사람들도 있다고. 그건 날마다 여행하며 살아가는 멋진 방식이라고.

이를 그럴싸하다 판단한 김길수는 그럼 그렇게 살아보자, 하고 석 달간 준비를 했다. 중고 소형 버스를 사서 내부에 침실과 주방을 설치했다. 모든 설비는 나무를 사용했다. 뚝딱뚝딱 망치질만 하면 뭐든 필요한 물건을 만들어낼 수 있는 목수인지라 차량 내부 개조는 일사천리였다. 집을 한 채 가지고 있었으나 서둘러 팔았다. 집을 남겨 두면 중도에 포기하고 돌아가자는 유혹을 강하게 느낄 수 있으리라는 예상 때문이었다.

햐! 그의 아내는 혼비백산했겠다. 멀쩡하게 잘 살던 집을 해치우고 떠돌이 집시로 살자는 수작(?)이니 별안간 실성한 사람을 본 듯한 비통함마저 느꼈을지 모른다. 그러나 간덩이 큰 건 그의 아내도 마

건축학도인 독일 청년이 김길수의 귀가 번쩍 뜨일 귀띔 하나를 했다. 세상에는 집 없이 캠핑카 하나로 살아가는 사람들도 있다고. 이를 그럴싸하다 판단한 김길수는 그럼 그렇게 살아보자, 하고 석 달간 준비를 했다. 뚝딱뚝딱 망치질만 하면 뭐든 필요한 물건을 만들어낼 수 있는 목수인지라 차량 내부 개조는 일사천리였다.

찬가지, 부부는 의기투합했다.

　아내가 처음엔 농담으로 알더라고요.(웃음) 그러나 설득했죠. 많은 불편이 있겠지만 습관을 바꾸면 된다, 있었던 것, 누렸던 것을 마음으로 지우면 다시 편해질 거라고 말이죠. 결국은 동의를 얻었습니다. 그리고 2008년 2월 25일, 집이 팔리자마자 바로 여행을 시작했죠.

　대체적인 여행 스케줄은 어떻게 잡았나요?

　스케줄은 전혀 없었습니다. 대략 두 가지 방향은 잡았죠. 추울 때는 남쪽에 가 있고, 더울 때는 북쪽으로 가자는 것. 그리고 최소 5년은 버스 여행을 계속하자는 것 정도였죠.

　세 자녀들의 나이를 보자면 지금 세 살, 다섯 살, 여섯 살이군요. 여행을 시작한 시점에서 막내는 젖먹이였는데, 아이들에게 무리한 여행은 아니었나요?

　심지어 아동 학대가 아니냐는 일부의 비난도 들었습니다. 그러나 우리 아이들은 매우 행복해합니다. 아이들을 학교에 보낼까 말까 아직은 좀 고민 중이지만 저는 '교육 자급'을 염두에 두고 있죠. 부모들과 함께하는 유목 생활, 야생 생활을 통해 아이들이 순수하고 강하면서 영감에 찬 심성을 기를 수 있다고 봅니다. 이 아이들은 한 번도 아프지 않았습니다. 우리가 가는 곳이 산골이나 계곡인데, 나무와 꽃과 물고기와 어울려 놀며 아주 재미있어하죠. 한마디로 날이면 날마다 소풍날이니까요.

날마다 소풍이라? 그보다 더 좋은 삶이 없을 것도 같은데, 그럼 경비 조달은 어떻게 하죠?

목수 일을 계속합니다. 여행을 하다 일이 들어오면 현장으로 달려가서 거기에 차를 세우고 가족들과 함께 지냅니다. 목수라는 게 원래 집을 떠나 일을 할 경우가 많습니다. 이게 늘 맘에 걸렸죠. 버스로 유랑하는 생활을 결심한 것엔 식구들과 늘 함께 지낼 수 있다는 이점도 크게 고려됐죠.

먹고 자는 일은 전적으로 버스 안에서 해결하나요?

그렇죠. 우리는 전국 각지를 이동하며 가급적 자연 경관이 살아 있는 오지를 찾아내 며칠씩 머물렀다 다시 떠나기를 거듭합니다. 맘에 드는 곳이라면 한동안 머물러 자연을 즐기는 셈이죠. 반찬거리는 산에 얼마든지 많습니다. 비록 소박한 음식이라 할지라도 계곡에서 하는 식사는 거의 만찬처럼 언제나 즐겁습니다.

여행 중에 바라본 세상은 어떤 느낌으로 다가오던가요?

가끔 사람들을 만나 사는 얘기를 나누며 즐거웠는데, 사람들은 대부분 따뜻한 시선을 가지고 있구나, 이 시대의 중심에는 고단한 삶을 살아왔거나, 현재 고단한 사람들의 따뜻한 시선이 있구나, 하는 걸 많이 느꼈습니다.

김 선생 일가의 떠도는 삶을 바라보는 주변의 반응은 어떤가요?

KBS「인간극장」에 저희 식구들의 얘기가 방영되면서 시청자들의 지지, 또는 비난 댓글이 골고루 쏟아졌다고 들었습니다. 무모한 낭만이나 도피로 보는 사람들도 있고, 대안으로 보는 사람들도 있는 것 같더군요. 각자의 가치관에 따른 문제겠죠. 여하튼 저는 삶의 다양성과 가능성을 생각하는 사람입니다. 행복의 조건이 과연 무엇인지, 물질적 성장이 과연 믿을 만한 것인지, 그 해답이나 대안을 무슨 주의나 관념이 아니라 실제의 삶 속에서 찾고 싶은 것이죠.

김길수 일가는 지금 전북 진안 선각산 자락 민가에 잠시 머물고 있다. 겨울이 지나면 다시 버스를 타고 유랑에 나설 예정이다. 물질 숭배를 축으로 굴러가는 세속 사회의 예외 없는 일률적 일상성에 안주한 눈으로 보자면 김길수의 모험은 일탈이거나 발칙한 도전, 심지어 반역이다. 그러나 김길수는 삐딱한 시선들의 검열에 당당하다. 찬사 앞에서 들뜨는 기미도 없다. 그는 관습이나 권위에 무심한 성향의 소유자로 보인다. 무의미한 관념이나 낭만에 세뇌된 사람도 아니다. 삶을 통째 바닥으로 내려놓고 거기서 자유나 평안을 찾는다. 여기에는 육화된 진실이 어른거린다. 이는 유례가 드문 활보다.

윤동주 시인의 고백처럼 잎새에 이는 바람에도 괴로워하는 게 본디 사람이다. 그 섬세한 삶의 결을 앗아가는 건 지나치게 속화한 일상의 타성이 아닐까. 재화와 욕망에 발목 잡힌 삶의 비루한 풍속. 그 안에서 우리에게 허용되는 건 고작 꿍꿍이에 불과할지 모른다. 김길수는 여기서 열외다. 벌침에 쏘인 듯, 나의 치부 한 기슭이 욱신거린다.

산에 살자면 외로움을 피할 수 없지만 결국은 그마저 순순히 받아들이게 되더라구요. 알지 못하는 중에 자연이 우리 영혼의 어떤 부분에 좋은 작용을 하는 것 같아요.

신나게 휘파람 불며 산에 들어왔다. 그러나…

한겨울, 깊은 산중의 냇물은 얼음처럼 차다. 그러나 여인은 물이 차거나 말거나 안중에 없다. 오직 냇물이 흐르고 흘러 저 너른 바깥세상으로 이어진다는 걸 염두에 둘 뿐이다. 내 속에 뛰어들면 흐르는 물살이 내 몸을 싣고 바깥 도시와 바다와 대양으로 데려다 주리라.

다만 그 생각 하나에 사로잡힌 채 마침내 첨벙, 물속으로 뛰어든다. 그러나 이는 지나치게 과격한 용맹. 그녀는 점프와 동시 "앗, 차가워라!" 하는 비명을 지르며 자신이 방금 행한 이벤트가 '허무 개그' 같은 것이었음을 찰나에 깨닫는다. 그녀는 울지도 웃지도 못할 참담한 표정이 된 채 어기적어기적 냇물을 기어 나온다.

위 문장 더미는 소설이 아니다. 실화다. 사건 속 여인의 이름은 이하영(51세). 강원도 인제군 기린면 진동 3리 설피밭 마을에 산다. 나는 방금 '사건'이라는 표현을 썼지만 적어도 이하영 본인에게는 정신의 어느 한 구석이 잠시 와르르 무너진 난감한 사건이었다. 그녀는 지금으로부터 5년 전에 벌어졌던 그 야릇한 이벤트를 회상하며 "아마 그땐 제가 살짝 맛이 갔었죠!" 하며 씩 웃는다.

산중 생활의 고역과 고독을 견디지 못한 나머지 잠시 제정신을 놔버린 순간이었다고 돌이킨다. 일종의 우울증 같은 것이 불러들인 잠깐의 발광. 아아, 산중을 사는 일이란 그토록 고달픈 게임이란 말인가. 도시를 향한 향수와 갈증이 그렇게 지독할 수도 있는가.

산중 살림의 지망자이자 옹호자인 나는 일말의 의심을 품는다. 이분은 혹시 지나치게 섬약한 감성의 소유자일까. 내가 알고 있는 바로는 도시에서 감염된 고독병이라는 난치 질환도 자연 속에선 치유될 가망성이 높다. 도시는 늑대 혹은 여우들이 활약하는 위험한 소굴인 반면, 산골은 지친 영혼이 휴식할 수 있는 안전한 침상이기 때문이다. 『월든』의 작가 소로도 말하지 않았던가. 인간은 제약인 반면 자연은 자유라고. 자연 속에 있을 때 인간은 비로소 두꺼비가 정원사를 바라보듯 사심 없는 공평한 눈으로 사물을 바라볼 수 있다고.

그 자비로운 자연이 무차별적으로 전개되는 매우 유리한 장소가 바로 여기 진동리다. 이하영은 이 믿을 만한 안식처에 살면서 비록 한때나마 고통으로 끙끙 몸살을 앓았던 것이다. 그녀는 많이 여리고

이하영이 산에 들어와 산 지는 어언 18년. 그 긴 세월의 역정을 회고하는 그녀의 언어들은 온유하고 그 발성은 부드럽다. 그러나 그녀의 산중 여정은 실상 고난과 역경으로 점철되었다. 나름의 산전수전에 공중전까지 치르며 때로는 통곡을 했고 때로는 피를 흘렸던 것으로 보인다.

무른 사람일까? 이화여대를 나온 도시내기답게 상당히 도시적이고 관념적인 성향일까?

　제가 어떤 사람이냐 하면요, 산에 들어오기 전 도시에 살 때는 저 스스로 낭만적이고 감성적인 여자라고만 알았어요. 휴머니스트이고 친환경적이고 뭐 그런 줄로 알고 살았거든요. 근데 그게 아니더라고요.

　그럼요?

산에 살면서 제가 실은 굉장히 현실적인 사람이라는 걸 비로소 알게 된 거예요. 비현실적이고 몽상적이라 여겨왔는데, 아 그게 아니구나. 내가 아주 현실적이구나, 그렇다면 뭘 해도 잘 살 수 있겠네, 하는 발견을 했죠.

하지만 냇물에 뛰어들기도 한 걸 보면 산중 생활이 그리 쉬운 게 아닌 걸 알겠습니다. 어떤 점들이 그토록 힘드셨나요?

내 맘대로 뭐든 다 할 수는 없다는 점이죠. 노력을 하지만 뭔가 도도한 흐름은 내 뜻대로 어떻게 할 수가 없더라고요. 일테면 눈이 와서 고립된다거나 홍수에 다리가 떠내려가는 것, 이웃과 늘 좋은 관계를 유지하기 힘든 한계 같은 부분들이 힘들었죠.

그런 면들은 어떻게 타개해야 하나요?

가급적 긍정적인 것만 보고 살자, 대범하게 살자, 하는 쪽으로 마음을 바꾸게 되더군요. 이게 뜻대로 잘되는 건 아니라서 결심을 하다 말고 하다 말고를 거듭하지만, 점차 그쪽으로 굳어지더군요. 지금은 편하고 좋아요.

산나물도 뜯고, 노점도 하고

이하영이 산에 들어와 산 지는 어언 18년. 그 긴 세월의 역정을 회고하는 그녀의 언어들은 온유하고 그 발성은 부드럽다. 그러나 그녀의 산중 여정은 실상 고난과 역경으로 점철되었다. 나름의 산전수전에 공중전까지 치르며 때로는 통곡을 했고 때로는 피를 흘렸던 것으로 보인다.

숲에선 새들이 노래하고 온갖 꽃들이 화르륵 흐드러지지만 그들이 이하영의 정서적 형제들일지언정 그녀의 경제에 이바지하는 것은 아니다. 그 무엇에 앞서 사람은 식욕을 채워야만 하는 게 아닌가. 그녀는 농사도 짓고 산나물을 채취했으며 벌도 쳤다. 손수 길러 생산한 옥수수나 당귀를 싸 짊어지고 도시의 도로변으로 나가 노점상 노릇도 했다. 그러면서 민박집을 운영해 이제는 대체로 안정된 가계를 꾸리지만 산중의 경제적 자립이란 이종격투기와도 같은 고도의 노역이었을 것이다. 게다가 그녀는 가장이다.

처음 진동리에 입장했을 때 이하영에겐 물론 남편이 있었다. 그들은 연애의 결산편으로 결혼에 이르렀다. 부부는 '언젠가는 우리 산에 들어가서 알콩달콩 살자'는 교감을 나눴다. 그리고 산 생활을 위한 응분의 준비를 했으며 드디어 진동리에 들어왔다. 그러다가 어찌하다 보니 이혼에 이르렀는데 "인연에도 수명이 있는 것 같다"는 게 이하영의 소회. 이후 그녀는 어린 자식들을 건사하며 성난 말처럼 달렸다. "날개를 달고 이마엔 뿔을 붙인 유니콘이 되어 날아가 버린" 남편의 빈자리를 메우기 위해 더욱 분발하고 진력했다. 당시 형편을 회고하는 그녀의 얘기를 들어 볼까.

이혼 뒤 이제야말로 잘해 보자, 응, 그렇다, 이제부턴 내 맘대로 잘 살아 보자 하는 작정을 했죠. 그치만 그게 잘되질 않더라고요. 어디에 투정할 곳도 없고, 투사할 수도 없고, 모든 게 힘들었으니까요. 모든 게 내 책임이고 내 탓이고, 너무 고달팠거든요. 그래 애들에게 우리 여기서 그만 살고 나가 버리자 했는데 애들이 싫다고 하더라구요. 아이들이 이미 훌쩍 커 버린 것이죠. 어쩌겠어요? 애들의 뜻을 존중해서 그냥 눌러살았어요.

달아나고 싶었지만 마지못해 눌러살았다는 얘기다. 산에 산다는 일, 폼생폼사 같은 걸로는 어림없다는 뜻이겠다. 이하영은 산속에 들어와 살고 싶어 하는 사람을 보면 한사코 만류한다. 웬만하면 그냥 지금 사는 거기에서 사세요, 이렇게 말하며. 사람들은 흔히 욕심 없는 마음으로 산골에서 소박하게 살겠다고 한다.

그러나 그녀가 보기에 이는 터무니없는 욕심일 뿐이다. 뭔가 독특하고 남에게 간섭받지 않으면서 유유자적 산에서 살겠노라 하는 건 결국 나만의 왕국을 건설하겠다는 것인데, 왕국은 내 마음 외에 어디 다른 곳에 있을 수 없다는 것. 아파트에 살건 옥탑방에 살건 내가 내 마음을 다스릴 수 있다면 그곳이 바로 나의 왕국이라는 것. 산골 생활이 잠깐의 진통제는 될 수 있을 망정 수월하게 성공할 수 있는 생활양식은 전혀 아니라는 것. 결국 그녀는 왕국 건설의 욕심을 버리고 생각의 거품을 제거하지 않은 채 산으로 들어오면 백발백중 실패한다고 단정한다.

푸른 대나무처럼 잘 자란 세쌍둥이

해발 700미터 고원에 자리한 진동리 설피밭 마을의 겨울은 길다. 장장 반년 동안 이어지는 설국. 영하 30도까지 내려가기도 하는 한겨울 내내 이하영의 마을엔 눈이 소복이 쌓인 채 녹지를 않는다. 그녀는 국문학을 전공한 문학도다. 만만치 않은 글솜씨로 진동리의 자연과 사계를 묘사하길 즐긴다. 일테면 다음 같은 글이다.

진동은 깊고 그윽해서 마치 어머니의 자궁과도 같다. 진동의 숲은 거의가 활엽수림이다. 오래 묵어 절로 쓰러진 나무는 지면에 닿는 대로 차례차례 흙이 된다. 넝쿨들이 자연으로 늘어져 있는 숲은 더없이 고요하고 인공의 흔적은 거의 보이지 않는다.

그녀의 표현처럼 진동리의 자연은 완전하고 어엿하다. 야생의 숲에선 나무들의 숨결이 진동하고 모성과 관용에 찬 대지는 너른 품을 벌려 사람을 보듬는다. 진동리는 점봉산 아랫자락에 위치한 아찔한 산촌이다. 북암령, 단목령, 곰배령 같은 높은 고개에 에워싸인 아득한 벽촌이다. 이 나라 제일의 오지, 혹은 최후의 원시림 지구라는 논평이 난무한다. 순수한 식생이 범람하는 대자연의 도가니다. 이런 특유의 풍요가 외부로 널리 탄로 나면서 탐승객들이 몰려들기 시작해 이젠 곳곳에 민박집이 들어서게 되었다.

이하영 씨가 운영하는 "풀꽃세상"도 그중 한곳인데 개울 건너 양지 바른 산자락에 들어앉은 그녀의 통나무집 일대는 지금 은색의 눈천지를 이루고 있다. 집의 옆댕이 계곡을 따라 산으로 이어지는 소로에도 눈이 가득하고, 그 순결한 눈 위로 부드러운 적막이 깃털처럼 내린다.

마당엔 아이들이 만들어 세운 앙증맞은 눈사람이 보초 서 있다.

잠잠하고 그윽한 겨울 풍경을 창밖으로 내다보며 그녀는 글을 쓰거나 차를 마신다. 아이들을 위해 빵을 굽고 바느질을 한다. 가끔은 담근 지 오래된 돌배주를 마신다. 한잔 술로 확확거리는 가슴을 달랠 것이니, 산중의 영구적인 벗은 어쩌면 고독과 술일지도 모른다.

처마에선 조용한 리듬을 매단 낙수가 음표처럼 떨어져 내린다. 이 잠잠하고 그윽한 겨울 풍경을 창밖으로 내다보며 그녀는 글을 쓰거나 차를 마신다. 아이들을 위해 빵을 굽고 바느질을 한다. 가끔은 담근 지 오래된 돌배주를 마신다. 한잔 술로 확확거리는 가슴을 달랠 것이니, 산중의 영구적인 벗은 어쩌면 고독과 술일지도 모른다.

그녀가 생산한 가장 중요한 작품에 속할 세쌍둥이들은 이 겨울에도 끄떡없이 잘 지낸다. 엄마가 어언 딴딴해지거나 헐렁해졌듯이 아이들도 나름의 눈치와 소임을 다해 푸른 대나무처럼 잘 자라주었다. 계집아이인 나래와 다래, 그리고 머슴애인 도희는 제각각 양보 못할 개성들을 가지고 있지만 산속에서 방목된 아이들 특유의 민감한 감수성을 공유하고 있다.

이하영은 이렇다 할 교육관 같은 걸 가지고 있지는 않다. 그러나 아이들을 대하는 태도랄까 하는 건 확고하다. 존중해 주기가 바로 그것이다. 엄마와 대등한 존재로 존중하는 일 외엔 달리 할 일이 있을 수 없다는 게 그녀의 생각. 이는 도시 엄마들처럼 온갖 물적, 교육적 세례를 퍼부어 주지 못하는 자책감의 표현이기도 하지만 아이들을 위해 아무것도 하지 않는 게 오히려 좋은 아이를 만드는 방법이라는 소신의 산물이기도 하다. 게다가 아이들은 이미 충분한 자생력을 체득해 버렸지 않은가. 아이들을 말하는 그녀의 표정에 자부심이 비친다.

우리 아이들은 장난감을 따로 가져 본 적이 없었어요. 어려서부터 돌멩이, 나무, 곤충, 물고기 같은 것들을 친구 삼아 지내왔죠. 여기에서 은연중에 엄청난 자생력이 길러진 거 같아요. 사물과 교감하고 대화하는 능력도 습득된 것 같은데요, 이게 자연의 영향이겠죠. 멀리 가족끼리 여행을 한다거나 하는 체험은 하지 못했지만 바람이 불고 햇살이 내리는 산골 길 위에서도 아이들은 이미 충분한 체험을 한 것 같아요. 산길에 펼쳐지는 사계의 민감한 변동을 통해 많은 걸 스스로 터득했다 할까. 내 주장을 내세우기 전에 상대를 먼저 생각하고 배려하는 아이들로 자라 줬으니 참 고마운 일이죠.

한 마리 수리처럼 씽씽하고 발랄한 그녀

이하영의 산중 생활은 고난을 핵으로 버무려진 것이었다. 그녀의 말대로 그녀는 몹시 현실적인 여자로 보인다. 아울러 명민하고 내향적인 사람이기도 하다. 그런 그녀에게 고난은 사실상 선물이 아니었을까? 눈사태처럼 닥쳐온 고난 덕분에 야무지고 찰지고 넉넉해졌으니까. 마치 번데기 안의 애벌레가 드디어 문을 열듯이 타성의 각질을 열고 뭔가 날갯짓의 낌새를 보이는 그녀의 동향엔 자존의 빛이 퍼덕거린다. 그녀는 이렇게 털어 놓는다. 다른 사람이 된 것 같다고. 산에 들어올 때는 유약한 소녀였지만 이젠 어른이 된 것 같다고.

이 세상에 공짜로 얻어지는 건 없다. 그녀의 성장은 나이가 가져온 자연스런 발효이겠으나, 그보다는 산중에 산재하는 많은 교사들에게 배운 결과가 아닐까. 자연이라는 과외 교사는 그녀에게 삶을 조용히 성찰하는 노하우를 전수했다. 인디언 부족처럼 강인하고 지혜로운 마을의 원주민 아낙들은 긍정하고 자족하는 방법을 가르쳤다. 그리고, 처음 진동리에 들어올 때 걸음마를 걸었으나 이제 '고딩이'로 쑥쑥 자란 세쌍둥이 자녀들을 통해서는 존중과 배려가 있는 사랑법을 배웠다.

언젠가 저희 집에서 하룻밤을 묵은 손님이 이런 얘기를 했어요. 간밤에 별을 바라봤는데 어쩐지 그 별을 본 뒤에 뭔가 크게 달라진 것 같다고. 재밌지 않나요?(웃음)

햐, 재미난 얘기인데요? 별을 보며 '어린 왕자'의 마음 같은 걸 느낀 걸까요?

그랬던 거 같아요. 충분히 이해할 수 있잖아요? 자연과 접촉하면서 자기도 모르는 사이에 관조랄까, 성찰이랄까, 그런 게 이뤄지는 것이니까요. 산에 살자면 외로움을 피할 수 없지만 결국은 그마저 순순히 받아들이게 되더라구요. 객관적으로 사물을 바라보게 되고 묵묵히 제 갈 길을 가게 되니까요. 알지 못하는 중에 자연이 우리 영혼의 어떤 부분에 좋은 작용을 하는 것 같아요.

산에 살며 결국은 사람이 변하는 것이겠군요. 그런 자연의 보호

속에 사는 이 선생님은 매우 안정되고 행복해 보입니다. 이젠 별 불편 없이 살아가시나요?

아뇨. 불편한 게 있죠.

그게 뭐죠?

노린재예요.

노린재? 건드리면 악취 풍기는 그 납작한 벌레 말인가요?

(웃음)네, 노린재가 겨울엔 중공군처럼 막 집 안으로 밀려들어오거든요.

그것참. 폐단입니다.(웃음) 그나저나 이 골짝에서 제일 좋아하는 자연 풍광은 어떤 것이죠?

음, 그건, 무서리 내린 날 아침에 저 건너편 새암골에서 해가 뜰 때죠. 햇살이 서리에 내리면서 김이 모락모락 나는데요, 그럴 때면 온 세상이 승천하는 것 같더군요. 그 맑고 투명하고 순수한 햇살의 구체적인 작용을 바라보는 순간엔 세상을 변화시키는 건 결국 따뜻한 마음이겠구나 하는 생각을 하게 되죠.

아, 따뜻한 마음! 그게 그렇게 좋은 것이라고 세상에 널리 소문이 나 있던데요?

(웃음)풀지 못할 한 같은 거, 그마저 해원이 되는 건 따뜻한 마음에 의해서인 것 같아요. 거창한 슬로건이나 주장보다 따뜻한 격려, 따뜻한 눈길이 진정한 힘이라는 생각을 자주 하게 돼요. 아침 햇살을 바라보며 새삼스런 확신을 다지게 되죠. '그래, 나 잘 살고 있어! 잘

할 수 있어! 하는 자신감 말에요.

　자신감. 지금 이하영을 움직이게 하는 질료는 자신감이라는 바퀴이다. 그녀는 애당초 룰루랄라 신나게 휘파람 불며 산에 들어왔다. 그러다가 어라, 이게 아니네, 하는 땡감 씹는 낭패를 맛보았다. 마치 귀양살이와도 같은 애환을 겪기도 했다. 하지만 이젠 세차게 나는 한 마리 수리처럼 씽씽하다. 육신의 고달픔, 그리고 그 배면에서 울려오는 내부의 꿈과 욕망을 자연이라는 세탁소에 의탁한 결과 소기의 효과를 거두었다.

　그렇다고 산중의 자연만이 오직 그녀를 진급시키는 데 이바지한 것은 아니다. 이 세상에서 가장 큰 사건은 각 개인의 인생 그 자체이지 않겠는가. 사태의 해결은 결국 스스로 민감하게 깨어나는 일에 있을 뿐이다. 나무가 그러하듯. 별이 그러하듯. 🍃

자연에서 나를 찾는다 4장
구도

계룡산은 어머니 산입니다. 굉장히 포근합니다. 엄청난 기운이 똘똘 뭉친 산이기도 합니다. 계룡산이야말로 민족의 성산이죠.

몸 닦아 춤추는 낭만 도인

전설적인 무술 고수 원혜상인을 아시는지. 그는 설악산에 은거했던 도인. 탄허 스님이 삼배의 예를 올렸다는 귀인. 원혜상인의 무공은 초절정 판타지 수준이었다고 한다. '솔장법'으로 거목을 치면 벼락 맞은 듯 재가 됐다. 쌀가마니를 공깃돌처럼 다뤘고, 바윗덩이로 공차기를 했다. 심지어 축지법과 경공법으로 새처럼 날았다고 하니 숲속의 귀신도 놀랄 신이였겠다.

인간의 능력이란 개발하면 상상 불허의 초경지에 이르기도 한다는 게 옛사람들의 통신. 그럴 수도 있겠지 싶다. 게다가 원혜상인의 기재를 입증하는 산증인이 있다. 대양진인으로 불리는 박대양(58세)이다.

박대양은 여섯 살 때 원혜상인과 연을 맺었다. 어느 날 원혜상인이 나타나 박대양 어머니의 허락을 받은 뒤 어린 박대양을 데리고 설악산으로 들어갔다. 당시 원혜상인은 등에 업힌 박대양에게 눈을 감게 하고 경공술로 휙휙 날아갔다고 한다. 귓가를 스치는 바람 소리가 멈춰 눈을 떠 보니 산중이었단다.

이때부터 박대양은 원혜상인의 제자가 되어 '기천氣天 무예'를 수련했다. 생식에 산짐승 고기를 뜯어먹으며 무공을 연마했다. 박대양이 하산한 것은 19세 때였으며, 그 3년 뒤 원혜상인이 162세를 일기로 타계했다. 뭐시라? 162세? 차마 믿기지 않지만 그게 심각한 뻥이 아니라면 그 장생만으로도 가히 전설이다.

하산한 박대양의 무기는 천하무적이었다. 세속 도시의 저자를 좌충우돌, 모진 풍상을 겪으며 갖가지 무담을 펼쳤다. 그러면서 박대양이라는 고수의 이름이 강호에 알려지게 되었다.

박대양이 서울 약수동에서 기천 선무장을 운영할 때였다. 어느 날 청년 하나가 찾아와 한판 붙자고 청해 왔다. 박대양은 딱 한 수만 쓰겠다며 대결에 응했고 눈 깜짝할 사이에 결판이 났다. 제대로 힘 한번 써 보지 못한 청년이 허무하게 나가떨어진 것. 그러자 청년이 박대양 앞에 무릎을 꿇고 사부로 모시길 청원했다. 당시 박대양은 26세, 합기도 고수였던 청년은 29세. 청년은 연하의 사부를 깍듯이 모시며 긴 세월 기천을 수련했다. 이 청년이 현재 기천문氣天門 2대 문주인 박사규(61세)다. 문주란 문파의 주인이니, 최고 지도자이자 최강 실력자다.

박사규 문주가 계룡산에 들어온 것은 1대 문주 박대양으로부터 법통을 물려받은 지 1년 뒤인 1997년이었다. 벌써 12년째 계룡산에서 살고 있는 셈이다. 하던 사업도 살던 가족도 다 접고 산에 들어온 그의 업무는 오직 기천 수련. 처음 산에 들어올 때 박 문주가 손에 쥔 건 단돈 10만 원이었다.

산 아래 민박집에 들거나 셋방을 전전했던 그는 얼마 전 어엿한 주둔지를 마련했다. 갑사 옆댕이인 공주시 계룡면 하대리 안골마을 안통에 그의 거처가 있다. 계룡산 연천봉 자락이다.

몸으로 도를 닦는다

박 문주 거처에 들어서자 제자들 서넛이 부산히 움직이고 있다. 일요일엔 전국 각처에서 수십 명의 수련생들이 모여든다고 한다. 농가를 개조한 기와집 두 채, 너른 마당, 잘 가꿔진 텃밭으로 이루어진 거처는 수수하고 담백하다. 차분하면서도 묵직한 분위기다. 방문을 열고 박 문주가 마루로 나선다.

크지 않은 체구지만 뭔가 큰 게 느껴지는 인물이다. 온화한 인상, 부드러운 음성, 따스한 눈길이 자아내는 아우라일 것이다. 세상엔 도인 같이 생긴 도인이 있고, 도인 같지 않게 생긴 도인이 있다. 내 생각으로는 후자가 진짜 도인이다. 뭐든 티가 나는 것은 아직 덜 닦인 티가 남아 있다는 증거일 테니까.

　박 문주가 녹차를 낸다. 계룡산은 한마디로 영산靈山이다. 일찍이
『정감록』이나 『도선비기』 같은 참서들이 계룡산 도읍설을 주장하며
민심을 움직여 왔다. 민초들의 기층에 박힌 미륵 사상, 개벽 사상, 용
화 사상이 합성된 '계룡산 사상'은 대하처럼 장중하다. 그래서 희망
을 찾는 자들이, 개벽을 꿈꾸는 자들이, 갱생을 도모하는 자들이 계
룡산을 찾아들었다.

　오늘날의 계룡산도 마찬가지다. 구도자와 수행자들이 산 갈피에
웅크려 있다. 당집이 우후죽순처럼 창궐하고 있다. 닭의 벼슬처럼

박 문주는 크지 않은 체구지만 뭔가 큰 게 느껴지는 인물이다. 온화한 인상, 부드러운 음성, 따스한
눈길이 자아내는 아우라일 것이다. 세상엔 도인 같이 생긴 도인이 있고, 도인 같지 않게 생긴 도인
이 있다. 내 생각으로는 후자가 진짜 도인이다.

생긴 산세에 반룡蟠龍의 형국이라서 '계룡'이라는 이름이 붙었는데, 닭 벼슬보다 높은 도사 벼슬을 지망하는 자들의 전당인 것이다. 접신과 영매의 본바닥, 바로 그런 산이다. 나는 다탁 건너편에 마주앉은 박 문주를 소小계룡산인 양 바라보고 있다. 그의 산협 어딘가에 영기가 흐를 것이다.

박 문주에게 묻는다. 왜 하필 계룡산에 들어왔는가라고. 좀 난해한 답이 돌아온다. "수천 년 전 이래 이 산에 머물렀던 역대 조사祖師들의 부름으로 오게 되었습니다." 역대 조사란 과거의 정신계 거장들을 지칭한다고 한다. 말하자면 기천계의 스타들이다. 누굴까, 기천 선맥仙脈엔 어떤 거인들이 포진했던 걸까. 박 문주는 그들을 거명할 순 없다고 한다. 그들이 자신의 존재를 드러내지를 않았거니와, 예부터 숨어서 전해져 온 게 기천이라는 거다.

더구나 도라는 것은 말이나 글로써 요해될 수 없는 정신계의 일. 새를 세라 이른다 해서 새의 생의生意까지를 전할 수 있는가. 정신세계의 이치도 마찬가지다. 박 문주는 과거의 조사들에게 모종의 강력한 영적 메시지를 수신했던 것 같다.

기천무는 단군 사상에 뿌리를 둔 철저한 전통 무예입니다. 수천 년 긴 역사 속에서 도맥이 끊긴 것처럼 보이지만 실은 수많은 도인들에 의해 줄기차게 이어져 왔다는 게 제 생각입니다. 비록 고증은 어렵지만 구전이나 야사로 전해진 행법도 완연합니다. 눈에 보이지 않는 저 우주에는 선인들의 에너지가 가득합니다. 마치 라디오 주파수를 맞추듯 영적 안테나를 잘 열어 둔다면 우리는 역대 조사들과 교신할 수 있는 겁니다.

그렇다면 기천문은 몸보다 정신 수행을 위주로 하는 무예인가요?

아니죠. 우리는 지독한 몸 수행을 합니다. 몸으로 도를 닦는다, 몸을 닦아 깨달음을 얻는다, 이게 기천의 요체죠.

몸을 닦아 도를 얻는 이치란 대체 무엇입니까?

몸을 닦는 수련이라지만 거기엔 이미 마음이 실려 있습니다. 기천 행법 중에 '태산심법'이라는 게 있는데 태산을 지르는 마음으로 권을 쓰라고 가르칩니다. 검이든 창이든 그것을 쓸 땐 혼이 실려 있어야 합니다. 이건 말로 설명하기 어려운 대목인데요, 직접 행법을 해 보면 금방 느낍니다.

불가의 참선이 몸으로부터의 해방을 추구하는 것이라면, 기천무는 몸이라는 보석 안에 정신을 담아내는 것인가요?

그렇습니다. 몸을 방치한 채 아무리 선방에 앉아 있어 봐야 망상만이 치고 들어올 가망성이 많습니다. 반면 고통스런 몸 연마 중엔 망상이 범접을 못하죠. 강해지는 겁니다. 강함이 있고 나서야 비로소 부드러움으로 이행하는 것이고.

그런데, 원혜상인이 구사했다는 경공술이나 부양신공 같은 신비한 술법이 정말 가능한 겁니까?

저는 얼마든지 가능하다고 봅니다. 우리의 전통 선맥에선 그런 경지를 돌파할 수 있는 구체적 역근법易筋法들이 전해지고 있으니까요. 그러나 그런 초능력들이 중요한 건 아니죠. 기천은 궁극적으로 활인活人 무예입니다. 구원의 법입니다. 세상을 진정 아름답게 바라보는 공붑니다.

내가신장內家神掌, 그 회심의 일법

육체의 한계를 극복하는 정신 수련, 이게 아마 기천의 요지처럼 보인다. 기천문 문도들은 '단배공'이라는 심법을 몸에 익힘으로써 수련에 입문한다. 단군을 경배한다는 의미의 단배공은 자기를 한없이 낮추는 갸륵한 인사 예법이다. 본격적인 수행은 '내가신장內家神掌'이라는 행법이다.

내가신장 한 수에 기천의 정수가 다 들어 있다. 기천 공부의 처음이자 끝이다. 이 행법 하나만으로 대도를 얻을 수 있다고 한다. 이런! 그렇게 좋은 거라고? 나도 배워야겠다. 박 문주의 지도로 내가신장을 해 본다. 언뜻 단순한 동작이라 대충 따라할 수 있는데 웬걸, 순식간에 고통이 몰려온다. 다리가 후들거려 견디기 어렵다. 내가신장은 발뒤꿈치를 들고, 다리와 손목은 역근으로 비튼 채 엉거주춤하게 멈춰 선 품새다.

역근이 야기하는 사지의 고통은 맹렬하지만 그 순간 무념 상태에서 온몸의 기가 하단전에 모이게 되고 기맥이 순환한다. 이 역동적인 행법을 하루 온종일, 그렇게 수년간을 행하면 고수가 된다. 음양의 원리, 천지인 삼재의 원리가 망라된 회심의 일법이라는 것이다.

내가 신장에서 보듯 기천 수련은 혹독한 몸 수행입니다. 죽을 듯한 고통을 수반하지 않고서는 진정한 고수가 되기 어렵습니다. 그렇다고 기천만이 최고라는 건 아닙니다. 전통 무예의 모든 가지들이, 기독교나 불교 같은 모든 종교들이 상생하고 공존하면 그만입니다. 사람마다 제 성향을 따르면 되는 것이고 말이죠. 목탁을 좋아하는 사람은 승려가 되는 것이고, 저처럼 무예를 좋아하는 사람은 무를 닦는 겁니다.

박 문주는 합리적인 인물로 여겨진다. 위세나 독재가 엿보이지 않는다. "진짜 예술가는 헐렝이야." 이건 비디오 아티스트 백남준의 잠언인데 진국이다. 진짜 구도자일수록 헐렝이처럼 보일 거라는 게 내 생각이다. 그나저나, 박 문주의 말대로 기천을 공부하면 정말 세상이 아름다워질까. 물어보자.

당신이 생각하는 아름다운 세상, 좋은 세상이란 뭐죠?
동방의 예도가 바로 선 세상이겠죠. 선인들이 실천했던 게 바로 그거라는 생각입니다.

박 문주는 수천 년 전 이래 이 산에
머물렀던 역대 조사들의 부름으로
계룡산에 오게 되었다는데, 역대 조
사란 과거의 정신계 거장들을 지칭
한다고 한다. 누굴까, 기천 선맥엔
어떤 거인들이 포진했던 걸까. 박 문
주는 그들을 거명할 순 없다고 한다.
그들이 자신의 존재를 드러내지를
않았거니와, 예부터 숨어서 전해져
온 게 기천이라는 거다.

　예도, 그것으로 세상이 좋아질까요? 남을 먹어야 내가 사는 양육
강식이 지배하는 세상은 원천적으로 부조리한 난장처럼 보입니다.

　양육강식, 그건 우주의 질서입니다. 모든 게 다 좋을 수만은 없는
게 세상이죠. 수행자는 열린 마음으로 천국을 보는 자일 겁니다. 천
국과 지옥이, 좋은 세상과 나쁜 세상이 따로 있는 게 아니라 지금 여
기가 바로 천국이라는 깨달음을 얻는 게 수행이라는 생각입니다.

수처작주隨處作主, 입처개진立處皆眞! 내 앉은 곳이 바로 법당이자, 내 선 자리가 바로 진리라는 얘기. 하지만 마음이란 날뛰는 망둥이가 아니던가. 들끓는 물욕, 식욕, 애욕을 어쩌란 말이냐.

도 닦는 분들 중엔 성욕을 어쩌지 못해 잘라버리는 경우가 있다 합니다. 박 문주께선 성욕으로부터 자유로운가요?

(웃음)자제하려 노력합니다.

자제에 늘 성공하시나요?

성현들조차 그 문제엔 어려움이 있었던 것 같습니다. 성욕이란 순리죠. 인위적으로 끊을 일은 아닙니다. 벗어나려 버둥거릴 일이 아닙니다. 항상 좀 장애가 있어야 재미있지 않을까요?(웃음)

아하, 장애라! 절묘하군요.

기천 고수는 아티스트

박 문주가 춤을 춘다. 선무仙舞를 추어 보인다. '진도 씻김굿 인간 문화재'인 박병천의 무가 테이프를 틀어 놓고 너울너울 춤사위를 휘 젓는다. 기천의 고수는 아티스트다. 무술이 예술이 되고, 내공이 춤 사위로 분출한다. 아득한 고대의 우리 민족은 춤추는 무리들이었다. 동예의 무천舞天, 부여의 영고迎鼓, 고구려의 동맹東盟, 이는 제천祭天 폐

아득한 고대의 우리 민족은 춤추는 무리들이었다. 동예의 무천, 부여의 영고, 고구려의 동맹, 이는 제천 페스티벌이었다. 춤과 노래가 있는 제전이었다. 지금 박 문주가 추는 저 춤이 바로 고대의 그 발림, 그 애드리브인가.

스티벌이었다. 춤과 노래가 있는 제전이었다.

지금 박 문주가 추는 저 춤이 바로 고대의 그 발림, 그 애드리브인가. 그는 몇 해 전 남북한이 합작한 개천절 행사 때 백두산 천지에 올라 박병천의 소리에 맞춘 선무 공연을 하기도 했다. 리허설조차 없는 즉흥 공연이었는데 뜨거운 갈채가 쏟아졌다 한다. 기천의 예술적 성격을 직감한 많은 무용가들이 박 문주를 배우기도 했다. 김매자, 육완순, 이숙재 같은 쟁쟁한 무용계 인사들이 기천을 수용했다.

박 문주와 함께 계룡산을 오른다. 그는 계룡산을 "나의 산"이라고 표현한다. 물론 박 문주가 이 산의 땅 한 뼘이나마 법적 소유권을 가진 것은 아니다. 산을 쓰는 사람이, 산을 제대로 누리는 사람이 산 임자라는 뜻이다.

그는 산을 오를 땐 자연에 감사함을 느끼길 권한다. 마음을 낮추면서 물소리, 새소리, 바람 소리를 경청하다 보면 자기 존재의 소중함을 덩달아 알아차릴 수 있다는 얘기. 정상 등정을 목표로 무턱대고 오르는 산행도 지양돼야 한다고 말한다. 가급적 천천히, 쉬엄쉬엄 오르되 엄지발가락과 아랫배에 힘을 주라고 한다. 엄지발가락과 아랫배는 서로 상통하면서 기맥이 순환하기 때문이다. 해가 뜨는 이른 아침의 산행, 혼자 하는 산행, 밤 산행도 수준 높은 수련 행위란다. 산의 음성을 들을 수 있으니까. 산은 입이 없지만 말을 한다는 거다.

박 문주는 새벽마다 산을 오른다. 계룡산이 통째 그의 마당이자 수련장이다. 동틀녘의 무진장한 정기를 포식하며 연천봉으로, 문필봉으로, 관음봉으로, 날마다 산을 오른다고 한다. 『천부경天符經』을 시조창으로 읊으며, 산덩어리를 집어삼킬 듯 집중된 심법을 행하며, 날마다 계룡산과 통정한다고 한다. 시인 김지하는 계룡산에 들면 불안감이 엄습한다고 했다. 산기가 너무도 강한 탓이다. 박 문주는 이 산을 어떻게 느끼나.

계룡산은 어머니 산입니다. 굉장히 포근합니다. 엄청난 기운이 똘똘 뭉친 산이기도 합니다.

똘똘 뭉친 그 기운은 어디서 나오는 걸까요?

통바위 연봉들에서 나오는 기운이기도 하지만, 고래로 이 산에 들었던 도인들의 영기이기도 합니다. 계룡산이야말로 민족의 성산이죠.

혹세무민의 소굴이 되는 폐단도 많았던 것 같은데요. 깨끗한 종자들만 골라서 구제한다는 씨부랄교라는 것도 있었다고 합니다.(웃음)

(웃음)맞습니다. 살인 교단이었던 백백교니 뭐니 신흥 교주들의 물의가 많았죠. 그러나 어쩝니까? 사람이 하는 일이란 그렇게 다 좋은 일만 있는 게 아니죠. 몸도 아파야 그게 기회이자 축복입니다. 아플 때 비로소 본성을 바라보게 되니까. 그걸 저는 큰 교훈으로 여깁니다. 🌿

단군 정신에 기반한 유불선 통합의 사상이 바로
서산 대사의 '국선' 이념입니다. 이와 같은 사상적
바탕을 인식하고 실천적 무예를 연마하는 분들을
찾아 오랫동안 제가 이 산 저 산을 돌아다녔죠.

날마다 활 쏘고 창 휘두르는 스님 일가

청산(47세) 스님 일가는 힘이 세다. 무슨 힘? 부나 권세의 힘인가? 아니다. 그들은 가진 게 거의 없다. 그럼 산삼을 캐 먹어 이만기처럼 힘이 센가? 그도 아니다. 이 가족의 힘은 인생을 즐긴다는 데에 있다. 저 러시아의 문호 고리키가 말하지 않았던가. "일이 즐거우면 인생은 낙원이고, 일이 의무에 불과하면 지옥"이라고.

그들은 즐겁게 일하고 즐겁게 산다. 그것이 그들의 힘이다. 두려울 것도 아쉬울 것도 없다. 사는 일이 재미있어 죽겠다는 듯한 그들의 즐거운 표정을 보면 그걸 알 수 있다. 개그맨 이경규도 늘 즐거운 얼굴로 TV에 나타난다. 하지만 이경규의 가족들도 늘 즐거운지는 잘 모르겠다. 어쩌면 청산 스님 일가는 유례가 드문 '즐거운 가족'의 견본이다.

청산 스님은 청산에 산다. 전남 담양의 산성산 정상부를 에두른 금성산성 안통의 숲속에 산다. 네 처자와 더불어 옴팡진 둥지 속 다섯 마리 개똥지빠귀처럼 안전하게 살아간다. 야성의 숲속에서 야생의 일상을 구가한다. 이 가족은 모두 당구공처럼 둥근 빡빡 머리를 하고 있다. 가족 전원이 승려인 거다.

뭐시라? 스님이 결혼을 해서 작품을 셋씩이나? 사람들은 대번에 의혹의 눈을 끔벅거릴 게 분명하다. 그러나, 사람에게 생겨날 수 없는 일이라는 게 있던가. 승려의 결혼과 생산, 이는 일단 괴이한 파격처럼 보이지만 대처승을 용인하는 불교 종파도 있는 것이니 심히 진저리칠 일도 아니다. 게다가 그들의 정체를 알고 보면 더 이해할 만하다. 그들은 자신들이 오직 승려로만 이해되기를 사양한다. 승려는 승려인데 좀 이색적인 승려인 거다.

청산 스님을 잘 아는 사람들은 청산을 '도사'라고 부른다. '무사'라고도 하고 '싸울아비'라고도 한다. 뿐만 아니다. 청산은 단군 사상의 복음 전도사인가 하면 고조선 연구자이기도 하다. 금성산성 지킴이로도 통하고 산행 길잡이 노릇도 한다. 좀 삐딱하게 보자면 잡탕에 비빔밥이다.

그러나 삐딱하게 보자면 이 세상 누군들 잡탕이 아니랴. 제각각 제멋에 겨워 '폼생폼사' 하는 게 인생의 줄거리. 청산도 그저 제멋에 겨워 사는 사람이다. 남들이 뭐라거나 말거나 제 가락의 제 스텝을 밟으며 인생이라는 댄싱을 누린다.

청산은 내공이 만만찮은 무술의 고수이며, 그의 아들들인 천룡 동자와 황룡 동자 역시 불철주야 무공 수련에 정진 중이다. 딸내미인 구봉 동자 또한 이 대열에 가세하고 있으며, 아내 보리 스님은 가족들의 무예 생활이 제대로 굴러가도록 온갖 뒷바라지를 다하는 총감독 역할을 맡고 있다.

이런 그에게 사람들은 매우 우호적이다. 그의 산중 오두막은 방문 객들로 늘 부산하다. 사람들은 청산 일가가 살아가는 경치를 감상하며 호기심을 충족한다. 묘한 카타르시스를 얻어 간다. 야구엔 룰이 있고 바둑엔 정석이라는 게 있지만 인생은 어쩌면 무궤도, 무규율의 즐거운 게임일 수도 있겠네, 하는 감흥을 느낀다. 이 일가가 세상을 살아가는 방법이라는 게 전혀 남다른 것이니까 말이다. 요즘말로 그들은 '무쟈게 튀는' 사람들인 것이다.

그도 그럴 것이 그들은 무술을 갈고 닦는 승려들인 거다. 청산은 내공이 만만찮은 무술의 고수이며, 그의 아들들인 천룡(15세) 동자와 황룡(14세) 동자 역시 불철주야 무공 수련에 정진 중이다. 딸내미인 구봉(9세) 동자 또한 이 대열에 가세하고 있으며, 아내 보리(41세) 스님은 가족들의 무예 생활이 제대로 굴러가도록 온갖 뒷바라지를 다하는 총감독 역할을 맡고 있다. 즐겁지 아니한가. 그들의 일념, 호기, 배짱은 시중에 그렇게 흔한 품목이 아니다.

청산 스님은 대체 어떤 인물인가. 그의 형용을 먼저 살펴보자. 글을 쓰느라 청산의 풍치를 떠올리고 있는 이 순간 내 입에선 헤헷, 즐거운 웃음부터 새어 나온다.

그는 삭발 머리에 풍부한 수염을 가슴께까지 길게 늘어뜨렸다. 삼단처럼 검고 무성한 수염 다발을 바람에 흩날리며 내 앞에 나타난 청산의 첫인상은 거의 신비한 것이었다. 장검을 허리춤에 차고, 울긋불긋한 조끼 갑옷에, 붉은 허리띠와 각반을 무릎 아래에 두른 저 눈부신 무사 패션. 방금 쿵푸 영화의 스크린 속에서 툭 튀어나온 듯한 저 발랄한 복장. 그게 청산의 일상적인 행장이다.

실례를 무릅쓰고 숨김없이 말하자면 이는 좀 코믹한 경관이다. 그러나 위력적인 코믹이다. 상대를 단박에 즐겁게 만들어 버린다. 상대에게 즐거움을 줌으로써 상대를 무장해제시키는 독특한 효과를 거둔다. 그렇다면 청산은 매우 기민한 머리를 가진 사람이다. 온몸으로 상대에게 어필하고 순식간에 친화하는 방법을 꿰고 있는 거다.

은둔 도인에게 비밀 심법 전수 받아

청산이 승려가 된 것은 아무래도 운명의 사주였던 것 같다. 일곱 살 때부터 승려가 되고 싶어 안달이 났다는 것이며, 실제 소년기를 행자 수행으로 통과했다. 그러다가 18세 때 무예를 하는 스님을 만나 불가의 선무도에 입문, 이후 무공을 쌓는 일에 주력했다.

강호에 은둔한 무술 고수들을 찾아 수업을 받았으며, '일붕 선교종'의 개조開祖였던 일붕 서경보徐京保(1914~1996) 스님에게 공인 선무 3단증을 받기도 했다. 그의 무공은 줄기찬 진도를 나아갔다. 검도, 유도, 태권도, 십팔기는 물론 전통 무술의 온갖 장르를 섭렵했다고 한다. 천하제일의 고수가 되었다는 자부심 혹은 자만심에 빠지기도 했다.

그러다가 문과 무를 겸비하지 않으면 허무한 경지로 떨어질 수도 있다는 자각을 한 뒤 내적 수행을 위해 다시 절을 찾았다. 하지만 무예승인 그가 설 자리는 궁색했다. 무를 통한 수련 전통이 이미 끊긴 한국 불교의 풍조는 그가 보기에 영 마땅치 않은 것이었다. 게다가 청산은 어디 한자리에 말뚝처럼 매이는 것을 죽어라 싫어하는 천성. 그는 취향과 지향에 맞는 수행처와 스승을 만나기 위해 꽤 오랫동안 방황했던 것 같다.

그러다가 해남 대흥사의 대덕大德이었던 영담暎潭(94세) 선사를 만나 활로를 찾았다. 영담 선사는 조계종을 나와 선검일치禪劍一致를 표방

하는 선각종禪覺宗을 성립시킨 대종사로 저 조선의 걸출한 영웅이었던 서산 대사의 맥을 잇고 있다. 임진왜란 때 신출귀몰한 승병장으로도 활약했던 서산 대사는 무예의 달인이기도 했다. 이 서산에겐 4대 제자가 있었는데, 그중 하나인 소요 태능 문하의 직계 16대 제자가 바로 영담 스님이다.

청산은 이 영담 스님을 만나 공부를 한 뒤 마침내 전법게傳法偈를 받아 17대 제자가 되었다. 말하자면 청산은 서산 대사의 정통 법맥을 이어 가고 있는 것이다. 그렇다면 청산이 익힌 무예는 서산 대사가 행했던 바로 그 오리지널인가. 그렇기도 하고 그렇지 못하기도 하다. 청산은 이렇게 말한다.

사실상 서산 대사의 정통 무예는 맥이 끊겼습니다. 서산의 출중한 무를 시기하고 두려워한 중국이나 일본 세력이 의도적으로 망쳐 놓았거든요. 승려들 자체가 맥을 잇는 아무런 노력을 하지 않기도 했고요.

그렇다면 청산 스님은 그 단절된 서산 대사의 무예를 복원하는 일을 하시는 건가요?

그렇습니다. 아직은 매우 미진하지만 부지런히 공부하는 중입니다.

그간 어떤 방법으로 전통 선무의 맥을 찾아 나섰던가요?

우리 불교무술이라는 게 결국은 단군 고조선 때 이미 발생했던 무예에 그 뿌리를 대고 있습니다. 제가 행하는 무예를 '천부 무예' 혹은 '다물 무예'라 칭하는 이유가 여기에 있습니다. 천부경에 나타나는 단군의 홍익인간, 혹은 다물 정신이 담긴 선무의 원류를 공부해야 하는 것이죠. 일찍이 서산 대사께서도 단군을 모시는 수행을 하셨거든요. 단군 정신에 기반한 유불선 통합의 사상이 바로 서산의 '국선國仙' 이념이니까 말이죠. 이와 같은 사상적 바탕을 인식하고 실천적 무예를 연마하는 분들을 찾아 오랫동안 제가 이 산 저 산을 돌아다녔죠.

강호에 은둔한 전통적 고수들을 실제 많이 만나셨나요?

네, 요즘과 달리 몇십 년 전만 해도 산중 고수들이 있었죠. 숨어 사는 봉두난발 도인들이 많았습니다. 이분들이 이미 다 열반하셨으니 아까운 일입니다.

그분들은 열반하시기 전에 왜 하산하지 않았을까요? 이 요상한 사바 세상을 위해 왜 좀 더 구체적으로 이바지하지 않았을까요?

그분들은 세상일엔 다 때가 있다고 하셨습니다. '나의 때'가 아니면 움직이지 말아야 한다는 것이었죠.

청산 스님은 그 은둔 고수들에게 뭔가 결정적인 걸 좀 전수 받으셨나요?

그건 뭐라 발설하기 어려운 대목이지만 한 도인에게 비밀 심법을 전수 받긴 했습니다. 그러나 그 도인 역시 "아직은 너의 때가 아니다"라고 하셨죠. 그럼 언제가 그때인가. 제 자식들의 때도 아니고 앞으로 4대는 더 내려가야 한다 하시더군요.

동자들에게 무예를 가르치는 것도 그 4대 뒤의 미래를 위한 준비
인 셈인가요?

그렇습니다. 겸손한 자세로 응분의 공부와 노력을 할 따름이죠.
사람들에게 단군의 정신이 깃든 다물 무예를 알리는 일도 그래서 필
요한 것이고 말이죠.

전기도 들어오지 않아

금성산성이 있는 산성산은 천연 요새를 연상케 하는 기묘한 산세
를 지녔다. 산의 외곽은 삼엄한 벼랑이지만 안으로 들어가면 포근하
고 넉넉하다. 산성이 들어서기에 안성맞춤인 산세다. 금성산성은 고
대에 축조된 것으로 추정되는 매우 웅장하고도 아름다운 석성. 이 산
성의 외내문과 내문을 거치면 청산 일가가 사는 동자암에 도착한다.

암자라지만 조촐하기가 여염집 같다. 판자로 대충 지은 오두막에
방이라곤 달랑 하나다. 불상과 단군상이 봉안된 이 방에서 다섯 식
구가 먹고 자고 공부한다. 전기는 들어오지 않는다. 당연히 TV나 컴
퓨터 같은 문명적 물건들은 하나도 없다. 저 아래 골짜기에서 샘물
을 길어다 밥을 하며 장작을 지펴 난방을 한다. 매우 심플한 산중 살
림이다. 그러나 이 정도도 그전 제주도에서의 산중 생활에 비하면
양반이다. 제주의 산중에선 비닐 움막을 짓고 살았다.

산성산은 천연 요새를 연상케 하는 기묘한 산세를 지녔다. 여기에 들어선 금성산성은 고대에 축조된 것으로 추정되는 매우 웅장하고도 아름다운 석성. 이 산성의 외내문과 내문을 거치면 청산 일가가 사는 동자암에 도착한다.

    청산 스님이 이곳 산성산에 자리를 잡은 지는 5년째. 가정을 갖기 전의 그는 줄곧 도처를 떠돌았다. 고수를 찾아, 도를 찾아 굶주린 들개처럼 산야를 누볐다. 그러다가 제주에서 신심 깊은 불자였던 한 여인을 만나 부부의 연을 맺었으니 바로 보리 스님이다.

    그는 아내를 승려로 진급시켰다. 자식들 셋도 나오는 족족 머리를 밀어 줬다. 생계를 위해 청산은 날품 노동에 나섰고, 보리 스님도 마트에 취직하거나 보통이 야채 장수로 나서기도 했다. 제주 조천면의 오름에 움막을 짓고 다섯 명의 가족 승려들이 그렇게 세상의 풍진을 견뎠다. 그러다가 4년 전에 여기 산성산으로 옮겨왔던 것이다. 수행자는 물론 사람이라면 모름지기 산에 살거나 산과 빈번한 교제를 함이 마땅한 도리라는 게 청산의 기본 생각이다.

그나저나 청산과 보리 사이에서 나온 세 동자들은 이거 웬 생고생이란 말인가. 의식주 뭐 하나 변변한 게 없는 산중에서 산짐승처럼 살게 되어 있는 이 기막힐 팔자란 대관절 무슨 운명의 농간이란 말인가. 그러나, 오해는 마시라. 아이들은 행복하다. 만세를 부르고 싶다는 투로 만족해한다. 이게 진정한 장관이다. '즐거운 가족'의 완연한 증빙이자 힘의 표징이다.

이 아이들은 한때 산 아래 학교엘 다녔었지만 재미없어 때려치웠다. 독학으로 그냥 공부한다. 청산과 보리가 이미 유능한 교사다. 사방에 가득한 저 무성한 나무들과 새들과 바람 소리도 아이들의 믿을 만한 교사다. 그래서 잘 양육된다. 세 동자들의 동태를 유심히 관찰해 본 나는 그들이 산속의 범생이들이라는 결론에 도달했다. 그들은 모두 꽃이다. 천진난만하고 순결하고 거침없다. 동자승답게 순수하고 총명하다. 무술 수련생답게 몹시 씩씩하고 발랄하다.

실전을 방불케 하는 무술 연마

천룡과 황룡의 무예는 나날이 발전하고 있다. 이 아이들은 비가 오거나 눈이 오거나 날마다 검술을 연마한다. 손에는 항상 칼과 창이 들려 있고, 활쏘기도 하며 표창을 날린다. 청산의 지도하에 산성 안팎 곳곳의 산마루를 누비며 무공을 닦는다. 그것은 동자들의 일상이 되었다. 마치 소림사의 어린 중들처럼 말이다. 언뜻 즐거운 오락처럼 보이지만 그 눈빛엔 예리한 무기武氣가 서려 있다. 이들이 수련하는 다물 무예는 실전술이다. 따라서 격렬하고 삼엄하다. 청산이

청산과 보리 사이에 나온 세 동자들은 한때 산 아래 학교엘 다녔었지만 재미없어 때려치웠다. 독학으로 그냥 공부한다. 청산과 보리가 이미 유능한 교사다. 사방에 가득한 저 무성한 나무들과 새들과 바람 소리도 아이들의 믿을 만한 교사다. 그래서 잘 양육된다.

수련 중 몸 곳곳에 열다섯 군데의 칼 박힌 자국을 얻은 데서 알 수 있듯이 매우 공격적인 테크닉을 연마한다.

동자암을 찾아드는 방문자들은 언제든 이와 같은 동자들의 용맹한 수련 모습을 구경할 수 있다. 찾아오는 이들이 많아지면서 아예 시연을 펼치기도 한다. 지역의 축제나 행사에 수시로 초대되기도 한다. 적어도 담양 땅에선 이들을 모르면 간첩이다.

청산 일가는 이미 지역의 스타로 데뷔했다. 이게 오히려 마음에 걸린다. 높은 산을 오르려면 천천히 걸어야 한다. 과실은 여물어야 꼭지를 딴다. 동자들은 혹시 너무 빨리 대중에게 노출된 것은 아닐까? 대중의 천박한 호기심의 제물로 추락할 가망성은 없을까. 청산 스님의 고민도 여기에 놓여 있다.

재작년부터 사람들에게 알려지기 시작하면서 많은 박수와 격려를 받았습니다. 하지만 일부에선 비난도 하더군요. 뭔가 속셈이 있는 행각이 아니냐는 건데, 그런 터무니없는 혐의야 이젠 다 벗겨졌지만 아직 어린 동자들이 흐트러질까 하는 염려는 있습니다. 그래 문을 아예 닫을까 고민도 하지만 사람들에게 전통 무예의 세계를 알리는 일도 중요한 소명이라는 생각이 아직은 더 큽니다. 대중과의 교류도 동자들에게 더 큰 세상 공부가 될 수 있을 테고 말이죠.

이해할 만합니다. 동자들의 기량은 어느 정도 수준인가요?

그야 아직 멀었죠. 다물 무예는 36단계의 과정을 거치며 완성에 이르게 되는데 동자들은 겨우 1단계 정도를 지났을 뿐이니까요.

그렇다면 청산 스님의 무공은 어느 정도인가요? 당신은 정말 고수입니까?

(웃음)에이, 저도 아직 부족합니다.

겸손인가요? 아님 정말 부족?

무예 공부엔 끝이 없습니다. 그리고, 영원한 고수도 없는 법입니다. 하하핫!

전설적인 무림 고수들은 눈을 밟아도 흔적이 남지 않고 풀 잎사귀를 타고서 강을 건넜다. 청산의 내공이 어느 경지인지는 알 길이 없다. 뭔가 일부러 감춘다. 비기가 노출될 수 있기 때문이다. 이는 목포 "욕쟁이 할머니집"의 할머니가 홍어탕의 비결을 감추는 것과 비슷한 이치. 더 알려고 해 봐야 알 수가 없다. 분명한 것은 청산이 고조선 무예의 복원이라는 화두를 들고 산성산 산중에서 신나게 분발하고 있다는 점이다. 인터넷이라는 첨단 병기가 지구덩이를 뒤덮고 있는 마당에 이는 웬 신기한 복고인가? 그는 몽상가인가? 멀리 보는 사람인가?🌿

중이 속되게 사랑이니 음양을 얘기한다고 야유하는 이들도 있습니다. 그러나 불교의 논리도 음양법에 기초합니다. 석가모니 부처님도 결국은 음양의 이치로 이 세상에 오신 게 아니겠어요?

'사랑' 화두 들고 죽자사자 남근男根을 깎는 스님

성각成覺, 그는 스님은 스님인데 좀 묘한 스님이다. 불공이나 염불에 별 관심이 없다. 시주나 포교에도 취미가 없다. 머무는 절도 없으며, 교제하는 도반도 없다. 제천 박달재 산중에 혼자 박혀 산다. 창고 비슷한 조립식 집을 짓고서 그저 외톨박이로 살아간다.

그렇다고 그가 아무 일도 하지 않는 것은 아니다. 남보다 일찍 일어나 남보다 늦도록 온종일 일을 한다. 통나무에 들러붙어 날마다 목각을 한다. 규칙적이고 연속적으로 행하는 일상의 최대 업무인 목각 공예. 이 외에 그가 달리 하는 일은 거의 없다. 지독한 노동의 산물에 다름 아닌 목조각품들은 박달재 자락 곳곳의 노천에 진열된다. 이렇게 지낸 지 벌써 10년째.

언제 내린 눈일까. 박달재에 눈이 쌓여 설경이 소담하다. 정상을 타고 넘는 아스팔트 도로만 제설 작업이 돼 뻐끔하다. 그러나 오가는 차량이 거의 없다. 박달재는 한때 충주와 제천을 잇는 교통 요충이었지만 저 아래로 터널이 뚫리면서 완벽하게 소외되었다. 성각 스님의 거처는 고갯마루 아래 도로변 응달에 있다. 숙소 한 동과 작업실 한 동이 눈에 폭 파묻혀 있다. 작업실 문이 열리고 성각 스님이 걸어 나온다. 파랗게 삭발된 머리에 길게 늘어뜨린 턱수염. 덕지덕지 기워 입은 승복. 강한 눈빛. 산에 사는 야승野僧의 작풍이 완연하다.

작업장은 춥다. 뒤편의 숙소로 들어가 마주 앉는다. 서너 평쯤 되는 방은 조촐하고 어수선하다. 이 집의 주인이 밥 먹듯 겨울 불편과 인내를 느낄 수 있는 풍경이다. 쥔장의 신분이 승려임을 알게 하는 불상과 불서와 승복들. 그가 공들여 깎아 만든 목각 작품들. 방금 취사를 마친 흔적이 보이는 싱크대 옆엔 냉장고가 있다. 냉장고를 열자 그 속 역시 뒤숭숭하다. 성각 스님의 올해 나이는 쉰여섯. 32세 때 승려 입문을 했으니 스님으로서는 중견 시절이다. 그런데 그는 왜 이렇게 사나. 속俗이 싫어 절에 들었으나 그 절마저 또한 신물이 났을까. 아니면, 절에서 쫓겨났나.

그의 답은 간단하다. "박달재가 좋아 박달재에 산다"는 게 아닌가. 이게 애매한 답이지만 그 이상의 사연을 알려 하는 건 실례겠다. 박달재 일원은 물론, 제천에 사는 사람들에게 성각 스님은 꽤 널리 알려졌다. 남보다 튀거나 색다르면 기억되게 마련. 사람들은 말한다. 박달재에 날이면 날마다 목각을 하는 스님이 산다네. 그 스님의

작업실 문이 열리고 성각 스님이 걸어 나온다. 파랗게 삭발된 머리에 길게 늘어뜨린 턱수염. 덕지덕지 기워 입은 승복. 강한 눈빛. 산에 사는 야승의 작풍이 완연하다.

작품으로 박달재가 환해졌다네. 별의별 작품을 다 만드는데 포탄처럼 우람한 남근도 많으니 스님치고는 참 재미있고 요상한 분이네. 호기심과 의구심이 실린 평이 이렇게 난무한다.

　대체 그는 여기서 무슨 일을 하는 것일까.

　박달재에 들어와 3년 정도는 저 꼭대기 영업집에서 밥을 얻어먹으며 지냈습니다. 공으로 얻어먹을 수는 없으니 밥값 대신 목각 작품을 만들어 주었죠. 제가 일찍부터 목각에 좀 소질이 있었던 겁니다. 작품 주제는 주로 '박달 도령'과 '금봉 낭자'의 사랑 얘기입니다. 전설 속 두 남녀의 사랑을 목각으로 재현해 사람들에게 사랑의 고귀함을 알게 하자, 그런 취지죠. 모든 게 물질로 거래되는 이 자본주의 사회에서 참다운 사랑의 가치를 일깨우고 싶다는 뜻이죠. 사랑이라는 문제보다 더 근원적인 게 무엇일까요? 음과 양의 조화로 이뤄지는 게 세상이고, 사랑의 역사가 곧 인간의 역사 아니겠어요?

'박달'과 '금봉'의 러브스토리. 이는 박달재의 지명을 파생시킨 조선의 전설 한 자락이다. 경상도의 젊은 선비 박달이 과거를 보러 한양을 가던 중 이곳 산중의 농가에서 하룻밤을 묵으며 그 집의 처녀 금봉과 눈이 맞아 정을 나눴다는 것으로 시작되는 이 연애담은 비극적인 결말로 마무리된다.

박달은 과거에 실패했고, 박달의 과거급제와 혼례를 학수고대하던 금봉은 기다리다 지쳐 죽었으며, 뒤늦게 달려와 비보를 들은 박달 역시 금봉의 혼백을 끌어안고 천길 벼랑 아래로 떨어져 죽었다는 줄거리. 조선조 남녀상열지사의 전형적 얼개를 가진 새드 무비다.

사랑의 교착과 부조리, 지고한 순정과 집요한 일편단심. 모든 아름다움이 그렇듯이 이 비극에도 경박한 삶을 뛰어넘는 절절한 미학이 서려 있다. 얄궂고 서러운 연애의 비극적 풀코스가 기구하고 애절한데 성각 스님의 센서가 이를 포착한 셈이다. 박달과 금봉의 슬픈 사랑을 부박한 현대의 시공에 띄워 나름의 사랑학을 웅변하고 있으니.

중이 속되게 사랑이니 음양을 얘기한다고 야유하는 이들도 있습니다. 그러나 불교의 논리도 음양법에 기초합니다. 석가모니 부처님도 결국은 음양의 이치로 이 세상에 오신 게 아니겠어요? 흔히 법과 율을 내세워 하지 말라, 하지 말라 강조해 애욕을 금기시하지만 사람의 본디 출처는 사랑이 그 근원 아니겠어요? 너무 거창한 율법을 앞세워 사랑의 필요와 필연을 배척하는 건 우습지 않을까요? 유정이든 무정이든 음양이 이룬 사랑의 산물이거든요. 박달과 금봉의 목숨을 건 사랑을 통해 배울 게 많다는 생각입니다. 사랑 대신 돈에 목숨을 거는 각박한 세태에 대한 반성 같은 것 말이죠.

온 세상이 다 부처!

박달과 금봉을 테마로 한 그의 작품은 다양하게 변주된다. 이승에서 미처 못 이룬 사랑의 해원을 위해 두 남녀를 조각으로 환생시킨다. 박달과 금봉이 낭만적으로 어우러진 조각상. 박달의 씨를 받아 만삭에 이른 금봉의 상이 있으며, 아기를 목마 태운 박달과 금봉이 다정히 숲길을 걷는 작품도 있다. 전설은 비극적 종말까지만을 전하지만 그는 나름의 상상력으로 그 이후를 되살려 두 남녀의 통절한 사랑을 찬미하는 셈이다.

이렇게 여러 해에 걸쳐 만들어진 대형 작품들 120여 점이 그의 거처 뒤편 산자락 일대에 전시돼 있다. 그의 행장을 반신반의하던 제천시에서도 협찬을 하고 나섰다. 가만 보니 이게 지역의 명소가 될 만하다는 판단이었을 게다. 이렇게 해서 2만 평 부지의 "박달 금봉 문화 공원"이 생겨났다. 현재도 조성 작업이 진행 중이지만 이미 많은 이들에게 알려져 찾아드는 발길들이 잦다.

성각 스님이 캔 음료를 내놓는데 차가운 음료라 손이 가질 않는다. 그러고 보니 다구 같은 게 보이질 않는다. 스님네들의 고유한 관습인 끽다의 취향은 그의 것이 아닌 것 같다. 몸에 배인 검박, 혹은 담백이 읽혀 오히려 신선하다.

그가 내는 언어들도 절간의 그것이 아니긴 마찬가지다. 말발은 약하고 뉘앙스는 어렴풋하다. 이게 남다른 내공에서 얻어진 자제력인지 어찌할 수 없는 소양 탓인지는 알 수 없다. 그의 머릿속엔 분명 산승山僧의 미묘한 사유가 회전하겠으나 발설되는 언어들은 투박하고 난삽하다. 그의 관심은 오직 목각에 있을 뿐이며, 그의 언설은 왜 목각을 하는가에 집중되고 있는데, 결론은 "목각으로써 불도를 닦는다"는 통첩이다.

그는 강원도 정선에서 면장의 아들로 태어났다고 한다. 청주대 자원공학과를 졸업하고 면서기로 취직해 세파에 뛰어들었으나 내향적 천성 탓에 조직 사회가 싫고 매사 힘겨웠단다. 마침내 32세 나이에 무작정 가출 같은 출가를 도모해 해인사를 찾았다가 두 번 퇴짜를 맞고 세 번째에 허락을 받아 행자 생활 반년과 강원 공부 4년 과정을 마쳤다. 이후 여러 절을 떠돌다 박달재에 들어왔다. 현재 그가 연을 두고 있는 절은 영월에 있는 법흥사 달마선원이다.

스님께서 주관하는 절이 없으니 시주도 없을 테고, 그렇다면 아무리 홀로 지내는 산중 생활이라지만 생계가 쉽지 않을 것 같습니다.

돈도 없고 땅 한 뼘 없는 처지지만 그럭저럭 해결합니다. 법흥사에서 부식이며 금전적 지원을 받기도 하지요.

작품을 하려면 자재 값도 꽤 들어갈 텐데 판매는 하지 않으시나요?

오다가다 인연되는 분들이 보시 차원에서 좀 내놓고 가시긴 하지만 판매는 전혀 안 합니다. 박달재를 사랑을 테마로 한 문화 공간으로 만들겠다는 생각인데 비즈니스가 개입될 수는 없는 노릇이죠.

스님이 생각하시는 바른 수행의 길은 어떤 겁니까?

수행에 기준 같은 것이 있을까요? 틀에 갇히지 않고 살아가는 모든 일상이 수행이라는 생각입니다.

틀에 갇히지 않는다는 게 말처럼 쉬운 경지는 아닐 것 같은데, 어떻게 해야 틀에서 벗어날 수 있을까요?

시시비비를 따지고 가리는 분별심을 버려야겠죠. 배를 불리는 것은 쌀밥만이 아닙니다. 보리밥으로도, 라면으로도 배를 채울 수 있거든요. 고정 불변의 진리라는 건 없습니다. 옳고 그름도 없습니다. 온 세상이 다 부처라는 얘깁니다.

온 세상이 다 부처! 여기에서 무슨 설명이 더 필요하랴. 진리의 정수이며, 지고한 메시지다. 불가의 팔만대장경을 한마디로 요약한 최상의 기쁜 소식이다. 우리가 코 꿰인 삶이 아무리 난처한 것일지라도 온 세상의 어둠마저 부처로 볼 수만 있다면 그가 바로 부처 아니겠는가. 그러니까, 당연한 얘기지만 성각 스님도 부처를 이루려는 사람이며, 그러기 위해 목각에 전념한다. 하루의 일과를 묻자 "목각 작업에 모든 시간을 쓴다"는 답이 돌아온다. 그는 수전증이 있다. 끌과 망치로 나무를 파고 헤집는 가혹한 노동이 가져온 후유증이다.

온 세상이 다 부처! 여기에서 무슨 설명이 더 필요하랴. 진리의 정수이며, 지고한 메시지다. 불가의 팔만대장경을 한마디로 요약한 최상의 기쁜 소식이다. 우리가 코 꿰인 삶이 아무리 난처한 것일지라도 온 세상의 어둠마저 부처로 볼 수만 있다면 그가 바로 부처 아니겠는가.

에로틱 조각의 뜻

그가 장롱을 열어 목각 소품들을 꺼내 탁자 위에 늘어 놓는다. 희한하여라. 그건 남녀의 교접을 묘사한 작품들이다. 기기묘묘한 갖가지 노골적 체위로 에로틱을 즐기는 남녀 군상들. 이 스님이 일쑤 남들의 조롱을 받는 것은 이런 과감한 작품들 탓이다.

금욕의 수도승을 모범으로 여기는 일반인의 시선에 미사일처럼 곧 터질 듯 발기한 남근을 리얼하게 빚어내거나 남녀의 교접 경치를 거침없이 조형해내는 성각 스님이 곱게 보일 리 없는 법. 괴짜니 땡중이니 입방아를 찧어댈 게 자명하다. 그는 왜 이렇게 성물性物 묘사에 과격한가.

몸뚱이로 할 수 있는 근본 요체가 무엇입니까? 성이 아니겠어요? 이것은 예수님도 부처님도 못 말립니다. 누가 뭐래도 육체가 없는 사랑은 공허하지요. 저는 선정적인 의도를 지닌 게 아닙니다. 오히려 그 반대, 즉 남녀 간 사랑의 아름답고 절실한 모습을 묘사해 사랑의 순수한 가치를 환기하고 싶은 것입니다.

인도 카주라호 에로틱 사원의 성 교합상이 떠오릅니다. 일설에 따르면 그건 사람들의 바른 성교육을 위해 조성되었다 하더군요. 스님 역시 교육 효과를 바라시나요?

바로 그렇습니다. 성은 이미 개방화 추세에 있지 않나요? 그러면서도 막상 드러내기는 민망해 하거든요. 여기에서 음침한 성 문화가 창궐하죠. 극대화된 사랑으로 가기 위한 성애의 바른 방법을 공적인 장에서 교육시킬 필요가 있는 겁니다.

성을 독사 아가리처럼 무섭게 알라는 불가의 교훈이 생각납니다. 수도승인 스님께서 이런 조각을 하신다는 게 어색하긴 합니다만.

성욕의 자제가 과연 수행에 바람직한가 아닌가의 논란이 있지만, 제 생각에 수행자는 절제해야 합니다. 이 작품들은 세간의 사람들을 위한 것들이란 얘기죠. 저는 성 해방 같은 걸 말하는 게 아닙니다. 성은 결혼한 부부끼리만 나눠야 하는 사랑의 표현이자 약속이며 저는 그런 도덕을 존중합니다.

그는 이미 수백여 점에 이르는 성애 조각들을 만들어 놓았다. 그러나 외부의 오해와 비난을 우려해 아직은 공개를 안 하고 있다. 머 잖아 성 박물관을 만들어 전시할 작정이란다. 우리는 성에 대해 지극히 이중적인 태도와 생각의 문법을 갖고 있다. 성으로 접근하는 루트에 기묘한 금제를 깔아 놨다. 이는 대체로 위선이거나 개폼에 가깝다.

성은 그토록 비웃음을 받으면서도, 인간의 좋은 친구였으며, 인간의 영원을 위해 기여해 왔다. 성각 스님이 수행자로서의 스타일을 구겨가면서 성물 조각에 착안, 보무도 당당하게 행군하는 이유도 여기에 있는 것 같다.

성각 스님의 의도가 환하게 집힌다. 정신과 육체를 활용해 성취하여야 할 사랑의 섬세하고 온전하고 따뜻한 차원을 목조각으로 구현하는 인물이 아니겠는가. 비록 숙수의 기량은 아니지만 그 뚜렷한 지향에는 군더더기가 없으니 이게 바로 타의 모범이 되는 이타행利他行일지도 모른다.

인터뷰로 노닥거릴 시간이 없다는 투로 그가 작업실로 내뺀다. 통나무를 타고 앉아 나무망치를 휘두르는데 이내 땀범벅이 된다. 전력을 다해 몸을 쓰는 저 스님의 노동 그 자체만으로도 귀감이 되기에 족하다. 일하지 않고 밥 먹는 수행자가 어디 한둘이던가. 마지막 질문을 던진다. 스님은 애욕을 어떻게 다스리느냐고, 고뇌가 없느냐고. 특유의 눌변으로 돌아온 답변의 요지는 이랬다.

일이 고돼서 잡념에 잠길 짬이 없습니다. 밤 9시만 되면 쓰러져 잠드니까요. 하지만 고뇌가 없다면 거짓말이겠죠. 고뇌의 고리를 끊으려 노력할 뿐입니다. 🍃

내 작품이 아무리 좋다 한들 자연보다 낫겠습니까? 철가방을 든 중국집 배달원보다 우월하겠습니까? 신이 보시기엔 온 세상이 다 그림일 겁니다.

슬리퍼 끌고 산에 올랐다,
그대로 주저앉은 은둔 20년

사는 일은 때로, 접시에 고인 물처럼 진부하다. 그런데, 우리의 눈을 끔벅이게 만드는, 심상치 않은 얘기 한 자락이 여기에 있다. 나는 이 얘기에 정신이 번쩍 들었다.

엄동의 산중에서 한 남자가 땅을 판다. 집을 짓기 위해 얼어붙어 돌덩이처럼 꽝꽝한 땅에 곡괭이를 찍어댄다. 여러 날에 걸쳐 땅파기 기초공사를 마친 남자는 이제 벽돌을 쌓는다. 서툰 솜씨지만 안간힘을 다한다. 그러던 어느 날, 마을의 관리가 찾아와 묻는다. "허가를 받고 집을 짓는가?" "허가를 받아야만 하는가?" "그렇다, 당신은 불법 건축을 하고 있다. 당장 부숴라."

이때 관리에게 남자가 말한다. "만약 한 달 뒤에 부순다면 어떤가." "그건 상관없다. 하지만 반드시 뜯어내야 한다." 관리가 돌아간

뒤 남자는 벽돌쌓기를 계속한다. 한 달에 걸쳐 미친 듯이 벽돌만 쌓은 뒤 약속대로 모조리 뜯어낸다. 그리고 비로소 건축허가를 받기 위해 관리를 찾아간다.

"당신은 바보 같은 짓을 했다. 무슨 까닭인가." 묻는 관리에게 남자가 말해 준다. "나는 고행을 위해 집 짓기를 했다. 한 장 한 장 벽돌을 뜯어내며 재미있었다. 그게 내 목적이었다."

수행자들의 도 닦는 소식을 전하는 책에 나오는 스토리가 아니다. 치악산 자락에 사는 서양화가 김만근(54세)의 실화다. 나는 지금 김만근의 집에 앉아 있다. 김만근이라는 인물의 개성과 지향이 고스란히 드러나는 집이다. 20년 전의 저 '기발한 고행'으로 지어지기 시작했지만 아직도 완성되지 않았다. 20년째 미완인 집. 무슨 집이 이런가.

이 집 쥔장은 천하태평 게으름뱅인가. 아마도 그런 것 같다. 적어도 천하의 태평함을 생각하는 자라면, 천天의 뜻을 마음으로 수신하는 센서를 부착한 자라면, 그는 서두름 대신 느긋함을, 무모한 완성 대신 충실한 과정 자체를 살이의 비결로 택할 게 분명하다. 김만근이 속한 과科가 바로 그렇다. 그는 그림에 목숨을 건 화가다. 날이면 날마다 그림을 그린다.

그런데 그의 작업은 캔버스 안에 국한되지 않는다. 삶의 모든 게 그림이자 예술이라는 것이 그의 생각. 모자라고 자잘한 것들로부터 저 커다란 자연계에 이르기까지, 거기에 깃들인 내심을 보고 듣고 그리는 게 그의 업무다. 그로써 자신의 심心을 끄집어낸다. 따라서 집은 그의 예술이자 그의 마음 밭이다. 마음이라는 재료로 지어진 이 집이 20년째 미완인 이유가 여기에 있으며, 아마도 영구적인 미완의 운명을 부여받은 집일 게다. 마음을 다루는 사업에 시효가 있겠나? 완성이 있을 수 있겠나?

마음을 다루는 일. 이는 흔히 도사들의 소관 사항으로 알지만, 따지고 보면 마음을 다루며 사는 일에서 놓여날 자가 누구인가. 알고 보면 우리네 모두가 도사다. 마음이라는 장기를 몸에 달고 태어났다는 점에서 우리는 모두 천부적인 도사들이다. 물론 여기엔 품질의 차이라는 게 있으니 사이비도 있고, 유치원생도 있고, 폭주족도 있다.

그래서 세상은 코미디처럼 참 재미있다. 나로 말하자면 잡탕에 짬뽕쯤 되는 도사일까. 이런 내가 김만근 앞에 앉아 차를 홀짝이며 귀를 기울이는데, 이건 웬일인가. 그의 언설에 귀가 훤해지고 눈에 안개가 걷힌다. 당신에게 산이란 어떤 의미인가, 하고 묻자 답이 이렇다.

산이 없다면 쌀이 없는 것처럼 생존하기 어려울 것이다. 눈을 감고 조용히 생각해 보라. 산, 물, 나무, 바위가 없다고 가정한 뒤의 황량함을 생각한다면, 산이 얼마나 큰 정신적인 존재인가를 알 수 있다. 산은 우리로 하여금 자아를 체크하게 한다. 마음을 치료해 주고 회복시켜 준다.

산의 무엇이 치료 기능을 한다 보는가? 산이 내는 음성에서 진리를 듣는가?

마음으로 산과 함께하면 산이 내는 음성을 들을 수 있다. 산에 올라 고요 속에서 눈을 감으면 마음이 조용해진다. 육체의 꿈과 추억, 소중하게 여겼던 연줄을 다 버리고 조용히 묵상하면 그게 바로 선禪이다. 그러다 보면 그리운 얼굴들이 떠오른다. 떠나신 어머니와 친구의 모습, 고향의 냇물, 배고플 때 기댔던 언덕 같은, 많은 게 떠오르며 그리워진다. 그리운 사람들의 언어가 생생히 되살아난다. 그 순간, 지금 내가 뭘 하며 사는가, 어떻게 살아가야 할 것인가를 알게 된다. 내게 산은 그리운 얼굴을 떠오르게 하는 공간이다.

취중에 터전을 얻은 희한한 사연

그리운 얼굴들을 떠올리며 눈물을 흘리는가? 그것으로 카타르시스가 되는 이치인가?

눈물겨울 때가 많지만 마침내 입가에 미소가 번진다. 눈을 감고서 그리운 얼굴들 속으로 수천 리를 달리지만, 실은 산이 나를 말없이 가만히 끌어안고 있는 상태다. 배고픈 아들을 부둥켜안은 어미처럼, 지친 나를 보듬어 주는 친구처럼, 그렇게 산이 나를 품어 준다. 산의 이런 포용 속에서 과거도 미래도 현재도 다 함께임을 알게 된다. 이

그의 작업은 캔버스 안에 국한되지 않는다. 삶의 모든 게 그림이자 예술이라는 것이 그의 생각. 모자라고 자잘한 것들로부터 저 커다란 자연계에 이르기까지, 거기에 깃들인 내심을 보고 듣고 그리는 게 그의 업무다. 그로써 자신의 심을 끄집어낸다. 따라서 집은 그의 예술이자 그의 마음 밭이다.

것이 산이 주는 최상의 선물 아니겠나?

나는 산에 가서 납작하게 엎드려 산의 품에 안기는 것으로 외로움을 달랜다. 당신의 산은 한결 고상한 것 같다. 그런 당신이 보는 요즘의 등산 경향은 어떤가?

산은 사람을 정복하지 않고 가만히 끌어안아 줄 뿐이다. 그러나 사람들은 정복하고 점령하려 한다. 마치 군인의 완전군장처럼 각종 장비로 치장한 등산객들을 보라. 외형적 등산이지 아니한가. 그들에게 마음으로 오르는 산은 어디에 있는가. 산은 몸 단련이나 스트레스 해소의 도구에 그칠 수 없다. 육肉의 눈으로 산을 바라보는 한 자아의 체크가 안 된다.

그렇다면 히말라야의 고봉을 오르는 알피니스트들은 정복병 환자인가?

그 경우는 다르다. 육체를 극한의 고통으로 몰아넣어 자신을 체크하는 산악인들은 결국 마음의 산을 오르는 존재들이다. 그들은 철학자에 가깝다.

산에 오를 때 어떤 마음가짐이 중요할까?

첫째는 겸손이다. 이미 수많은 사람들이 지구를 밟았고, 앞으로도 수많은 사람들이 여전히 지구를 밟을 것이다. 이를 헤아려 현재 우리의 나이를 따진다면 하루살이가 아니고 무엇이란 말인가. 정복자의 자세를 버리고 존경심을 가져야 한다. 군장 같은 장비도 버려라. 입은 채로 슬리퍼를 끌고 그냥 불쑥 가라. 오를 수 있는 만큼만 천천히 올라라. 고도高度만을 지향하면 정복자의 눈빛을 갖기 쉽다. 사람을 하시下視하는 습성을 얻을 수도 있다. 산은 사람의 마음을 열게 함으로써 산이 살아 있음을 증명한다. 아무도 없는 산중에서 철천지원수를 만난 사람이 있다고 가정해 보자. 그는 복수를 하기는커녕 외로운 나머지 원수를 간절히 끌어안을 수도 있다. 이게 산이다.

김만근의 산 철학이 씽씽하다. 산을 '보는 눈'을 얻었으니 '아는 눈'이 탁 트였고, 마침내 산과 긴박하게 내통하는 비밀까지를 입수한 게 틀림없다. 그가 아주 일찍부터 산과 모종의 운명적 거래를 해 온 것은 아니다. 그는 맥이 끊긴 전통의 천연 물감을 찾기 위해 치악산에 들어왔다.

계보가 끊긴 고려 석채石彩를 복원하기 위해 천연의 식물성·광물성 물감을 직접 만들어 내야 했고, 그건 산에 살고서야 가능한 일이라는 판단이었다. 말하자면 화업畫業이라는 직업적 필요에 의한 입산이었다.

김만근은 오랫동안 '워커'라는 별명으로 불렸다. 신발다운 신발을 사 신을 형편이 못돼 늘 군용 워커짝을 끌고 다닌 탓이다. 20년 전 이 산골짝에 터를 보러 왔을 때는 슬리퍼를 신고 있었다. 터를 얻은 사연도 희한한 이벤트에 가깝다.

산길을 타박타박 걷는데 어떤 농부 혼자 모내기를 하고 있더란다. 남의 일을 나의 일처럼 여기는 버릇이 있는 것으로 보이는 김만근이 모른 척 지나치기 어려운 경치였다. 그는 논으로 들어가 농부와 함께 모를 심었다. 새참으로 둘이 앉아 막걸리를 마셨고, 술이 얼근해진 농부가 일은 팽개치고 그를 집으로 데려가 집 안의 모든 술을 바닥내 버렸다.

술에서 깨어난 뒤 김만근은 취중에 단돈 1만 원을 계약금으로 걸고 매매 계약서를 쓴 걸 알았다. 농부나 김만근이나 취중에 기묘한 협약을 맺은 것이며, 이게 발효되어 마침내 농부의 전답을 터전으로 인수하게 되었다. 산다는 일, 이건 참 흥미진진한 연속방송극이다.

집문서보다 사람문서가 중요하다

산중에 사는 예술가에게 당신은 가난을 어떻게 극복하는가, 하고 묻는다면 그건 결례다. 왜냐하면 가난은 예술가에게 거의 부전공 과목이며, 따개비처럼 눌어붙은 동반자며, 그래서 징그럽지만, 그래서 배울 게 많은 고마운 교재이기 때문이다.

그러나 김만근은 전혀 다른 생각을 갖고 있다. 그는 "화가가 왜 배고파야 하는지 이유를 모르겠다"며, "살아오면서 경제적으로는 별 어려움이 없었다"고 말한다. 원래 물려받은 게 많았나? 전혀 아니다. 그는 마흔넷 나이에 뒤늦은 결혼을 했다. 가족을 먹여 살릴 실력이 되고서야 결혼을 하겠다는 소신을 관철한 결과였다.

다시 말해 그도 그림으로 밥을 버는 일의 난관을 줄기차게 겪어왔다. 하지만 전전긍긍, 가난과 이종격투기 같은 걸 치른 흔적이 보이지 않는다. 여기에는 가난조차 씨익 웃음으로 받아넘기는 배짱을 넘어선 그 뭔가가 있는데, 그의 표현에 따르면 "집문서가 아닌 사람문서를 갖는 게 그 무엇에 앞서 중요하다"는 생철학이 바로 그것이다. 사람문서? 이건 뭐지?

그림을 아무리 잘 그려 봐야 허허로움이 있다. 그걸 채워주는 게 주변 지인들의 격려다. 나는 철저한 은둔자다. 죽을 각오로 그린다. 하지만 많은 지인들이 있다. 좋은 사람들이 항상 내 곁에 있다는 거,

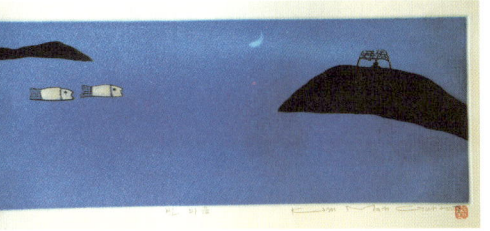

그림에는 '마음 그림'과 '눈 그림'이 있다. 마음을 끌어내지 못하면, 마음을 표현하지 못하면 그건 그림도 아니다. 사람과의 관계에서도 마찬가지다. 이것이 내가 산에서 배운 공부다.

이건 무서운 비밀과도 같은 힘을 발휘한다. 나는 지인들에게 도움을 받거나 도움을 주는 일을 계속하며 살고 있다. 한 번 인연을 맺은 사람은 끝까지 간다. 교통사고로 내게 피해를 입힌 사람하고도 10년째 좋은 사이로 지낸다. 내 작품이 아무리 좋다 한들 자연보다 낫겠나? 철가방을 든 중국집 배달원보다 우월하겠나? 신이 보시기엔 온 세상이 다 그림일 것이다. 문제의 해결점은 언제나 사람에 대한 배려에 있다. 서로 마음을 드러내고, 서로 마음을 나누는 것, 이게 사람문서를 확보하는 일이다.

김만근이 말하는 '사람문서'라는 것. 이를 고상한 표현으로 하자면 '관계의 인드라망'이나 '상생의 조화로움'일 게다. 널리 소문났듯이 세상은 꿍꿍이와 냉혈과 협잡의 경기장이기도 하다. '마음'보다는 '잔머리 굴리기'를 병기로 삼는 처세의 각축장에서 심지어 '노예 문서'라는 게 유통되기도 한다. 김만근의 가슴팍에 보관된 '사람문서'는 '함께 나누기의 기록서' 같은 것이겠다.

부족하면 부족한 대로 손에 손잡고, 서로서로 부둥켜안고 세상의 파도를 건너자고 홍보하는 자의 낮지만 깊은 외침의 증빙. 골백번 엎어질 세상일지라도, 골백번 까무러칠 목숨일지라도, 우리 함께 마음을 나누며 기대며 모시며 섬기며 살자는 통첩. 이건 김만근만의 특허 명품은 아니겠으나 김만근표 키워드라 칭하기에 족할 실천의 범주와 치열한 지향이 완연하다. 그런 김만근의 화두는 '마음'이다.

그림에는 '마음 그림'과 '눈 그림'이 있다. 마음이 드러나는 그림과 시각視覺에만 어필하는 그림은 많이 다르다. 마음을 끌어내지 못하면, 마음을 표현하지 못하면 그건 그림도 아니다. 사람과의 관계에서도 마찬가지다. 마음을 내보이지 않으면 아내도 친구도, 그 누구도 다 없어진다. 이것이 내가 산에서 배운 공부다.

김만근은 20년 동안 자연에서 얻어온 채색 재료를 통한 다양한 실험으로 작품 세계를 발전시켜 온 중진 화가다. 채색 재료의 95퍼센트는 광물에서, 5퍼센트는 식물에서 채취한다. 자연에서 얻은 재료들로써 마음의 숨결과 무늬와 이랑을 극도의 단순화된 화면으로 처리하는 그의 비구상 작품들은 서양화의 틀을 입은 선화禪畵이다.

회화로 노래된 서정시며, 산의 마음이 내려앉은 지성소다. 콜렉터들이 매우 선호하는 반면 대중적 지명도가 낮은 것은 그가 스스로를 드러낼 일이 없는 산의 동맹자로 살아온 탓이니 하등 이상할 게 없다.

3월. 남도에선 봄을 실은 꽃가마가 살랑살랑 바람을 타고 산등성이를 넘을 게다. 이 산중엔 아직 눈과 얼음이 허옇구나. 김만근과 함께 뜰에 앉아 풍경을 바라보는데 개울물 소리에 봄이 어린다. 지난겨울, 죽도록 서로 부둥켜안았을 한 무리의 새들이 숲 위로 날아오른다.

티베트의 어떤 스승들은 사람들이 TV나 영화를 봐야 자극을 받는다는 사실에 몹시 놀란다고 한다. 세상일은 어질러 놓은 당신들끼리 해결하라는 듯 자유롭게 허공을 나는 새의 날갯짓. 이것이야말로 진정 신비한 시네마다.

마음이라는 물건을 그림으로 끄집어내고, 그것을 삶의 날개 삼아 살아가는 김만근의 활공을 바라보는 일. 이는 내게 포르노보다 자극적이다. 마음을 다하는 일. 그 거사巨事!🍃

제가 원래는 무척 성질 급한 사람이었습니다.
하지만 청학동에 들어와 크게 변했습니다. 한
결 유순하고 차분하고 인내할 줄 아는 쪽으로
바뀌었어요. 이게 다 산의 감화력이죠.

지리산에선 절대 굶어 죽을 일 없다

그는 지리산 청학동에 산다. 벌써 13년째다. 긴 세월이다. 한원학(49세), 그는 왜 지리산에 사는 걸까. 무슨 연유로 청학동까지 들어왔는가. 이곳을 오기 전에 그는 대전에 살았다. 태어나기는 부산에서였다.

말하자면 그는 원래 도시 물을 먹고 살았다. 경쟁과 욕망이 부글거리는 도시에서 뼈가 여문 사람이다. 도시가 부여하는 애환과 쾌락을 충분히 수업한 남자다. 그럼 도시에서 밀려났나? 심술궂은 운명의 농간으로 지리산으로 좌천됐나? 이도 저도 아니다.

그를 청학동으로 인도한 것은 어느 밤에 꾼 꿈 한 자락이었다. 거대하고 신비한 산 덩어리 하나가 잠 속으로 들어와 그의 영혼이랄까 하는 것을 뒤흔들었다는 것이다. 일종의 계시처럼 꿈을 접수한 그는 곧바로 도시를 하직했다. 그리고 이 나라에서 가장 큰 산인 지리산에 입장했다.

이쯤에서 우리는 그의 남다른 개성을 직감할 수 있다. 그는 몽상가이거나 정령의 숭배자일 것만 같다. 정신세계의 신봉자일 것만 같다. 맞다. 그는 이른바 '마음공부'를 평생의 과업으로 삼고 사는 사람이다. 그의 표현에 따르면 "자성을 밝히는 일"을 이번 생의 유일한 숙원으로 정한 사람이다. 한마디로 도 닦는 사람이다.

물론, 한원학은 단신으로 청학동에 들어왔다. 홀로 털레털레 왔다가 홀로 털레털레 가는 여행, 아마 우리네 인생의 줄거리는 겨우 그런 것. 홀로 떠돌다 홀로 지구별을 뜨게 되어 있는 팔자의 고독과 비밀을 해소하기 위해 저마다 활약하는 게 또한 인생의 줄거리.

한원학 씨 역시 분발해 왔다. 소싯적부터 영감의 활동이 유난히 잦았던 그의 관심사는 일찍부터 정신적이고 영적인 것에 쏠렸던 것 같다. 그는 불교에 입문했다가 아, 이게 아니네, 하며 기독교로 바꿨으며, 다시 어라, 이것도 아니네, 하며 단학丹學으로 옮겼다. 무예도 줄기차게 연마했다. 태권도의 고수인가 하면 '뫄한뭐루'라는 요상한 이름의 전통 무예도 갈고 닦았다.

이 다양한 체험을 통해 그는 하나의 결론을 얻게 되었다고 한다. 즉, 마음공부란 나 스스로 하는 것이라는 사실을. 스스로 자성을 밝히는 고독한 업무가 수행의 지름길이라는 것을. 이후 그는 거기에 매진했으며 지금 이 순간도 그렇다. 그렇기에 당신은 지금 청학동에서 무엇을 하는가, 하고 묻는다면 "자성을 밝히는 중이죠" 하는 답이 그의 입에서 굴러 나오게 되어 있는 것이다.

전설 속 이상향, 청학동

널리 알려졌듯이 지리산 청학동은 저 아득한 과거에서 날아온 이상향 전설이 깃든 산간지구다. 예로부터 사람들은 청학이 푸른 숲에 노닌다는 청학동이 지리산에 있다는 믿음을 가졌다.

고려의 시인 이인로(1152~1220)가 상상 속 유토피아 '청학동'을 찾기 위해 지리산을 찾아든 이래 많은 선인들이 '청학동 찾기'에 나섰다. 『정감록』 같은 비결秘訣을 근거로 지리산 청학동의 실체를 찾아 돌아다녔던 것. 그 와중에 악양 등촌리의 청학골, 선비샘 아래 중봉골에 있는 상덕평 마을, 구례의 피아골, 세석평전 등이 청학동이라 지목되기도 했다.

한원학이 살고 있는 하동군 청암면 묵계리 역시 그중 한곳. 흔히 '도인촌'이라고 부르는 이 산골짝에 청학동이라는 지명이 붙은 것은 지난 1970년대부터였다. 1950년대부터 하나 둘 모여들기 시작한 일단의 도인들에 의해 하나의 사상적 동아리가 형성되었는데, 유불선儒佛仙 합일경정유도合一更定儒道를 추앙했던 그들이 이른바 청학동 1세대였으며, 이들이 하동군청에 지명 변경을 신청함으로써 오늘의 청학동이라는 명패가 붙게 되었다.

그렇게 되면서 이곳 청학동의 독특한 풍정이 날로 무르익기에 이른 것. 진주암 옛터의 도인촌은 물론, 근방 일대에 사찰을 비롯한 신앙 단체가 들어서고, 각처에서 나타난 이런저런 수행자들과 예술인, 산악인 등속이 원주민들과 어울려 특유의 생애를 쟁기질하고 있다. 지리산 전역에서도 자못 독자적이고 이색적인 일련의 풍기를 정착하기에 이른 셈이다. 이런 청학동과 한원학 씨는 안성맞춤처럼 잘 어울린다. 그는 꿀단지 속의 파리처럼 행복하겠다.

모든 일상이 바로 도道

그나저나 한원학이 말하는 '자성 밝히기'란 대관절 무엇일까. 무엇을 어떻게 밝힌다는 것일까. 그는 "자성이란 정精과 기氣와 신身이 하나로 합일된 완전한 본성의 상태"라 말하며 다음처럼 잇는다.

인간의 본성은 외적인 것에 있는 게 아닙니다. 오직 내 안에 있는 본성을 바르게 보아 내야 하는 것이죠. 이를 위해 정신적인 부분과 신체적인 부분이 화합을 이루도록 하는 명상 수행이 필요합니다. 제 생각에 본성은 단전에 있으며, 본성 보기를 방해하는 것은 머릿속 생각들입니다. 따라서 단전을 관하는 명상을 통해 마음을 놓치지 않고

소싯적부터 영감의 활동이 유난히 잦았던 한원학의 관심사는 일찍부터 정신적이고 영적인 것에 쏠렸던 것 같다. 그러한 다양한 체험을 통해 그는 하나의 결론을 얻게 되었다고 한다. 즉, 마음공부란 나 스스로 하는 것이라는 사실을. 이후 그는 거기에 매진했으며 지금 이 순간도 그렇다.

주시하는 일이 자성 밝히기의 실천 방편이 되는 것이죠. 뫄한뮈루 같은 동적 명상도 제가 행하는 마음공부의 일환입니다. 뫄한뮈루란 이순신 장군의 학익진법鶴翼陣法에서 유래한 무예로 오랫동안 맥이 끊긴 것을 현대에 와서 하정효란 어른이 다시 체계화한 전통 무술인데, 몸과 마음을 함께 밝히는 무예입니다.

그렇다면 일찌감치 마음공부를 시작하고 청학동에 10년 이상을 머물며 자성 밝히기에 전념해 온 한 선생은 지금 어느 정도의 진도를 나가셨나요? 자성을 밝히셨나요?

저는 아직 멀었습니다. 그저 열심히 공부하는 과정에 있을 따름입니다. 마음을 놓지 않고 계속 가는 것뿐인데, 이번 생에 완성을 못한다면 다음 생으로 넘어가겠죠.

자성 밝히기에 성공한 이는 누구일까요? 완전히는 아니라도 절반쯤 성공을 거둔 이는 또 어떤 사람들인가요?

부처님이나 단군 같은 이들이 완성에 이른 존재들이죠. 절반쯤만 성취해도 지혜와 혜안이 열려 정신적 지도자나 종교의 창시자가 될 수 있을 겁니다. 강증산이나 통일교의 문선명 같은 분들이 여기에 속할 것 같군요."

청학동엔 많은 수행자들이 있다고 알려져 있습니다. 이분들 가운데에도 아주 높은 도를 이룬 분이 계신가요?

없다고 봐야 할 겁니다. 청학동에 어른이 없다, 이게 참 안타까운 현실인데 실상이 그렇습니다. 오늘날의 청학동은 잠깐 물질문명에 흔들리는 시점에 놓인 것 같습니다. 물질에 시달리는 개인이 있다면 그는 일단 모든 것에 우선해서 물질부터 해결해야 하듯 청학동 자체가 그 비슷한 상황에 처해 있는 것으로 보입니다.

물질이라는 것, 돈이라는 것, 그것이야말로 넘어서야 할 공부 재료는 아닐까요? 한 선생께서도 물질에 흔들리나요?

물론이죠. 때로는 막 흔들립니다. 심한 물질적 압박을 받으면 모든 것이 흩어져 버리더군요. 눈을 감고 명상에 임해도 좀체 집중하기 어려워지죠. 돈이라는 것에서 산뜻하게 해방될 수 없다, 이게 가장 큰 마魔로구나, 하는 생각을 하게 됩니다.

그렇게 막 흔들리게 되면 어떤 대책도 없다는 뜻인가요?

그냥 탁 놔 버리는 게 대책이겠죠. 흔들리는 마음을 억지로 붙들고 있을 일이 아니니까요. 마치 바람이 불 때 바람 속을 억지로 나아가는 게 아니라 바람이 잠들길 기다리듯이 말이죠. 그렇게 마음의 바람이 잦아들기를 기다리면서 급박한 현실을 타개하기 위해 최대한 노력해야 합니다. 먹고사는 일은 도보다 선행하는 것이니까요. 생존 문제를 타개하지 못하는 도는 도가 아니라는 겁니다. 생활이 마음공부의 걸림돌이면서 동시에 원동력이 된다는 건데요, 결국은 생활 속의 도, 생활의 도가 진실일 거라는 생각입니다.

생활의 도. 의식주 해결을 위해 활동하는 모든 일상이 바로 도라는 얘기다. 생활 바깥 어디 특별한 자리에 도가 있는 게 아니라 생활이 곧 도라는 뜻이다. 청학동에 거주하는 수행자들이 흔히 그렇듯 한원학의 얼굴엔 근사한 수염이 달려 있다. 그러나 수염은 미관상의 인테리어일 뿐 수행 상징은 아니다. 일상생활 자체가 수행의 표징일 뿐이다.

그렇다면 한원학의 일상은 어떠한가. 그리 다를 게 없다. 도시에 사는 우리네가 먹이를 구하기 위해 경쟁의 정글을 누비듯 그 역시 생존을 위해 들입다 뛴다. '자성 밝히기'라는 심오한 지향이 그의 머리에 있지만 일상은 특별하거나 남다를 게 없다. 산중의 열악한 경제를 해결하기 위해 부지런히 일하고 열심히 땀 흘린다.

꽃이 저절로 피나? 삶이란 석가탑이나 다보탑 못지않은 공든 탑이다. 일이 있고, 땀이 있고서야 어렵사리 굴러가는 게 생활이다. 한원학은 닥치는 대로 일하고, 걸리는 대로 넘어서는 레이스를 펼치는 것 같다. 그러나 자청해서 들어온 산. 그 무엇에 앞서 산에 살아 즐겁다고 한다. 도시에서는 누릴 수 없는 산골 생활의 매력을 그는 다음처럼 꼽는다.

첫째, 마음의 여유를 가질 수 있다. 과도한 욕심에서 비롯되는 근

'지리산은 결코 사람이 굶어 죽도록 놔두지 않는다'는 게 한원학의 생각이다. 산과 동거할 수 있는 인격적 소양만 갖춰져 있다면 자연 안에서 얼마든지 무사한 삶을 누릴 수 있다는 얘기.

심이나 짜증을 도시에서보다 한결 빠르게 포기하거나 정리할 수 있다는 거다.

둘째, 이웃과 정을 나눌 수 있다. 함께 모닥불을 피우고 막걸리를 나누는 식의 정겨운 행위는 이웃과 속마음을 소통하는 매우 수준 높은 문화 활동이란다.

셋째, 산의 고요함을 통해 자신을 성찰할 수 있다. 일테면 칠흑 같은 밤에 쏟아지는 은하수를 바라보는 일은 그 자체가 명상이다.

넷째, 자연이 주는 순수한 먹을거리를 즐길 수 있다. 계절마다 산에서 나오는 갖가지 꽃잎, 들풀, 나무순, 나물, 약초, 열매 등속이 최상의 식탁을 보장한다.

다섯째, 건강한 몸에 건강한 마음을 담을 수 있다. 자연을 바라보고 느끼고 즐기는 사이에 긍정적인 사고를 갖게 되고 그것이 심신의 건강을 가져다준다.

지리산이 준 선물, 아내

애당초 한원학은 별로 가진 것 없이 청학동에 들어왔다. 오랫동안 남의 집에 더부살이를 하며 잠자리를 도모했다. 청학동엔 30여 곳에 이르는 서당들이 들어서 있다. 그는 서당에 취직해 서당 학동들에게 요가와 무예를 가르치는 강사 노릇으로 밥을 벌었다.

그에게는 도자기를 잘 굽는 재주가 있다. 나무판에 글자를 새기는 전각 솜씨도 만만치 않다. 이것들 역시 호구에 이바지했다. 목수로도 활동해 곳곳에서 품을 팔았다. 그는 이렇게 생존을 위해 맹렬한 활동을 해 왔다.

나는 방금 '맹렬한 활동'이라는 표현을 했지만, 그렇다고 그가 오직 연명을 위해 무슨 투쟁과도 같은 기막힐 수고를 해 왔다고 말할 수는 없을 것 같다. 지리산이라는 대자연의 품 안에 안겨 있는 그는 기본적으로 안전하고 무사하니까 말이다.

'지리산은 결코 사람이 굶어 죽도록 놔두지 않는다'는 게 한원학의 생각이다. 산과 동거할 수 있는 인격적 소양만 갖춰져 있다면 자연 안에서 얼마든지 무사한 삶을 누릴 수 있다는 얘기.

지리산은 매우 안전한 곳입니다. 더구나 청학동은 사람이 살기에 가장 이상적인 공간이죠. 천기와 지기가 조화를 이룬 청학동이 사람을 해치는 일은 결코 일어나지 않습니다. 그 누구든 산을 자신의 몸처럼 사랑하는 마음을 가지기만 한다면 여기서 굶어 죽을 일은 절대 없습니다. 산은 나물과 열매 같은 것을 내줘 사람을 살립니다. 쌀이 떨어지면 누군가가 쌀자루를 들고 찾아오게 되어 있는 게 또한 청학동입니다. 돈이 많다고 해서 산중 생활이 보장되는 게 아니거든요. 결국은 사람됨의 기본이 중요합니다.

그 사람됨의 기본이란 뭡니까? 인격이랄까 하는 게 갖춰졌다면 무

뾰족한 수 없는 노총각으로 허전하게 늙어갈 가망성이 많았던 한원학. 그런 그에게 어느 날 문득 나타나 평생 동맹을 맺은 아내 최경향 씨는 아마도 한원학이 청학동에서 거둔 최상의 수확이리라.

일푼으로 산에 들어온다 하더라도 잘 살 수 있다는 얘긴가요?

산의 주인은 산일 뿐 사람은 객客에 불과하다는 인식이 필요하다는 뜻입니다. 산은 나무나 풀, 짐승 같은 수많은 대중을 거느린 거대한 생명체가 아니겠습니까? 이런 산을 가령 포클레인으로 파헤친다면 그 잔인한 삽날에 수천수만의 생명들이 한순간에 죽어 나갑니다. 그때 일어나는 산의 노함과 원망으로 마침내는 사람이 상해를 입을 가망성이 높아지죠. 존경하는 마음으로 산과 동화하는 기본이 있어야 합니다. 그러면 설령 무일푼 알몸인 사람에게도 산은 살길을 다 알려 주게 마련이죠. 이게 산을 사는 참을 수 없는 매력입니다.

산과 동화하지 못한 나머지 실패를 보는 경우도 많을 것 같군요.

그렇죠. 자연과 내가 하나라는 의식이 부족하면 스스로 산에서 밀려나는 수밖에 없죠. 실제 청학동에 들어왔다가 정착을 못하고 나가 버리는 분들을 주변에서 보고 있습니다. 들락날락 소란을 거듭하는 사람도 있는데 산의 힘에 의해 결국은 서서히 변모하더군요. 비록 진도는 느릴 망정 산에 살게 되면 마침내는 산과 동화하게 됩니다.

한 선생은 매우 정적이고 고요한 성품을 가진 사람으로 보입니다. 그건 원래의 성향인가요? 아니면 청학동에 들어와 얻어진 새로운 경향인가요?

제가 원래는 무척 성질 급한 사람이었습니다. 어떤 일이 맘에 안 들면 참지 못하고 대번에 딱 때려치워 버리는 성격이었죠. 하지만 청학동에 들어와 크게 변했습니다. 한결 유순하고 차분하게 인내할 줄 아는 쪽으로 바뀌었어요. 이게 다 산의 감화력이죠. 산중 생활을 계획하는 분들에게 저는 뭔가 자기 나름의 명상이나 수행 방식을 가지고 들어오시라 권하고자 합니다. 그런 정신적 버팀목을 견고하게 가질 경우 산은 거기에 부응해 뭐든 다 베풀게 되어 있는 것이니까요.

산의 베풂. 한원학 씨는 이를 몸소 체험한 사람이다. 잠 속의 꿈 한 자락에 이끌려 혈혈단신으로 지리산에 들어온 그는 13년을 사는 동안 많은 것을 얻었다. 먹는 일의 노련한 방책을 얻었으며 믿을 만한 이웃들을 얻었다. 본격적으로 전각 작업에 임할 수 있는 토대를 구축했으며, 손수 지은 멋들어진 한옥의 쥔장이 됐다.

댓잎이 서걱거리는 비탈길 골목에 자리 잡은 그의 집에는 '똘똘이'라는 이름의 순한 강아지 한 마리가 살고 있다. 그리고 그와 동갑내기 여인과 4살짜리 쌍둥이 사내애들이 한집에 동거하는데, 그들은 물론 그의 처자들이다.

뾰족한 수 없는 노총각으로 허전하게 늙어갈 가망성이 많았던 한원학. 그런 그에게 어느 날 문득 나타나 평생 동맹을 맺은 아내 최경향 씨는 아마도 한원학이 청학동에서 거둔 최상의 수확이리라. 그의 이웃인 산악인 성낙건(64세) 씨의 주선으로 맺어진 인연이지만 이 역시 알고 보면 지리산의 선물이 아닐까. 지리산을 섬기며 마음공부에 임한 덕분에 얻어진 내공으로 한 여인을 사로잡았으니, 결국 이는 지리산의 협찬이 아니겠는가.

순 도시내기였던 최경향 씨는 한원학을 처음 본 순간, "앗! 이 남자가 내가 찾았던 바로 그 남자네!" 하는 예리한 감흥을 받았다고 한다. 선연善緣이다. 🍃

산에 오면서 나이를 한 살로 치고 다시 보자, 새롭게
보자, 몸으로 느끼자, 이런 생각이었습니다. 그러자 서
서히 보게 되고 느끼게 되더라고요.

단돈 6만 원 쥐고 산에 든 못 말릴 배짱

배짱도 이런 배짱이 없다. 그가 처음 산골짝에 들어올 때 수중에 쥔 건 단돈 6만 원이었다. 그것으로 산골살이를 시작했다. 간이 배 밖으로 나오지 않고서는 쉬 행할 수 없는 깡이었다. 왜 그랬나. 자연과 합일하고 싶다는 욕망, 자연의 이치를 알고 싶다는 열망. 그것 때문이었다.

충북 청원군 문의면 소전리 벌랏마을에 사는 이종국(47세). 그는 아무도 못 말릴 자연 애호가다. 산이 좋아 산골에 사는 자연주의자다. 산골에 들어오면서 그는 자신의 나이를 한 살로 봤다. 이후 13년이 흘렀으니 그럼 이제 열세 살인가.

벌랏은 산으로 꽉 막힌 벽촌이다. 산과 산이 얼크러진 어간의 우묵하게 깊은 골짜기에 자리 잡은 산촌. 마을 복판에는 아주 오래된 우물이 있다. 지금도 식수로 쓰인다. 옹색한 골짜기 사이로 간신히 숨통이 트이는 약간의 평지를 따라 옹기종기 집들이 들어서 있다. 야트막한 돌담과 토담들의 곡선이 골목의 흐름에 리듬을 부여한다. 수백 년, 혹은 수십 년 묵은 고가들의 지붕 위를 스치는 골바람의 낮은 선율은 거의 음악이다. 후미진 산촌의 고색창연한 서정이 아롱거린다.

그러나 이렇게 좁고 이렇게 외진 곳에서 무얼 해 먹고 살까. 예로부터 가난이 이 마을의 특산품이지 않았을까. 하지만 벌랏은 저 옛날 매우 어엿했다. '오복동五福洞'이라 부른 괜찮은 산골이었다. '3천 냥 골'로 통하기도 했다. 한지와 과일과 산나물로 각각 1천 냥씩, 도합 3천 냥을 거뜬히 손에 쥘 수 있는 시절이 있었던 거다. 그래서 혼기를 앞둔 처녀들은 누구나 벌랏으로 시집을 오고 싶어 했다고 한다. 하지만 지금은 칠팔십 대 노인들만 남았다. 덕분에 이종국 씨는 어언 중년에 접어들었지만 벌랏에선 '청년' 소리를 듣고 산다.

처음 벌랏에 들어와서 그가 겪은 시련은 한두 가지가 아니었을 게다. 산이 믿고 의지할 만한 어버이 같은 존재라 하지만 산자락 오두막에 들어앉은 그에게 저절로 밥이 주어지는 건 아니다.

그가 언젠가 한번은 숲에서 죽은 꿩 한 마리를 주워온 적이 있었다. 그것으로 국물을 우리고 또 우려 고기 맛을 갈구하는 맹렬한 식욕을 보름 동안 달랬다. 그러나 그가 비참한 지경에 처한 적은 없는 것 같다. 어떻게든 생활을 꾸려 나갔으며, 서서히 야성이 자라나 산

얼마나 오래된 집이기에 이렇게 잠잠한가. 이종국이 사는 흙집에는 세월을 건딘 사물들의 태연함
과 자존심이 있어 바라보는 눈이 그윽해진다. 얇은 흙벽에 문풍지가 우는 봉창이 달린 이 간소한
오두막에서 그는 혹독한 겨울을 열세 번째 맞이하고 있다.

의 동식물과 동화되기에 이르렀다.

　자연에 내 몸을 합일시키기, 이게 제가 살아갈 길이라는 확신이
컸습니다. 산에 오면서 나이를 한 살로 치기 시작한 건 이전에 제가
경험했던 자연은 주입되거나 입력된 것일 뿐, 깊이가 없었기 때문이
었죠. 그래서 다시 보자, 새롭게 보자, 몸으로 느끼자, 이런 생각이었
습니다. 그리고 서서히 보게 되고 느끼게 되더라고요.
　무엇을 보고 무엇을 느끼셨나요?
　산에 들어가서 불치병을 고치는 사람들이 있는 것에서 알 수 있듯

이 자연에는 분명 어떤 힘이 있습니다. 그런 산의 힘과 내 몸의 파장이 일치할 땐 모든 것이 아름답고 황홀합니다. 어느 가을엔가 집을 고치느라 사다리를 타고 지붕에 올라간 적이 있었습니다. 그때 저녁 노을 어린 단풍산이 온통 금빛으로 변하는데, 그게 어찌나 흐뭇하던지. 산과 제가 합일된 그 순간엔 모든 관계가 완전했습니다. 완전한 몰입이랄까, 이 상태에선 자기에게 벌어지는 모든 상황을 희열로 받아들일 수가 있습니다.

그런 체험이 산에 살아야만 가능할까요? 마음이라는 게 열리면 도시에서도 괜찮은 자기 몰입에 접어들 수 있지 않을까요?

씨앗의 법칙에서 그 문제에 관한 힌트를 얻을 수 있을 겁니다. 식물은 씨 내린 토질의 성질에 따라 저마다 다른 싹, 다른 꽃, 다른 열매를 맺게 되죠. 사람도 이와 마찬가지라서 어디에 사느냐의 문제는 기본적으로 중요합니다. 그렇다고 산에 산다고 무조건 좋은 것만은 아닙니다. 몸에 맞는 파장의 흡수와 공간의 조율이 필요한 것이고, 몸으로 느끼고 합일해야만 환희를 경험하게 됩니다.

그 몸의 환희라는 게 성적인 환희와 비슷한 것인가요?

그렇습니다. 산을 통해 실제 몸이 달아오르는 경험을 하기도 합니다. 자연과 일치한 몸 상태 속에선 모든 상황을 '흐뭇한 상상'으로 들여다보게 되죠. 몸을 몸이라 느끼지 못하는 완전한 몰입. 이게 최상의 상태입니다.

민가에도 선禪이 있다

이종국은 아마도 도류道流다. 그는 오래전부터 명상 수행을 해 온 사람이다. 명상가이자 무용가인 홍신자 선생의 아쉬람에 머문 적도 있었다. 내공인가. 쉽지 않은 얘기가 그의 입에서 흘러나온다. 아니, 그는 쉽게 말하는 것이겠지만 귀 어두운 내게는 어렵거나 모호하다. 사람은 산에 살고서야 비로소 존재의 비밀을 터득할 수 있다는 얘기일 테지. 날아오르는 어떤 정신 속에서 황홀한 현기증을 느끼는 것일 테지. 이렇게 생각해 본다.

우리는 달팽이는 아니지만 누구나 저마다 존재라는 무거운 집을 등에 지고 살아간다. 이종국은 존재라는 난제를 산에서 해결한다. 13년이라는 긴 세월을 산골짝에서 살며 얻은 게 많았을 것이다. 그 얻은 것으로써 삶의 진실을 발견하고자 노력했을 게다. 이런 그에게 물질적 궁핍은 적당한 장애일 뿐 가혹한 시련은 아니었던 것 같다.

깡패가 많은 나라는 칠레고, 늘 배고픈 나라는 헝가리다. 늘 배고프기로는 이종국도 아마 마찬가지였을 게다. 그러나 그는 가난도 즐겁다는 투다. 오히려 적절한 결핍이 안전하다는 생각을 한다.

자연의 이치를 어느 정도 알게 되면 온전한 자유란 물질에서 벗어나지 않고서는 얻을 수 없다는 것을 느끼게 됩니다. 제겐 핸드폰이라는 게 쓸모없습니다. 그래도 만날 사람은 다 만나게 되죠. 자연 안에서 물질적 소유를 최소화시키는 삶이 옳다는 생각이죠.

　물질을 적게 갖자는 생각. 욕망으로부터 벗어나자는 얘기일 것이다. 물질뿐이랴. 세상이 내 것이 아니며, 세상에 내 것이 아무것도 없다는 겸손한 정신은 산중 생활을 담담하게 한다. 혼자라는 고독의 눈으로 풀꽃 한 송이를 찬찬히 들여다보게 한다.
　산중 생활의 어려움은 마을 토박이들과 균열 없이 잘 어울리는 일의 어려움에서도 야기된다. 왕따는 도시의 교실에만 있는 게 아니

이종국이 벌랏에 살며 심혈을 기울인 일 한 가지가 있다. 누구나 알아주던 한지 마을이었던 벌랏의 옛 명성을 되찾자는 노력이 바로 그것. 한지 마을의 명성을 가능케 했던 닥나무와 맑은 물, 그리고 청명한 햇살이 여전한 부존자원임을 알아차린 그는 지난 2005년부터 본격적으로 한지 복원에 앞장서고 나서 상당한 성과를 거두었다.

다. 이종국도 마을 사람들과 사교하는 일에 나름의 공을 들였던 것 같다. 그가 보기에 촌로들은 현자에 가깝다.

산골살이엔 산골 사람들의 노하우라는 게 있으니, 노인들의 감춰진 지혜를 감동으로 바라보았을 법하다. 말없는 가운데 보여 주는 마음씀씀이에 고마웠을 것이다. 무심코 뱉어진 노인들의 언어에서 산을 사는 해학과 과학을 보았을 것이다. 그런 경험들이 그로 하여금 강하고 조용하게 산중을 견디게 만들었을 것이니 그가 신세진 게 산만은 아닌 셈이다.

보통 산에 들어와 살고자 하는 사람들이 오직 자연에만 치우쳐 사람을 염두에 두지 않는 경우가 많은데, 이렇게 해서는 난관을 자초하는 꼴이 되기 쉽습니다. 마을 주민과의 유대가 없이는 버티기 어렵기 때문이죠.

이 선생은 어떤 방법으로 마을 사람들과 어울렸나요?

산에 살며 제일 힘든 게 겨울철 장작을 마련하는 일입니다만, 저는 지금까지 나무 한 짐을 남에게 신세지지 않고 살았어요. 그러면서 마을분들과 유대를 갖기 위해 최선을 다했습니다. 일테면, 멀리 강원도에 가 있다가도 마을에 울력이 있다고 하면 바로 달려오는 식으로 말이죠.

노인분들에게서 무엇을 배울 만하던가요.

불가에 있는 선禪처럼 민가에도 선이 있습니다. 노인들이 소로 밭을 갈며 소와 얘기하는 것, 땅에 대한 본성적인 사랑, 이런 게 다 선 아닐까요? 이분들은 무슨 철학이나 논리를 가지고 살아가지는 않죠. 그러나 글조차 모르는 경우에도 이미 자연과 합일돼 있습니다. 삶의 모든 것을 100퍼센트 자연에서 해결하는 지혜를 습득한 분들이기도 하죠. 온도와 습도, 계절의 움직임을 민감히 알아차려 몸을 적응해 나갑니다. 완벽한 자연인은 아이들에게 함부로 대하지 않는데, 온전한 노인에게도 그런 뭔가의 힘이 있습니다. 스스로는 바보니 쑥맥이니 하고 낮추지만 듣는 귀도 크고, 소의 심성을 닮아 순합니다.

산중의 연애와 결혼

촌로들에게 시시때때로 배웠으니 배운 만큼 주고 싶었음인가. 이종국이 벌랏에 살며 심혈을 기울인 일 한 가지가 있다. 누구나 알아주던 한지 마을이었던 벌랏의 옛 명성을 되찾자는 노력이 바로 그것. 한지 마을의 명성을 가능케 했던 닥나무와 맑은 물, 그리고 청명한 햇살이 여전한 부존자원임을 알아차린 그는 지난 2005년부터 본격적으로 한지 복원에 앞장서고 나서 상당한 성과를 거두었다.

관의 협찬을 받아 "한지 테마 마을"로 지정됐고, 이제 외지에서 많은 이들이 찾아와 한지에 관한 모든 것을 체험하고 돌아간다. 이는 마을의 만성적인 궁핍을 해결할 수 있는 하나의 활로가 되고 있으며,

이종국은 조선식 복장을 하고 산다. 머리엔 삼베 두건을 항상 쓰고 지내며, 기다랗게 기른 염소수염이 언제나 바람에 흩날린다. 이 좀 야릇한 형상을 하고 있는 그는 화가다. 오직 자연에서 얻은 오브제들로 작품을 만든다. 어쩌면 그의 산방 전체가 작품이다.

향후 지속적으로 성장할 수 있을 것이라는 게 이종국의 판단이다.

　얼마나 오래된 집이기에 이렇게 잠잠한가. 이종국이 사는 흙집에는 세월을 견딘 사물들의 태연함과 자존심이 있어 바라보는 눈이 그윽해진다. 얇은 흙벽에 문풍지가 우는 봉창이 달린 이 간소한 오두막에서 그는 혹독한 겨울을 열세 번째 맞이하고 있다. 여기에 홀로 살며 저절로 청승에 겨워 눈시울을 적시기도 했으리라. 처마에 낙수 소리 들리면 가슴이 축축해졌으리라.

　독신의 고독 속에서도 눈부시도록 청정한 생애를 살다 지구 바깥으로 떠난 고故 권정생 선생은 생전에 말하길, "겨우겨우 간신히 사는 것이 가장 잘 사는 것이다"라 했지만, 산중의 단신 은거란 고행에 가까울 가망성이 많다.

도시의 벗들이 얼마나 그리울 것인가. 놔 버렸던 욕망들이 도적처럼 기습하면 무엇으로 방어하나. 미래에 대한 불안은 어이하며, 애욕은 또 어이 처리하나. 30대에 산에 들어와 긴 세월을 홀로 산 이종국의 고독이 손에 잡힐 듯 선연해 보인다.

그러나 산중에서도 사람이 못할 일은 없다. 일어날 일은 다 일어나게 마련이니 그는 산에 앉아서도 연애에 성공했다. 우연한 인연으로 이종국의 산방을 찾아왔던 이경옥(47세) 씨와 필이 꽂혀 결혼에 이르게 되었던 것. 5년 전의 일이었다.

이를 인도에서 라즈니쉬에게 배운 요가 수행자 이경옥 씨가 이종국을 구제한 것이라 보거나, 혹은 친절한 신이 이종국을 몽달귀신의 후보로 점찍기보다는 그의 전생의 선행을 후하게 평가해 신부감을 택배로 보내 줬다고 말하기엔 아마도 어폐가 있다. 두 사람의 지향과 세상을 보는 관점의 일치가 귀결한 혼사가 아니었을까. 두 사람 사이엔 선우라는 이름의 네 살짜리 아들이 하나 있다.

결혼 이후 한결 따뜻한 세상을 느낍니다. 오랫동안 명상 수행을 한 아내 나름의 힘으로 저의 막혔던 부분을 짚어 주는 일도 감사한 일이죠. 둘이 도반처럼 서로 존중하며 지내왔는데, 아이가 나오면서부터는 세상이 더욱 경이로워 보입니다. 아이가 없을 적엔 이 마을에서 여전히 이방인이라는 꼬리를 붙이고 살았지만 아이가 생기면서 그게 떨어져 나갔으니 이도 큰 행복이죠. 가족이라는 것의 힘과 무게를 실감합니다.

이종국은 조선식 복장을 하고 산다. 머리엔 삼베 두건을 항상 쓰고 지내며, 기다랗게 기른 염소수염이 언제나 바람에 흩날린다. 이 좀 야릇한 형상을 하고 있는 그는 화가다. 오직 자연에서 얻은 오브제들로 작품을 만든다. 어쩌면 그의 산방 전체가 작품이다. 누가 알아주든 말든 산골짝에 눌러살며 그리거나 만들어왔다. 그게 그의 고립감을 해소해 주는 유일한 방편이었다. 가족을 얻은 힘에 따른 탄성인가? 그는 지난해 첫 개인전을 열었다.

산중의 하오는 짧기만 하다. 성벽처럼 솟은 서산 저 너머로 어언 해가 진다. 그러자 숨을 헐떡이며 땅거미가 밀려들고 발 빠른 어둠이 마을을 삼킨다. 하나 둘, 별들이 돋아나 푸른 초롱을 밝힌다. 이종국의 오두막 봉창으로도 불빛이 내비친다. 🍃

자연이 곧 예술이다

글을 쓰는 일, 그게 바로 고통을 비
트는 일이여. 고통을 비틀어 빛을 얻
는 일이여. 이게 한승원의 삶이자 다
산의 삶이요.

찾아오지 마! 난 오직 글쓰기에 목숨 걸었어!

고3 때의 추억 한 자락으로부터 얘기를 시작해야겠다. 당시 문학소년 비스름했던 나는 국어 시간에 소설책 한 권을 강매당했다. 같은 도시의 어떤 중학교에 교사로 근무하는 소설가의 창작집이었는데, 아마도 그와 친분이 있었을 법한 우리 국어 선생님이 우정의 이름으로 행한 세일즈였을 게다. 소설은 다행히 재미있었다.

그러자 소설을 쓴 작가를 만나 보고 싶다는 생각이 들었고, 전화를 걸었다. "저는 선생님의 팬인데요" 하며 나름의 섭외를 해, 마침내 학교가 파한 어느 여름의 하오에 소설가가 근무하는 학교 앞에서 그를 만났다. 소설가는 나를 주점으로 데리고 가 막걸리를 사 주었다. 그는 자신의 징글징글한 어릴 적의 가난을 얘기했으며, 그게 창작의 밑거름이 됐다고 말했다. 사창가 경험 역시 권장할 만한 젊은 날의 체험이라고 귀띔했었다. 나는, 아하! 속으로 거듭 감탄하며 작가의 얘기에 귀를 쫑긋 세웠던 것 같다.

유독 인중이 긴 양반이라서 "아아, 이분은 무지무지 장수하겠네" 하는 생각을 했던 기억이 난다. 아무튼 그는 비린내 가시지 않은 애송이에게 술을 사주며 과분한 호의를 베풀었다. 특별한 추억이었다. 그분이 누구신가. 소설가 한승원(71세)이다.

한승원은 현재 전남의 남쪽 끄트머리 장흥군 안량면의 해변 산자락에 눌러 산다. 나는 지금 그 한승원과 마주 앉아 있다. 저 까마득한 고3 때의 추억을 얘기하자 그가 말한다.

허허, 우리 매우 깊은 인연이로구만.

한승원은 너털웃음을 웃지만 나는 상당히 허탈하다. 그가 하염없이 늙었기 때문이다. 왜 아니랴. 당시 그는 마흔이 채 안 된 나이였다. 나름대로 준수하고 나름대로 개성에 찬 얼굴이었다. 이젠 주름이 골을 파고 누비기 시작한다. 그러나 일흔의 나이가 믿어지지 않을 지경으로 건강하고 팽팽하다. 이게 참 다행한 모습이지만 그래도 희한한 감회를 떨치기 어렵다. 한승원의 인상이 크게 바뀌었기 때문이다.

얼굴이란 마음이 드러나는 거울. 저 옛날의 그는 푸근하고 넉넉해 보였다. 외갓집 삼촌처럼 만만하고 따스한 인상이었다. 지금은 다르다. 비록 노경의 얼굴엔 살짝 피로감이 묻어 있지만 박달나무 방망이처럼 강인해 보인다.

패기가 넘치다 못해 짱짱한 오기마저 느껴진다. 잘 늙은 노인의 표정은 어린애 같은 천진난만을 머금을수록 명작이다. 세상의 먼지, 세사의 티끌을 뒤로 물린 자의 낙낙한 허심虛心. 하지만 한승원의 안면엔 그런 게 보이지 않는다. 이분은 왜 이런 인상을 지니게 되었나.

나는 다산茶山을 닮았다

자리에 앉자마자 한승원이 다산茶山 정약용丁若鏞을 들려준다. 요즘 그는 다산을 소설로 쓰고 있다. 마무리 단계에 접어들었단다. 그는 오래전에 다산의 형이자 흑산도에서 유배를 살다 죽은 정약전丁若銓 얘기를 장편소설로 썼다.

그러면서 덩달아 다산을 공부했다고 한다. 그 뒤 초의草衣 스님에 관한 장편을 쓰면서 또 다산을 공부했다. 작년에 발간된 『추사』를 집필하며 또다시 다산을 배웠다. 이래저래 다산 공부가 많았던 셈이다. 다산을 향한 심취와 몰두가 깊었다. 그가 다산을 소설로 쓴 연유를 설명한다.

사람들이 그럽디다. 초의며, 정약전이며, 추사를 소설로 썼는데 다산 얘기는 왜 안 쓰느냐고. 그럼 써 보지 뭐, 하고 썼는데 어렵지 않게 진도가 나갔어요. 이미 다산 공부를 많이 해 둔 덕분이지. 그 무엇보다 다산과 제가 닮았다는 점에서 소설을 쓰지 않을 수 없기도 했어요. 다산은 타의에 의해 서울에서 전라도 바닷가 강진땅 토굴에 갇혀 유배를 살았던 사람이에요. 한승원은 어떤가. 마찬가지여. 다산이 토굴에서 자유를 꿈꾸며 그 막대한 저작을 토해냈듯이, 나도 여기 토굴 속에서 자유를 꿈꾸며 소설을 쓰잖아요. '꿈꾸기'라는 점에서 다산과 나는 똑같아요. 이게 소설을 집필한 이유요.

한승원이 서울을 떠나 득량만 바다가 내려다보이는 여기 산자락으로 거처를 옮긴 건 벌써 14년 전의 일. 지세를 볼까. 낮고 포실한 산들이 동, 서, 북간을 에워싸 둥지처럼 아늑하다. 저 아래 산등성이에 들어앉은 민가들은 한가하며, 그 너머로는 검푸른 바다가 개펄 위를 굼실거린다. 절경이다. 덜 먹거나 안 먹고도 탕탕 배 두드리며 풍류를 구가하기 마땅한 경관이다. 자연위사自然爲師라, 자연을 스승으로 삼아 자연의 벗으로 돌아가기 좋은 장소다.

하지만 한승원에게 풍류나 도락은 관심사가 아니다. 그는 다산에 견주어 자신의 팔자를 운영할 뿐이다. 다산과도 같은 유배객의 심정으로 소설을 쓰고 또 쓴다. 죽을힘을 다해, 또는 죽을 것을 작정하고 글만을 쓴다. 그러하니, 저 강인하고 팍팍한 인상이 사실은 적격이다.

소설 쓰기란 어쩌면 기존의 자기 사유와 관행을 부정하거나 수정하는 실험. 유배자의 심정으로 자기를 혁신하려는 한승원의 맹렬한

창작 욕구가 결국은 노인답지 않은 저 완강한 인상을 얼굴에 도배한
게 아닐까.

서울에선 한계점이

하지만, 유배라니, 이는 웬 '오버'란 말인가. 한승원이 자신을 유
배객 다산과 닮았다 하지만 아무도 그를 이곳으로 몰아내지는 않았
다. 다산처럼 벼슬이 떨어지거나 정치의 꿍꿍이에 당한 바도 없으
며, 다산처럼 북풍한설이 몰아치는 엄동에 맨몸뚱이로 객지에 내동
댕이쳐진 바도 없다.

한승원의 행장은 늘 그리워하던 고향의 해변으로 돌아왔다는 점
에서 모범적인 귀거래이며, 노모와 처를 대동한 안온한 귀향이라는
점에서 전원으로의 옴팡진 회귀다.

서울을 떠나 이곳으로 내려오신 동기가 궁금합니다. 다산의 유배
에 견줄 만큼 뭔가 절박하게 쫓기는 심정이었나요?

서울에 살면서 한계점 같은 것이 왔어요. 그간 돈을 벌기 위해 열
심히 글을 써 왔는데, 그렇게 써서는 한계가 너무도 분명해 보였어
요. 자식 셋은 물론, 동생들까지 모두 내 손으로 공부시키고 시집 장
가를 보냈으니, 이젠 정말 쓰고 싶은 글을 써 보자 하는 절박한 욕구

가 있었던 거지. 그래서 기존에 내가 먹고살아왔던 삶, 타인들과 관계된 삶, 이 모든 것을 접었어요. 모든 것을 다 버리고 내려왔다, 이렇게 되는 것이지.

작가가 서울을 벗어난다는 것은 매우 중대한 일일까요?

글쓰기의 모든 것이 서울에 있잖여. 판매 시장 말이요. 교직을 그만둔 뒤 서울에서 전업 작가로 17년을 살았어요. 열심히 써서 열심히 벌었죠. 어떤 이들은 시골로 간다니까 좌절이나 패배가 아닌가 의심하더라고. 하지만 아네요. 홀가분하게 내려왔어요. 내려와 공부도 많이 했고, 소설도 많이 썼어요. 내 인생의 새로운 3기나 4기랄까.

한승원의 검박한 성격을 대변하듯 실내에 놓인 사물들이 이룬 경치는 소박하고 수수하다. 도처에 책 더미가 쌓여 있거나 널브러져 있다. 가족사진이나 추사의 복사본 서화를 끼운 액자가 벽에 걸려 있다.

서울에서는 몸도 안 좋았는데, 지금은 아주 좋아요. 버리면 수십 배의 것을 얻을 수 있다는 자신감, 그걸 얻었어요.

다산은 한마디로 어떤 인물이라 보십니까?

그 큰 산을 어떻게 한마디로 말하랴. 다산은 중국의 주자를 평한 사람예요. 어떤 시각을 가졌기에 평할 수 있었나. 주자는 우주의 근본 원리를 '천명天命'에 있다고 봤죠. 천명이 본연지성本然之性이라, 즉 '우주가 저절로 만들어졌다'는 관점이죠. 그러나 다산은 이게 틀렸다고 봤어요. 그는 자생적 천주교사天主敎史의 시원始原인 이벽李檗(1754 ~1786)에게 천주학을 배웠는데, 천명을 본연지성이 아니라 '하느님'이라 봤어요. 선비가 혼자 있어도 하느님과 함께 있다는 매우 강력한 이데아를 가진 게 다산이었죠. 이 다산이 나중엔 천주학을 버렸지만, 그럼에도 '하느님'을 평생 품고 살았어요. 주자학을 버렸지만 주자학과 일정한 관계 속에서 살았듯이, 천주학을 완전히 버린 것은 아니었어요. 주자학과 천주학, 그 한가운데에 다산이 있었다, 이렇게 보면 돼요. 다산의 모든 저서가 이 공식에 따라 생산되었고.

단 한 명의 눈 밝은 독자가 무섭다

그렇다면 그런 다산에게서 한 선생님은 무엇을 배웠고 무엇을 실천하시나요.

주자는 선비라는 존재를 이렇게 말했어요. 천명을 알아차려 못살고 못 입는 백성들을 위해 세상을 살 만한 가치가 있는 곳으로 만드는 '사업事業'을 하는 사람들이라고. 다산은 이 '사업'이라는 걸 명철하게, 끝까지 철두철미하게 해낸 사람입니다. 어떻게 살아야 세상을 살 만한 곳으로 만들 수 있나를 주도면밀하게 생각하며 강진 유배의 고독과 불안을 이겨낸 인물이에요. 다산의 저서 『대학공의大學公議』를 보면 "스님들은 참선을 통해 깨달음을 얻고, 유학 선비들은 사업을 통해 정심正心에 이른다"는 구절이 나오는데, 그는 그 사업이라는 걸 끝까지 밀어붙인 인간 승리의 표본이여. 죽으나 사나 글을 써서 자기 삶을 이겨낸 것이여. 내가 그걸 배웠어요. 다산처럼 나도 죽으나 사나 글만 썼어요. 한마디로 소설 쓰기가 나의 사업인 것이지. 심지어 지네에 물려 아파 죽을 것 같았을 때도 컴퓨터 자판을 두드리며 통증을 이겨냈어요.

그렇게 써내신 소설들이 그 '사업'이라는 것을 잘 달성했다고 보십니까?

스스로 생각엔 괜찮다고 보는데, 글쎄, 독자들이 판단할 몫이지. 천 명의 독자 중에 몹시 눈 밝은 단 한 명의 독자. 그들의 눈은 날카롭고 늘 무서워요. 그 한 명의 독자를 생각하며 작품을 쓰는 것이고.

책은 얼마나 팔립니까?

정약용을 다룬 『흑산도 가는 길』은 2만 부, 『초의』와 『추사』는 5만 부 정도 나갔고 지금도 계속 팔리고 있어요. 이 정도면 요즘의 출판

불황에 비해 괜찮은 거 아닌가?

얘기하신 이른바 '사업'으로서의 글쓰기란 작가의 사회적 책무라는 것일 텐데, 한승원 개인에게 소설은 어떤 의미를 지니나요?

구도求道 같은 것이겠지. 거문고 얘기를 해볼까요. 제가 다산을 쓰면서 거문고에 관심을 갖기 시작했어요. 거문고 줄은 명주실로 만듭니다. 누에고치 죽은 게 거문고 줄이라는 얘기요. 가는 줄에는 누에고치 2천 개가 필요하고, 굵은 줄에는 6천 개가 필요해요. 다시 말해 거문고 소리는 수천의 죽은 누에고치들이 내는 소리란 말여. 이거 장엄하지 않은가. 죽음의 고통을 비틀면 그윽한 소리가 된다, 그 소리는 빛이 되고, 빛은 새처럼 훨훨 날아 하늘 한복판으로 올라간다. 글을 쓰는 일, 그게 바로 고통을 비트는 일이여. 고통을 비틀어 빛을 얻는 일이여. 이게 한승원의 삶이자 다산의 삶이요.

방문객은 싫다

어떤 고통을 비트십니까?

삶이 고苦 아닌가?

고통 속에서 늘 괴로워하십니까?

전에는 고통 속에서 무엇인가 얻고자 했고, 극복하고자 했어요. 지금은 고통을 즐기지.

고통을 즐긴다. 이는 흔히들 내뱉는 말이지만 실제 깊은 고통에 처한 사람들이 듣자면 농담이나 허영으로 들릴 수도 있을 텐데요.

우리네 삶은 어둠 속에서 분투해서 빛으로 나아가는 과정예요. 낚시질해서 고기를 잡는 게 아니라 어둠에서 빛을 낚시한다, 어둠 하나하나를 승화시켜 빛으로 끌어올린다, 이런 겁니다. 그 과정을 고통이나 인고로 사느냐, 아니면 즐기느냐의 차이가 있을 뿐인데, 즐기면 즐길 수 있어요. 삶은 어디까지나 즐거운 거 아닌가?

해풍이 몰아쳐 산마루를 기어오르나 보다. 작가와 마주앉은 실내는 고즈넉한데 창밖 추녀 아래에선 쩔렁쩔렁 경쇠 소리가 요란하다. 한승원의 검박한 성격을 대변하듯 실내에 놓인 사물들이 이룬 경치는 소박하고 수수하다. 도처에 책 더미가 쌓여 있거나 널브러져 있다. 가족사진이나 추사의 복사본 서화를 끼운 액자가 벽에 걸려 있다.

문득, 현관에서 인기척이 나고, 곧이어 노크 소리가 들린다. 누군지 알 수 없는 느닷없는 방문객. 한승원이 불편한 심기를 표한다. 문도 열어 주지 않은 채 돌려보낼 태세였다가, 그의 노모에게 용무가 있어 찾아온 이웃 마을 아낙인 것을 알고서야 적당한 응대를 해 준다.

작가의 독특한 성격 한 자락이 낯선 방문객을 대하는 태도에서 슬쩍 도드라진다. 그는 불친절한 처신이 차라리 현명하다고 보는 것 같다. 글 작업이나 사적 자유를 남에게 침해받고 싶지 않은 것이겠다.

한승원이 사는 집에는 "해산토굴海山土窟"이라는 이름이 붙어 있다.

토굴이란 흙을 파낸 커다란 구덩이. 그러나 보통은 외진 곳에 틀어박혀 도를 닦는 승려들의 허름한 거처를 일컫는다. 한승원의 집은 외양상 토굴이라는 이름과 부합할 게 거의 없다. 크고 반듯한 별장풍 주택이기에. 아마도 '정신의 토굴'을 알리는 메타포일 게다.

그의 집으로 가는 도로변 골목 입구도 "해산토굴"을 알리는 커다란 돌비석이 박혀 있다. 이를 보고 해산물을 파는 영업집으로, 젓갈을 삭히는 구덩이로 잘못 알고 찾아드는 사람도 있다 한다. 이 나라의 한 중견 소설가가 살고 있음을 아는 이들도 곧잘 방문한다.

그러나 예고 없이 나타나는 방문객이라면 딱지 맞기 십상. 한승원은 누가 찾아오는 게 당최 싫다. 귀찮다. 집 입구 바윗덩이엔 "당신의 방문이 작가의 작업을 방해할 수도 있습니다"라는 글귀가 새겨져 있다.

외롭지만 그냥 참을 수밖에

한 선생님을 찾아오는 방문객들이 매우 많습니까?

별로 없어요. 문학기행팀이나 독서토론팀 정도를 맞이할 뿐, 누가 오는 걸 좋아하지도 않고, 반가워하지도 않아요.

문단의 절친한 선후배가 찾아온다거나, 안 보면 그리워지는 벗을 불러들이지는 않으시나요?

한승원의 작가적 상상력 속에서 자궁이나 남근은 우주의 문이자 뿌리. 그런 그는 토굴의 사물들에 여성성과 남성성의 상징을 부여함으로써 하나의 압축된 소우주를 즐기는 셈인가. 여흥 같은 것일 게다.

없어요. 소설가 임철우가 가끔 전화를 하거나 찾아오지만, 서울에서 내려오면서 친한 사람들과도 모두 문을 닫았어요. 소설가는 소설로 얘기하면 되는 것이지 달리 필요한 게 뭐 있을까. 모든 모임도, 모든 관계도 다 끊고 삽니다.

바깥 나들이는 어떻습니까?

거의 두문불출이에요. 장을 보거나, 머리를 깎으러, 컴퓨터를 고치려고 읍내에 아주 이따금 나가긴 하지만 주로 칩거죠. 누가 회를 사 준다 하면 그때는 대번에 나가요. 회를 좋아하니까.(웃음)

외롭지 않으시냐 묻는다면 아마도 외롭지 않다고 말씀하실 것 같은데, 그래도 사실은 좀 외롭지 않을까요?

소설가는 외롭지 않은 존재들예요. 왜냐면, 주인공들과 함께 살기 때문이지. 그리고, 외롭다고 무슨 수가 있을까. 그냥 참는 수밖에. 난들 왜 외로움이 없겠어요. 서울에 사는 친구에게 전화해서 얘기하고 싶고, 오라고 하고 싶기도 하지만 그냥 참아요. 외롭다고 전화하면 그들이 뭐라 하겠소? 아니, 누가 거기 내려가라 했냐, 괜히 호강에 겨워 엄살하고 있군, 이렇게 빈정거리기 십상 아니겠어요? 과부가 외롭다고 전화질하면 창녀보다 더 천해져. 외로운 사람들일수록 전화질하면 안 되는 것이여. 그건 자기 구린내를 만천하에 공개하는 꼴이거든. 나는 오직 책 읽고 글 쓰는 일에 전념해요. 절대고독을 인식하고 이겨내는 자만이 성공한다는 게 제 생각입니다.

어떤 걸 성공이라 보시죠?

자기가 하고 싶은 일을 하며 사는 삶, 바로 그것이지.

자궁 모양을 닮은 연못

오랫동안 앉아 인터뷰를 하자니 다리가 뻐근하고 골치도 아프다. 밖으로 나가 담배 한 대를 때리며 복사꽃, 매화꽃, 살구꽃 피어나는 걸 바라보는데 꽃빛이 투명하고 영롱해 눈이 부시다. 남도의 해변엔

유독 봄꽃들이 지천이다. 뒤따라 나온 한승원이 뜰 가운데에 있는 물웅덩이를 가리킨다. 타원형 테두리를 두른 연못이다.

박 형! 저 연못 모양새를 좀 보쇼! 뭐처럼 생겼소?

글쎄요. 별 특징이 안 느껴집니다만. 뭐죠?

여자 자궁을 상징해서 꾸민 연못이오. 그럴싸하지 않은가?

하하하, 참 섹시한 연못입니다.

허허, 그런가? 이번엔 산세를 한번 봐 봐. 저 뒷산 이름이 인산人山인데 양옆으로 벌어진 산마루 형국이 좌청룡 우백호가 여실해요. 그런가 하면 거대한 남자가 누워 있는 형상으로 볼 수도 있어요. 거대하게 발기한 남자의 남근 자리에 바로 내 토굴이 들어앉은 것이지.

재밌습니다. 어떻게 그런 발상을 하셨어요?

그냥. 심심해서.

심심해서, 라고 말하지만 장편 『키조개』에서 볼 수 있듯이 한승원의 작가적 상상력 속에서 자궁이나 남근은 우주의 문이자 뿌리. 그런 그는 토굴의 사물들에 여성성과 남성성의 상징을 부여함으로써 하나의 압축된 소우주를 즐기는 셈인가. 여흥 같은 것일 게다. 두문불출에 고집불통으로 적막한 토굴에 오소리처럼 틀어박혀 글만 쓰지만, 천지간 음양의 시네마가 여기에서 펼쳐지니 그는 즐거운 관객이겠다.

연못가를 걸어 나와 뒤꼍의 대숲으로 들어가자 거기에 차밭이 시퍼렇다. 이런! 저게 뭔가. 차밭 바닥에 신문 더미가 가득하다. 노끈으로 동여맨 신문뭉치 수백 개가 차나무 아래에 가지런히 깔려 있는데, 풀들이 자라 오르는 것을 막아 주기 위한 방책이란다.

차밭이니 제초제를 쓸 수는 없고, 일일이 풀을 뽑아 주자니 시간이 아깝고, 그래서 꾸며낸 잔꾀의 현장이다. 기발하고 재미있어 푸힛, 웃음이 터진다. 언뜻 보기엔 차밭을 망가뜨리는 경관이지만 그 장난기가 익살스럽다.

한승원은 차茶의 대가다. 차나무를 직접 재배하며, 차를 덖고 비벼 공들여 만들며, 조석간에 늘 차를 마신다. 『차 한잔의 깨달음』이라는 차 관련 산문집을 내기도 했다. "이태백은 흔들리면 술을 한잔했다지만, 나는 흔들리면 차를 마신다." 이것은 한승원의 슬로건이다. 차 얘기가 나오자 그의 언변에 한결 힘이 붙는다. 나 아니면 누가 감히 차를 논하랴, 하는 투다.

'가두기'와 '풀어 놓기'

차가 사람에게 좋다는 건 널리 알려졌는데 정말 그렇게 좋은 겁니까? 한 선생님에게 차란 무엇입니까?

차는 제 삶과 똑같습니다. 이게 무슨 얘기냐. 사람의 삶은 '가두기'와 '풀어 놓기', 이 두 가지를 잘해야 성공해요. 자기를 잘 가둔 사람, 그러다가 마침내 자기를 잘 풀어 놓는 사람, 이게 탐욕을 죽이고 거듭나는 새로운 삶을 사는 사람의 모습인데, 한승원의 삶이 그런 지향을 가지고 움직입니다. 그럼 차 마시기란 뭐냐. 가두기에서 풀어 놓기로 가는 일이지. 흔히 다선일체茶禪一切니 다선일미茶禪一味를 내세워 행다법行茶法이라는 걸 말하지만 차가, 선禪이, 무엇인지도 모르고 입에 발린 소리들을 하는 경우가 많아요. 한복에 무릎을 꿇고 마시는 식의 형식적 차 마시기는 차에 갇히는 꼴이 아닌가. 차나 선이나 모두 '풀어 놓기'라는 공통분모를 가지고 있음을 알아야 해. 어둠 속에서 빛 건져 올리기, 갇힌 삶에서 툭 퉁겨져 자유로 날아오르기. 이게 차예요.

차를 잘 마시면 저절로 툭 퉁겨져 자유로워진다는 말씀인가요? 차에 대체 무슨 성분이 있기에 그런 일이 일어나는 겁니까?

차는 일찍이 부처님께 바친 최고의 음료였어요. 차에서 우러나는 배릿한 향기. 이건 젖먹이에게서 맡아지는 배냇향 같은 것이자 어미의 자궁 속에서 묻혀 나온 향인데, 최고의 생명력을 가졌어요. 차향은 생명의 시원과 관련돼 있어요. 차를 마신다 함은 결국 생명의 시원에 맞닿은 에너지를 마시는 일이지. 이게 차가 주는 1차적 이득이요. 2차적 이득은 차와 선이 다르지 않다는 것이에요. 요약하자면 차를 마시는 일은 생명의 시원을 마시는 일이자, 갇힘으로부터 놓여나는 삶을 사는 일이라 할 수 있는 거요.

죄송한 얘기지만, 그저 기호나 취향에 관한 문제인 차를 너무 신비화하는 건 아닌가요. 커피에는 생명의 시원이 안 들어 있나요? 숭늉이나 맹물로는 참선이 안 되나요?

(웃음)커피에도 있지. 숭늉도 좋고. 하지만 차에 비할 수는 없어요. 나에겐 일상에서 만사를 다 잊게 되는 두 가지 경우가 있어요. 하나는 화장실에 앉아 힘을 쓸 때. 또 하나는 차 마실 때예요. 차를 마실 때처럼 나 자신으로 제대로 돌아가는 일은 없습니다. 온갖 잡생각을 하다가도 차를 마시는 순간엔 본연으로 돌아가게 돼요. 차와 선이 일체라는 얘기요.

제가 아는 어느 스님은 도무지 차를 마시질 않더군요. 이유는 간단합니다. 차, 그게 뭐 대단하단 말인가, 난 귀찮아서 그런 거 안 마신다, 일체가 마음에 달려 있거늘. 이런 스님의 태도는 어떻다 보시나요?

허헛. 그 스님, 땡땡이일세. 차 마시는 데 무슨 시간이 얼마나 걸린다고 귀찮아하나?

(웃음)땡중 가운데 대물大物이 있을 가망성은 없을까요. 그 스님 말인즉슨 차 마시는 시간에 일을 하고 공부를 하는 게 승려의 본분이라는 뜻 같더군요. 신도들이 사다 준 차를 덥석덥석 받아먹는 것도 염치없는 짓이라는 얘기였고요.

그건 일리가 있는 얘기예요. 승려들은 스스로 일을 해 차밭을 가꾸고 차를 만들어 먹어야 해요. 내가 차밭을 공들여 가꾸는 것도 몸을 움직이기 위해서지. 글쓰기는 웅덩이에서 물을 품어 내는 일과 비슷합니다. 일단 퍼냈으면 몸을 부지런히 움직여 새 샘물이 고이게 해야 돼요. 이게 다산이 말한 그 '사업'이라는 거요.

쓸 수 없을 때 죽을 거요!

하루 일과는 규칙적으로 하시나요?

그래요. 아침 6시에 일어나서 한 시간 반 정도 소설을 쓴 뒤에 반 신욕이나 운동을 한 다음 아침을 먹죠. 식사 뒤엔 차를 마시고 10시 부터 12시까지는 다시 글을 쓰지. 하루에 세 시간 반 정도 글쓰기를 하는 셈인데 이게 황금 시간이오. 오후엔 잠 오면 한숨 눈 붙이고, 책 읽고, 그리고 「동물의 왕국」을 보고 그래요. 내가 「동물의 왕국」을 많이 보는데, 동물들 행태에서 인간세의 진상眞相을 보고 배우고 그 럽니다.

자연 속에 살면서 유리한 점은 무엇입니까?

타의에 의해 휘둘리지 않고 자의로 살 수 있다는 점이지. 남들과 뒤섞여 때로는 휘둘리며 사는 게 좋다고들 하지만 사람은 고독해야 사람이지 않을까. 그래야 남의 다리를 긁지 않고 자기 삶을 살 수가 있어요. 고독이 있기에 책을 읽고 글을 쓸 수 있는 거요. 고독 속에 들 어앉아 세상을 살 만한 곳으로 만들기 위해 글쓰기라는 사업을 하는

글을 못 쓰면 죽겠다! 치열한 작가 정신이 여기에 비수처럼 서려 있다. 비록 일흔 살 노령이지만 그 패기는 아직 새파란 문학청년이다. 맹렬한 독서와 작품의 왕성한 생산성에서도 한승원이 지닌 문학 정신의 광량이 내비친다.

선비. 유배살이 했던 다산이나 한승원이나 그 점에서 마찬가지지.

　한 선생님이 하시는 그 '사업'의 구체적인 지향은 무엇이죠?

　지나친 물질주의, 환경 파괴 등을 보면 사정없이 망가지려고 작정

한 세상 같아요. 우리가 과연 어디까지 망가져야 정신을 차리려나,

작가는 사람들이 그걸 미리 알고 깨닫도록 돕는 존재들이지. 내 소설을 읽는 독자들이라면 그런 걸 깨닫지 않을까?

소설이 뜻대로 쓰여지지 않아 좌절감 같은 것을 느끼진 않으시나요?

절망이나 좌절, 그런 단계는 벌써 넘어섰어요. 광주 항쟁 때 이미 많은 고민을 했지. 더러운 놈들을 향해 던지는 돌멩이도, 칼도, 총도 아닌 내 소설은 과연 무엇인가 하는 고민. 그리고 넘어섰어요. 내 고향에, 내 조국에 빛을 던져 주는 글쓰기를 하겠다는 것. 글을 쓰는 한 살아 있고, 살아 있는 한 글을 쓰겠다는 것. 이게 내 폿대요. 현실에 절망한 작가는 헤밍웨이나 로멩가리처럼 자살할 수도 있겠지만, 나는 글을 쓸 수 없을 때 죽을 거요!

글을 못 쓰면 죽겠다. 치열한 작가 정신이 여기에 비수처럼 서려 있다. 비록 일흔 살 노령이지만 그 패기는 아직 새파란 문학청년이다. 맹렬한 독서와 작품의 왕성한 생산성에서도 한승원이 지닌 문학정신의 광량이 내비친다. 세상에서 거저 얻어지는 것은 없다. 노작가의 뜨거운 실천과 격정의 표명이 나의 굼뜬 정신을 적신다. 창가엔 어느덧 진흙처럼 뻑뻑한 어둠이 밀려 있다.

이제 인터뷰는 끝. 글을 못 쓰면 죽겠다는 고백까지 내뱉은 작가에게 무엇을 더 물을 것인가. 어디 참한 술집에 가서 술이나 한잔 마시면 좋겠는데, 이를 눈치챈 양, 한승원이 농담처럼 툭 던진다.

우리 나가서 뭘 좀 먹읍시다. 그나저나 출장비는 많이 받아 왔

소?(웃음)

(웃음)설마 출장비로 밥을 사라는 말씀은 아니겠죠?

껄껄껄 웃으며 점퍼를 걸치고 일어서는 작가를 따라 해변의 주점을 찾아든다. 한승원의 단골집이다. 사소한 얘기들, 자잘한 잡담이 흐른다. 창가에선 검은 밤바다가 눈알을 뒤룩거리며 방 안을 들여다본다. 자리가 파할 무렵, 내일 아침 다시 방문해 차 한산을 얻어 마시고 싶은데 어떠시냐, 물었더니 앗! 따가워라, 단박에 퇴짜를 놔버린다.

나는 날마다 글 쓰는 사람이여. 무지무지 바쁜 사람이라니까! 🍃

저는 원래 낙천적입니다. 비 오면 비 맞고 산다는 태도
죠. 아무리 힘들어도 행복하고 자족할 수 있는 게 인생
이라는 기본을 잊지 않고 삽니다.

가진 것 없어 가벼운 무욕의 아웃사이더

서울에서 회사를 다니는 내 친구 김가는 도시 생활에 신물
이 난다고 툴툴거린다. 새벽 침상에서 와다닥 일어나 콩나물 지하철
에 실려 가는 출근길부터가 전투라는 것이다. 직장에선 너구리 같은
상사와 노새처럼 영악한 후배들 사이에 끼어 종일토록 고전하다가
퇴근길 주점에서야 비로소 제정신을 차린다. 소주병 두 개를 쓰러뜨
린 다음에 김가가 읊어 대는 레퍼토리는 늘 똑같다.

"아아, 나 산골로 갈래!"

비장하고도 간절한 독백이다. 언제부턴가 주변에서 흔히 들려오
는 새로운 발성 조류다. 널리 소문났듯이 도시는 늑대 혹은 여우들
이 활동하는 위험한 소굴이다. 위험하다고? 아니다. 풍부한 적응력
과 기민한 처세술만 있다면 도시는 더할 수 없이 매력적인 공간이거

나 안전한 장소다.

거기엔 재화와 출세가 있다. 피둥피둥 살찐 문화가 있으며 향락이 있다. 도시를 오직 비인간적인 야만의 장소로 보는 것은 과장이거나 편견이다. 한결 합리적이고 모범적인 생을 경영할 수 있다. 도시에서 벗어나기란 실로 모험이거나 만용일 수 있다.

그런 점에서 보자면 시인 이원규(48세)는 돈키호테 사촌이다. 그는 어느 날 갑자기 서울을 탈출했다. 잘나가는 직장을 때려치우고 지리산으로 들어갔다. 그럴 수밖에 없는 뭔가 그럴싸한 사태가 터진 것도 아니었다. 도시 생활의 고유한 항목들인 차갑고 황량한 '관계'들, 냉혈의 시스템, 거친 게임과 지루한 긴장, 거듭되는 술판, 이런 것들이 싫었을 뿐이다.

그가 산으로 들어갈 때 수중에 쥔 건 단돈 200만 원. 간이 배 밖으로 나오지 않고서는 행할 수 없는 배짱이다. 굶어 죽을 가망성이 많은 도전이거나 항쟁이다. 그러나 그는 무사하고 안녕하다. 끄떡없이 잘 산다. 들려오는 소식에 따르면, 마치 행복한 운명을 피할 길이 없는 사람처럼 유쾌하게 산다는 게 아닌가. 지리산에 든 지 10년째. 그는 지금 무슨 생각을 하고 있나.

1년 집세 50만 원

이원규 시인이 사는 곳은 지리산 노고단 남쪽 기슭인 구례군 토지면 구산리. 이른바 금환락지金環落地의 명당에 자리한 조선 중기의 명가 운조루雲鳥樓 옆댕이에 있다. 산악용 바이크를 몰고 마중 나온 이원규와 인사를 나눈다. 검게 그을린 얼굴에 텁텁한 인상. 만면에 가득 번지는 웃음. 소탈한 입성. 촌사람의 견본이다.

담배를 입에 물고 타달타달 앞장서 달리는 그를 뒤따라 비탈에 들어앉은 산방에 도착한다. 반조립식 양옥으로 "피아산방彼我山房"이라는 이름이 붙은 집이다. '너와 내가 한 덩어리로 어울려 사는 집'이라는 뜻이겠다. 마당엔 강아지 두 마리, 닭도 두 마리. 방 두 칸에 거실이 있는 집 안은 간소하다.

이렇다 할 치레나 꾸밈이 없는 채로 주인의 검소한 취향을 대변한다. 빈 소주병들이 한구석에 즐비하니 활발한 음주 생활을 미루어 짐작할 수 있다. 창으로 들어오는 겨울 지리산의 갈색 조調가 수채화다.

이 집을 빌려 산다 들었습니다. 집세는 얼마인가요?

1년에 50만 원이죠. 지리산 여기저기 옮겨 다니며 살다가 2004년부터 이 집에 살았는데, 전에 집들은 공짜로 살았습니다. 공짜라고 좋은 것만은 아니던데요. 명절이나 휴가철엔 놀러온 주인집 가족이나 친척들에게 방을 내줘야 했거든요. 돈을 주고 사니 속 편합니다.

단돈 200만 원을 들고 입산한 그 배짱에 찬사를 보내고픈 마음을 참을 수 없습니다. 서울에서 원래부터 모아둔 게 거의 없었나 봅니다.

다니던 직장에서 퇴직금도 받았고, 뭐 좀 있긴 했었죠. 그러나 이혼하면서 아내에게 다 줘 버렸습니다. 그러고 나니 땡전 한 푼 없었는데 '신동엽 창작기금' 700만 원을 받게 되었어요. 꾼 돈이며 외상 술값 갚고 나니까 200만 원이 남더라고요. 그걸 쥐고 산에 들어왔습니다.

서울 생활의 무엇이 그토록 용감한 결행을 하게 만들었을까요?

제가 원래 촌놈입니다. 도시의 자본주의 속성이 생리에 안 맞더라고요. 다니던 언론사가 생계는 보장해 줬지만 그마저 체질에 맞질 않았죠. 그때가 1997년이었는데 마침 어머님도 돌아가셨고, 김대중이 대통령에 당선되고, 이래저래 어떤 부채감에서 해방되는 시점이

투쟁가로, 기자로 살았던 이원규는 어느 날 갑자기 지리산에 들어 말처럼 장중한 오토바이를 타고 자유롭게 돌아다니는 새 팔자를 살아간다.

기도 했죠. 제가 운동권에서 오랫동안 진보적 활동을 해 왔는데, 아하, 이젠 자유롭게 떠나도 되겠네, 하는 생각이 들었어요. 그래서 가방 하나 메고 지리산으로 들어온 겁니다.

산짐승처럼 살다

이원규가 지리산에 들어 처음 머문 곳은 섬진강변의 마고실 마을이었다. 어떤 승려가 토굴살이를 하다 떠난 폐가. 문짝에 박힌 못을 장도리로 뽑고 방으로 들어감으로써 지리산에서의 신생을 개막했던 것. 그때 동물원에서 벗어나 야생의 숲으로 복귀한 짐승이 느낄 법한 안도와 만족이 있었을까. 코 꿰어 살던 도시가 저승처럼 멀어져 통쾌했을까. 그러나 마고실에 든 그에게는 별반 할 일이 없었다. 컴컴한 방에 박혀 잠만 잤다.

마을 이장이 찾아오더라고요. 그 양반이 말하길, "내가 이 동네 경찰과 마찬가지인디 당신 뭐하는 사람이여?" 하더라고요. 간첩 취급을 하는 눈치였어요. 신분증 보여 주고 시집 한 권을 주고 그랬더니 그때서야 대접이 달라졌습니다.
생계가 막막했을 것 같습니다. 그 시절 밥 굶기를 밥 먹듯 하지는 않았나요?

(웃음)제가 식탐이 없거든요. 원래 하루 두 끼만 먹는 습성이고. 한 마디로 산짐승처럼 살았는데 굶지는 않았습니다. 지리산이 워낙 큰 산이라서 그 누구든 뭔가 하고자 한다면 굶어 죽을 일은 없어요. 산에서 나오는 것도 많고, 일거리도 널려 있거든요.

다달이 생활비는 얼마나 들던가요.

대략 20만 원이면 혼자 살기에 거뜬하더군요. 입산 초기에 원고료 수입이 월 10만 원도 안됐는데, 부족한 경비는 날품을 팔아서 충당하곤 했죠. 절 짓는 현장에서 노가다 인부로 일하는 식으로 말이죠. 돈 들 일 없는 게 산골이라서 별문제 없었습니다. 쌀값이야 얼마 됩니까? 담배값, 술값, 바이크 기름값 따위에 주로 지출이 되죠.

이혼을 하셨지만 자녀 생각으로 잠 못 이루거나 하진 않았나요.

헤어진 가족에겐 정말 미안한 일이지만 다 털었죠. 딸아이가 초등학교 5학년일 때 지리산에 데려와 같이 종주를 하며 아비 입장을 얘기했습니다. 아버지는 너에게 더 이상 해 줄 게 없다, 우리 사이는 깨끗이 끝났다, 엄마가 너를 잘 키워줄 거다, 라고.

냉정하고도 단호한 통첩이었군요. 집안 형제들과의 관계는 어떻습니까?

우리 형제가 3남 1녀인데 서로들 각자 살아가죠. 피차 살기 어려운데 마주치면 뭐하나, 인연 끊은 셈 치고 각자 잘 살자, 그렇게 지냅니다.

놓아 버린 자의 태평함과 고요함

노숙자가 노숙의 맛에 심취하는 것은 일상의 한 경계를 넘은 덕분이다. 쥐고 있던 욕망이며 희망까지를 완전히 놓아 버린 자의 태평함과 고요함. 여기에는 삶의 난마를 해결할 한 가지 단서가 엿보이는데, 이원규의 경우에도 지리산에 오면서 쥐고 있던 많을 것들을 놔버린 셈이겠다.

우리가 목줄처럼 끌고 다니는 생활의 의무나 필요의 상당 부분을 가차 없이 폐기해 버린 자의 허심虛心, 이원규에게는 그게 보인다. 여유 만만 웃음기가 반죽처럼 만면에 붙어 있는 그의 표정이 개운하니 이게 걸작이다.

노자가 전한 뉴스 중에 "반자도지동反者道之動"이라는 게 있다. '되돌아가는 것은 도의 움직임'이라는 간증. 생활의 허방다리, 나날의 어처구니없음에서 물러나 산으로 돌아간 사람 특유의 유유자적이 이원규에게 여실하니 그가 공부하는 게 바로 그 도라는 것인가.

그러나 그는 도니 마음공부니 하는 품목을 좋아하지도 믿지도 않는 것 같다. 그의 지향은 현실에 있다. 투철하고도 영리한 리얼리스트라 할까. 지나온 그의 살이를 보면 그걸 알 수가 있다. 그는 육이오전쟁 때 좌익인사로 활약했던 부친에게 생명을 받아 경북 문경에서 태어났다. '빨갱이 집안'이라는 딱지가 붙은 탓에 가정사는 숱한 고난으로 점철됐다.

고2 때는 밥 먹기도 어려워 학교를 중퇴하고 중이 되었다. 1980년에 터진 이른바 '10.27 법란法亂' 때 절에서 쫓겨나 환속했고, 이후 검정고시로 계명대 경제학과에 들어갔으며 운동권에 들어가 돌 던지는 날들을 살았다. 학비가 없어 휴학하고 탄광 막장 인부로 일하기도 했으며 거기에서 노동 운동을 펼쳤다. 그 와중에서도 시 습작을 거듭해 시인으로 데뷔했고, 진보적인 민중 운동을 줄기차게 전개했다. 전형적인 운동권의 삶이었다.

사람들은 지금도 저를 오해합니다. 매우 강성 인물이라고, 골수 좌파일 거라고. 그러나 아녜요. 제겐 원래 감성적인 코드가 있습니다. 첫 시집 『빨치산의 편지』도 제목은 강하지만 실은 말랑말랑한 연시戀詩거든요. "노동해방문학"을 추구하고 조직의 실무자로 오랫동안 참여했지만 결론은 환멸이었죠. 사회주의가 무너진 게 관료주의 때문인데 우리 운동권 안에도 그런 불평등 구조, 지휘관이 군기 잡는 식의 독선, 착취 받는 노동자를 다시 착취하는 모순 구조가 있더라고요. 싫었습니다.

다니던 직장은 적성에 맞았나요?

「중앙일보」에 계약직 교열부 기자로 들어갔다가 『월간중앙』 기자로 옮겼는데 실은 위장 취업이었죠. 살벌한 시절이라서 엉터리 간첩단 사건 같은 걸 만들어 내던 때였지만 기자 신분이라 안전했던 겁니다. 뒷날 어느 선배가 말하데요. 너 때문에 안기부 사람 하나가 회사에 상주했었다고. 웃겼죠. 결국 이중생활이었는데 그게 적성에 안 맞아 접었습니다.

산에 들어와서는 무엇으로 소일하며 지냈죠?

뭐 그냥 놀았죠. 처음엔 아는 사람도 없고 오라는 사람도 없어서 혼자 놀았습니다. 주로 오토바이를 타고 지리산 곳곳을 돌아다녔습니다. '지리산이 어떤 산이지? 사람들은 뭐하며 살지?' 하는 생각으로 이 구석 저 구석 혼자 샅샅이 돌아다녔어요. 지구 한 바퀴가 5만 킬로미터쯤 된다 하죠. 제 운행 거리가 연평균 5만 킬로미터이니 지난 10년간 지구 열 바퀴를 돈 폭으로 지리산을 누비고 다녔죠. 그래도 아직 못 가본 곳이 참 많아요. 지리산이 그렇게 넓고 큰 산이죠.

최상급 BMW 오토바이 즐겨

오토바이를 두 대나 갖고 있군요.

네. 둘 다 중고를 구입한 건데 저의 전 재산입니다. 하나는 125cc 오프로드 바이크, 하나는 BMW K1200 LT로 최상급 모델이죠. 전에는 할리 데이비슨을 탔는데 그걸 처분하고 BMW로 업그레이드한 거죠.

중고지만 BMW 가격이 비싸겠어요.

전에 타던 1,500만 원짜리 할리를 처분하고 돈을 보태 2천만 원을 주고 샀습니다.

월셋집에 살 망정 최상급 오토바이를 즐기는 그 희한한 배짱에 또한 즐거워집니다만 굳이 그걸 타는 이유가 뭐죠? 속도를 즐기나요? 굉음을 즐기나요?

어려서부터 오토바이에 땔나무를 싣고 다녔어요. 오토바이를 타고 바람을 가르는 맛도 좋지만 경제적인 면도 매력이죠. 버스나 기차를 타는 것보다도 비용이 덜 드니까요. BMW는 적재 공간이 넉넉해 텐트며 취사도구를 간단히 실을 수가 있습니다. 그러니 어디를 가서라도 잠 잘 수 있고 요기를 할 수 있거든요. 골짜기를 돌아다니다가 어두워지면 텐트 쳐서 잠자고 버너로 취사를 할 수 있으니까.

아르튀르 랭보가 생각난다. 랭보는 모든 시를 19세 때 완성한 뒤 총기 밀수업자와 어울려 노예 상인이 되려고 아프리카로 사라졌다. 투쟁가로, 기자로 살았던 이원규는 어느 날 갑자기 지리산에 들어 말처럼 장중한 오토바이를 타고 자유롭게 돌아다니는 새 팔자를 살아간다. 인생에는 이렇게 기묘한 터닝 포인트라는 게 있으며, 남들과 다른 삶이 얼마든지 허용된다는 점에서 지구는 참 멋진 장소다.

이원규의 표정엔 행복해 죽겠다는 낌새가 완연하다. 무엇이 그렇게 행복한가. 내 맘대로 내 깜냥대로 사는 일의 쾌감이겠다. 별로 목적 삼은 바 없이 할 것 다하고 놀 것 다 노는 자의 호사겠다.

입산 5년째엔 우연히 놀러와 뜻이 맞은 신희지(42세 · 지리산 생명평화

결사 총무부장) 씨와 재혼도 했다. 복 받은 쾌거다. 두 사람의 결혼에는 조건이 하나 붙었다. "너나 나나 돈을 벌려고 노력하지 말자"라는 언약. 애를 만들지 말자는 데도 합의를 봤다고 한다. 왜? 귀찮으니까. 제대로 키울 자신이 안 선 상태로 자식을 생산하는 건 죄악이기도 하고. 그러니 둘의 살림이지만 혼자일 때처럼 가뿐하다.

중국 고사 속 늙은이가 떠오른다. 흐린 죽에 맹물로 채운 배를 탕탕 두드리며 태평가를 불렀다는 저 무욕의 아웃사이더. 이원규의 양상이 그와 닮았다. 한때 그는 "내가 이렇게 행복해도 되나?" 하는 매우 방자하거나 겸손한 고민에 빠지기도 했단다. 남들에게, 세상에 뭔가 이바지해야 하는 거 아닌가, 하는 성찰.

그럴 즈음 실상사의 도법 스님과 수경 스님(현 서울 화계사 주지)을 만나 생명 평화 운동에 실무자로 동참하게 된다. 한 3년 신바람 나게 생명 운동판을 뛰었다.

"지리산 살리기 국민 행동" 사무처장으로 일하면서부터 생명 평화 운동에 나섰죠. 지리산 댐 문제, 지리산에서 죽은 빨치산을 위한 위령제, 새만금 문제들의 해결을 위해 분발했습니다. 국토 순례 탁발 대장정에도 참여했어요. 우리의 이 운동은 종래의 투쟁적 운동과 전혀 달랐죠. 성동격서라고나 할까, 판이 달랐어요. 삼보일배의 정신이 말해 주듯 참회하고 기도하는 자세로 싸움의 현장에서 중재하고 합의점을 찾는 방식인데 몸으로 배우고 실천하는 그런 운동이죠.

요즘은 유행어처럼 돼 버렸지만 '생명 평화'라는 단어가 지리산에서 실상사에서 처음 나온 겁니다.

도법, 수경, 그리고 연관 스님

도법 스님은 큰 도인인가요?

글쎄요. 제가 도라는 것의 경계를 모르니 잘 모르겠지만 그 스님은 합리적 근본주의자죠. 불법을 사회에 접목시키려고 노력하는 분이기도 하고요. 공부도 많이 하셨고 머리도 좋은 분입니다.

수경 스님은 어떻다고 보시나요?

그분은 경허鏡虛(한국 선禪의 중흥조中興祖이자 무애행無碍行으로 유명한 조선 말의 고승) 스타일이죠. 선방 출신답게 직관에 강하죠. 예스 노가 분명하고, 한 방의 할喝이 매서운 분입니다. 도법 스님이 먼저 드러났지만 수경 스님을 끌어들임으로써 판을 크게 벌렸다 봐야 합니다.

지리산에서 만난 어른 중에 이 선생이 가장 좋아하는 분은 누구인가요?

실상사 뒤편 수월암에 머무시는 연관 스님입니다. 노래방에 가서 속세 노래도 잘 부르는 스님인데 일단 공부를 위해 들어앉으면 모든 연을 끊어 버립니다. 경전 번역도 많이 하신 학승이죠. 공부 외엔 늘 산만 탑니다. 덩치는 큰데 여리고 착하시더라고요. 깨달은 분 같아요. 도법, 수경과 함께 '지리산 삼총사'로 통하죠. 그런데 세 분이 모이면 단 5분도 안 돼서 싸울 일이 생깁니다.(웃음) 서로 스타일이 안 맞기 때문이죠. 서로 속정은 깊지만 주장이 충돌하는 거죠.

창밖 서산마루로 해가 넘어간다. 인터뷰 내내 이원규는 차를 마시고 담배를 피워댄다. 산중 집 안은 물속처럼 적막하다. 참았던 소변을 보러 그가 화장실에 들어가는데 요란한 소피 소리에 적막이 보기 좋게 깨진다. 그 성성한 음향으로 그의 건강 상태가 양호함을 알 만하다. 산골살이의 필수품 중엔 술이 빠질 수 없다. 술을 따르면 술잔에 솔바람이 엉기고 꽃내 한줌이 덤벼들 것이다. 그러니 술은 향유이며, 음주는 권장할 만한 행사. 그에겐 술벗이 많은 것 같다. 간밤에도 들입다 마셨단다.

문우들이 자주 찾아들 것 같습니다.
네. 몇몇이 종종 내려옵니다. 소설가 공지영과 김영현, 가수 안치환, 정태춘과 박은옥, 예스 24 정상우 사장, 영화감독 김기덕 같은 지인들이 드나들죠.
그들이 내려오면 접대는 어떻게 하나요.
섬진강에 그물을 던져 잡은 물고기로 매운탕을 끓여 술안주를 하곤 했죠. 계곡에 가서 닭백숙을 해 먹기도 하죠. 그 사람들은 그냥 소주만 사 오면 됩니다.

물고기를 잡을 때의 기분은 어떤가요.

재미로 물고기를 잡는 건 나쁘지만 먹기 위해 적당량을 잡는 건 무방하다 생각합니다. 물고기가 애완동물도 아니고 말이죠. 생태의 균형이 깨지는 게 문제지 강도 살고 사람도 사는 이치는 오류가 아니죠.

지리산은 수천 명 낭인浪人들의 해방구

지리산에서 사귄 벗들도 많겠어요.

목수 김길수, 목공예인 김용회와 가깝습니다. 돈이니 명예니 안중에 없이도 멋지게 사는 사람들이죠. 산악인 남난희 씨는 지리산에서 된장을 만들며 사는데 가끔 된장을 얻어먹죠. 가장 정이 가는 이는 악양쪽 지리산에 사는 박남준 시인과 서산의 유용주 시인, 천안의 이정록 시인, 이들은 주당 멤버죠.

이 시인들의 어떤 점에 정을 느끼나요.

시와 삶이 일치하는 아주 드문 분들입니다.

이 선생 역시 시와 삶이 일치하나요?

어림없는 일이죠. 저는 그저 제가 보고 듣고 아는 것만큼만 시를 씁니다. 굳이 시와 삶의 일치라는 문제에 얽매이고 싶지도 않고요.

시는 열심히 써 오셨나요?

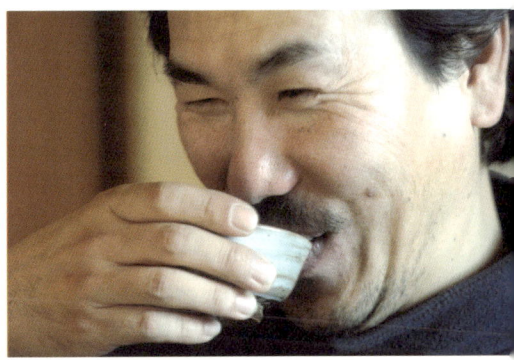

산골살이의 필수품 중엔 술이 빠질 수 없다. 술을 따르면 술잔에 솔바람이 엉기고 꽃내 한 줌이 덤벼들 것이다. 그러니 술은 향유이며, 음주는 권장할 만한 행사. 그에겐 술벗이 많은 것 같다.

열심히 쓰는 게 제 의무인데 실은 소홀히 했죠. 문학이 중요한 게 아니라 삶이 더 중요하다는 생각도 듭니다. 쓰기 위해 몸을 움직이는 게 아니라 만족하는 삶을 위해 분발하는 게 중요하고, 문학은 그 뒤에 온다는 생각이죠.

사람들은 흔히 이 선생을 '지리산 시인'이라 부릅니다. 지리산에 사시는 덕분에 얻어진 별명인데, 만약 도시에 그대로 살았다면 덜 유명해졌을까요?

지리산에 들어와 처음엔 몰랐는데 차차 그런 별명으로 부르더라고요. 서울에 살았다면 당연히 덜 알려졌겠죠. 이게 미안한 일예요. 지리산에 10년을 살았다지만 아직도 모르는 게 많거든요.

허망한 것이 명망이나 평판이다. 이원규에게 붙은 '지리산 시인'
이라는 별명은 본인에게조차 좀 불편한 갑옷인 것 같다. 요즘의 지리
산은 지리상의 명산일 뿐만 아니라 하나의 상업적 브랜드다. 차든 매
실이든 버섯이든, 뭐든 '지리산' 석 자만 갖다 붙이면 장사가 된다.

구도求道에도 지리산 상표가 먹힌다. 민간의학에서도 지리산이라
는 메뉴가 창궐한다. 이런 추세이다 보니 이원규에게도 혐의를 두는
이들이 있다. "네가 지리산을 알면 얼마나 안다고 지리산 시인이냐"
라는 짓궂은 눈총.

그는 이게 허무하고 우습다. 하지만 무시하기도 어렵다. "지리산
에 누累를 끼칠 위험성을 내포하고 있다"고 스스로 경계하고 자제한
다. 자신에게 엄정한 잣대를 들이대는 건데, 이런 그가 논하는 요즘
의 지리산은 이판사판에 막가는 판이다.

지리산 일대에 외지에서 흘러든 수천 명의 낭인浪人들이 박혀 살
죠. 수행자, 종교인, 예술인, 무속인, 귀농인 등등 많은 갈래가 있어
요. 가히 낭인들의 해방구라 할 만합니다. 그런데 건강한 낭인들이
드뭅니다. 종교인입네 하는 이들이 특히 꼴불견이죠. 산속에서 덜
먹고 덜 쓰며 산토끼처럼 살면 좋을 텐데, 나는 토끼처럼 사네 하지
만 만나 보면 잔뜩 폼만 잡거든요. 좋은 법문을 할 실력도 안 되고 민
폐만 끼치고 돈에 물들고……. 이게 지리산에서 맞아 죽을 얘기지만
이 산에 진정한 도인은 없습니다. 다 사기꾼이죠. 결국은 장삿속을

채우거든요. 돌팔이 의료인들도 가관예요. 『동의보감』한글 번역본 정도를 읽은 이들이 민족의학을 운운하며 아무 데나 사혈침을 놓거든요. 사람 잡을 일이죠.

잔머리 굴리지 말라, 몸을 움직여라

지리산은 남한 최대의 명산이자 영산. 이 산의 품새는 경상도의 하동, 함양, 산청, 전라도의 구례, 남원을 껴안고 있을 정도로 크고 넓다. 무수한 개발에도 불구하고 아직도 많은 부분이 인간의 손길이 닿지 못하는 원시림을 이루고 있다. 「청학동 전설」이 웅변하듯 전래의 유토피아 사상이 스민 산이기도 하다.

그러나 이원규에 따르면 "지리산이 쑥대밭으로 변했다." 꿍꿍이와 잇속이 넘실기리는 카오스라는 거다.

관광 바람이 불기 시작하면서 지리산의 모든 게 상품 가치로 전락했습니다. 산 아래서 할머님들이 파는 약초니 꿀이니 대부분 가짜죠. 할머니들을 내세워 농간을 부리는 배후 인물들이 있습니다. 지자체 이후 군에서 주민들을 들뜨게 만든 것도 큰 폐단이죠. 관광 개발로 잘살게 해 준다 하지만 개뿔, 잘살긴, 막상 돈도 안 되면서 주민들끼리 다투는 경우가 태반예요. 실상이 이렇지만 그렇다고 지리산이 거덜날 일은 안 일어나겠죠. 워낙 큰 산이니까. 상처를 보듬어 주는 산이니까.

지리산에서 야무지게 잘 살아내는 사람들의 얘기도 해 주시죠.

정착에 성공하고 잘 사는 사람들의 공통점은 욕심이 없다는 점, 그리고 맨몸뚱이로 들어왔다는 점이죠. 녹차 농사를 하든, 찻상을 깎든 그들은 뭘 하든 마침내 고수가 됩니다. 그러나 돈 좀 가지고 들어온 이들은 대부분 무너지더군요. 몸을 움직여 일할 생각은 않고 돈 까먹는 불안감, 잊혀졌다는 소외감에 사로잡히다 보면 마음은 바빠지고, 주민과 마찰이 생기고, 결국은 상처만 받고 떠나게 되죠. 여기서까지 인터넷 돌아다니며 주식 투자를 하는 사람도 있는데 깡통 차게 되죠. 발상이 틀린 겁니다. 지리산에 살아남으려면 잔머리 굴리지 말라, 몸을 움직여라, 라고 말하곤 합니다.

지리산의 현주소를 평하는 그의 언설에는 삶을 대하는 관점이 있다. 풍정을 바라보는 시선이 있다. 열띰과 들뜸에서는 내면화된 확신이 보인다. 지리산에 대한 열망과 애호도 또렷하다. 상황의 귀추를 냉정하고 가감 없이 바라봄으로써 스스로 똑바로 살아갈 이른바 신독愼獨의 힘을 얻는 것 같기도 하다. 그러니 적막 산중에 살지만 당당하고 유쾌하다.

세상의 탐욕과 광기가 침투 못할 산방에서 홀로 도취하고 활개친다. 방 안엔 불이 켜지고 밖은 어둠이 두텁다. 나는 문득 쓸쓸해 말을 잃고 어둠을 응시하는데 휴식을 모르는 시인의 입은 산중살이의 난처한 드라마를 회상한다.

한번은 제가 어느 암자에서 돈을 훔쳤습니다. 불전함에 시주 돈이 넘쳐흐르더라고요. 돈도 떨어지고 쌀도 떨어진 때였는데, 삼배를 올린 뒤 만 4천 원을 제 주머니에 넣었죠. 잘 먹겠다, 양식을 사서 굶주림을 면하겠다, 그런 마음이었죠. 이게 합리화에 불과하겠지만 이 정도의 행태는 괜찮지 않겠나 싶어요. 여기서 더 나가면 사기가 되겠죠.

부부의 약속 중에 돈을 벌지 말자는 게 있다 하셨는데 그 이유가 뭔가요?

입산 5년째엔 우연히 놀러와 뜻이 맞은 신희지 씨와 재혼도 했다. 복 받은 쾌거다. 두 사람의 결혼에는 조건이 하나 붙었다. "너나 나나 돈을 벌려고 노력하지 말자"라는 언약.

욕심을 내면 끝이 없으니까요. 흔히 내일을 위해 돈을 모아야 한다는 조급증을 내는데, 노후 준비를 하다가 결국은 오늘을 박살내버리는 건 아닐까요. 돈을 안 벌고도 사람답게 충분히 잘 살 수 있다는 걸 지리산에서 몸으로 배웠습니다.

앞으로도 집도 절대 소유하지 않고 살 건가요?

한때는 집 없이 한평생 살고 싶었죠. 그러나 아내도 있고 하니 기회가 된다면 집 장만도 하고 싶어져요. 오토바이를 낮춰 작은 폐가라도 사 볼까 하지만 지리산에 이제 그런 만만한 집이 없으니 쉬운 일은 아니죠.

잘 사는 삶이란 뭐라 생각하나요?

달관이라면 우습고, 자기가 하고 싶은 일을 하며 자족하는 삶 아닐까요. 저는 원래 낙천적입니다. 비 오면 비 맞고 산다는 태도죠. 이게 나쁘게 보자면 적응을 너무 잘한다는 건데, 아무리 힘들어도 행복하고 자족할 수 있는 게 인생이라는 기본을 잊지 않고 삽니다.

이 선생은 아무래도 가난조차 두려워하지 않는 용감한 사람의 표본일 것 같습니다. 그렇다면 죽음은 어떻게 되나요. 죽음에 관한 계획이 궁금합니다.

일찍이 최치원 선생이 지리산에서 몸을 감추었다고들 하죠. 아무도 그 주검을 보지 못한 채 신선이 됐다는 전설이 떠돕니다만, 죽음의 시간이 닥쳐온 걸 알고 산속 아무도 모를 동굴 같은 곳에 들어 스스로 곡기를 끊지 않았을까요. 저도 최치원처럼 마무리하고 싶어요.

내 몸이 남에게 민폐를 끼칠 상황에 이른다면 선선히 받아들이는 자연사도 아름답다고 봅니다. 이게 가족들에게는 답답할 일이겠지만 적당한 그리움도 남기고 좋지 않겠어요?

그러기에 적당한 장소는 이미 봐두셨나요?

(웃음)물론이죠. 어디가 가장 좋을까, 유심히 봅니다. 꽤 많은 곳들이 보이더라고요."

어쩌다 죽음 얘기로 뻗쳤지만 이원규는 그답게 심플한 죽음의 기획안을 소개했다. 산다는 거 출근부에 도장을 찍듯이 대수로운 일 아니니 죽음 또한 내가 부릴 수 있다는 듯한 태도. 이게 지리산에서 길러진 실력인지 본디의 저력인지 잘 알 수는 없다. 그러나, 대나무밭에서는 쑥도 꼿꼿하게 자란다던가. 지리산의 어떤 협찬이 그를 딴딴하게 만들었을 게다.

밤이 깊다. 그와 구례 유내의 식당에 나가서 늦은 저녁을 먹고 헤어진다. 그는 서울에 급한 볼일이 있다며 기차 정거장으로 터벅터벅 걸어가는데, 어둠이 덮쳐 순식간에 그의 몸을 삼킨다. 밤하늘엔 초롱처럼 푸른 별이 총총. 별빛 아래엔 지리산의 실루엣.

산은 언제나 저를 치맛자락처럼 품어 줍니다.
나무줄기에 바른 것만 있던가. 산길에 오름만
있던가. 다양한 공생이 있는 것이죠. 이것을
산도山道라 칭할 수 있다면, 그건 서도書道와
다르지 않습니다.

산골에 사는 고독? 그런 것 느낄 짬조차 없다

삶이란 머릿속 궁구로 완성되지 않는다. 비록 얻어들은 지식이 많더라도 실제 체험이 없으면 허방 짚기 십상이다. 백문이 불여일견이며, 산에 가야 범을 잡고 물에 가야 고기를 잡을 게 아니겠는가. 중견 서예가 솔뫼 정현식(51세)이 산자락에 사는 이유는 자연체험의 실사구시를 위해서다. 자연은 무엇을 말하는가. 산은 어떤 진리를 가르치는가. 그는 이런 궁리가 있었으며, 거기에서 얻은 단서로 삶의 쓸모를 향상시키고, 평생의 과업인 서예의 창신을 도모하겠다는 의도가 있었던 것 같다.

포항에서 작품 활동을 하던 정현식이 도시의 번잡을 뒤로하고 새로운 둥지를 튼 곳은 경주시 외곽의 한 야산 자락. 시내에서 20여 분 안짝이면 닿을 수 있는 평범한 농촌 마을의 가장 뒤편에 그의 거처가 있다.

이왕 산과 뿌듯하게 동거할 거라면 좀 더 후미진 고샅을 찾아들 수도 있었을 텐데 그는 그러지 않았다. 도시와 적정선의 교류를 하며 지내야 할 필요 탓일 게다. 은세 같은 건 그의 취향이 아니다. 작가라는 종족은 고독의 동맹자이기 이전에 세상과 빈번히 교제해야 할 당위를 지닌다는 게 그의 소신으로 보인다.

구불구불 들판 사이로 휘어지며 산으로 오르는 농로를 타고 차를 달려 정현식의 산방에 도착한다. 전형적인 농촌 마을답게 농가 주택들은 한결같이 소박하고 잠잠하다. 한적한 골목길에 소 울음이 들려오고, 들에는 일하는 농부들이 보인다. 마을 건너 저 멀리 구름 낀 하늘 아래로 토함산의 실루엣이 완연하다.

그는 자신의 거처에 "팔여별서八餘別墅"라는 당호를 붙였다. '여덟 가지의 넉넉함이 있는 집'이라는 뜻. 도시에 결여된 것은 '넉넉함'이다. 그걸 그는 이곳 산자락에서 구한다. 넉넉함을 구한 뒤엔 서예의 일취월장이 있거나 심지어 한소식이 있겠지. 그런 심산이었을 게다.

그렇다면 무엇이 여덟 가지 넉넉함인가. 목록을 보자면 대충 이렇다. 해 뜨는 기운이 넉넉하다, 짙은 수묵빛 앞산이 넉넉하다, 맑은 차를 마시니 넉넉하다, 귀한 벗이 찾아오니 넉넉하다, 저녁 별내음이 넉넉하다, 꽃의 음성이 넉넉하다…….

자연 풍경이 주는 넉넉함, 또는 가르침에 사로잡히다 보면 자연이

조선 말까지만 해도 서예는 보편적인 일상의 문화였다. 그러나 이젠 달라졌다. 이미 많은 사람들이 버리거나 잊어버린 것을 굳이 평생의 업무로 붙들고 늘어진 정현식의 동기는 무엇이었을까. 글쎄다. 타고난 운명이라 해야 할까.

과연 가장 큰 스승이구나, 하는 느낌을 강하게 갖게 됩니다. 새로운 발견이죠. 이는 날마다 새로운 작품을 창작하게 만드는 힘으로 작용합니다. 한마디로 산은 제게 '신생'의 의미로 다가옵니다.

가장 좋아하는 풍경은 어떤 것입니까?

역시 산 풍경에 내재한 수묵빛이죠. 앞산의 수묵빛, 지는 해가 드리우는 수묵 톤을 바라보는 일은 경이와 쾌감을 줍니다. 풍경들이 창조적 물상으로 다가오는 것이죠. 회화에서 서양화의 채색 톤을 청장년기라 비유한다면 그 마지막 절정은 수묵 톤이 아닐까 싶은데요,

산 풍경의 현현한 수묵 톤은 감동 그 자체입니다. 삶의 정점에 도달한 어떤 한 인간이 슬쩍 돌아앉으며 내보이는 당당함이랄까 감춤이랄까, 그런 게 있거든요.

　도시 생활을 청산하고 산으로 들어온다는 건 부부간의 돈독한 결탁이 있고서야 가능할 일 같은데 부인의 반대는 없었나요?

　전혀 없었죠. 왜냐하면 우리는 결혼하면서부터 언젠가는 산에서 살자 하는 계획을 세웠거든요. 와야 할 곳에 마침내 온 셈이죠. 아내도 만족하는 일상을 보냅니다.

　산자락에 들어오신 지 이제 3년째죠? 제가 알기론 대부분 초기엔 만족이 있지만 5년 정도가 지나면 사정이 달라집니다. 외로워 죽을 것만 같은 경지에 몰리곤 하거든요.(웃음) 정 선생 부부도 그럴 가망성은 없을까요?

　(웃음)처음 혼자 집을 지을 땐 많이 외로웠습니다. 그러나 이곳이 매우 외진 곳도 아니고 못 견딜 만한 상황은 오지 않을 것 같은데요? 게다가 저로 말하자면 작품에 목숨을 건 사람이기에 고독 같은 걸 느낄 짬이 없습니다. 아내 역시 내성적이라 조용한 산골 생활을 즐겁게 해나갈 게 분명합니다.

　마을분들과 교류하는 어려움은 없는지요?

　매우 원만합니다. 이 마을에 사시는 분들이 대개 노부부들이십니다. 제가 보기엔 모두 성자들 같으세요. 내면을 솔직하게 드러낼 줄을 아는 분들이시죠. 산기운, 땅기운을 듬뿍 받고 살아오신 탓이 아

닌가 싶습니다만, 제가 이 존경할 만한 어르신들에게 특별히 도움이
돼 드리지는 못하지만 뭐가 되었건 피해를 주지는 말자 하는 각오로
지내죠. 아들에게도 인사를 잘하라 가르칩니다. 동네 어른들 엉덩이
만 보고도 절을 하라고 당부합니다.

예술은 결국 수행

조선 말까지만 해도 서예는 보편적인 일상의 문화였다. 그러나 이
젠 달라졌다. 일부 애호가들만이 누리는 특별한 취미처럼 되었다.
붓이 생활에서 사라진 지는 오래되었고, 종이 역시 비슷한 길을 가고
있다. 컴퓨터 자판은 수천 년의 전통을 지닌 인간의 기예 하나를 통
째 삼켜버리고 말았다.

이렇게 이미 많은 사람들이 버리거나 잊어버린 것을 굳이 평생의
업무로 붙들고 늘어진 정현식의 동기는 무엇이었을까. 글쎄다. 타고
난 운명이라 해야 할까.

정현식이 서예를 공부하기 시작한 것은 초등학교 4학년 때부터다.
부친의 권유로 시작한 건데 이게 "눈물겹도록 고마운 권장"이었단다.
소질은 풍부했고 적성에도 딱 맞았던 셈이다. 어려서부터의 별명은
'탄탄대로.' 탄탄대로라니, 어린 아이의 별명치고는 거창했다.

포부는 넘치고, 그걸 관철할 노력도 맹렬했으며, 성취가 작지 않

았음을 기별하는 별명이다. 하지만 '탄탄대로'라는 별명이 자신의 과거를 충분히 설명하기엔 부족하다는 게 정현식의 생각이다. 그는 다음 세상에 다시 지구에 출연하게 된다면 '정열정'이라는 별명을 붙이고 살 작정을 하고 있다. 열정! 그에겐 자신에게 열정을 다하라, 스스로 충고하며 살아온 사람의 분발심과 자부심이 엿보인다.

제 자랑 같습니다만, 나름대로 치열하게 작품을 해 왔습니다. "앉으나 서나 당신 생각"이 아니라 앉으나 서나 글 생각만 하며 살았죠.

왜 그렇게 열심히 하셨죠? 이게 우문입니다만 서예로써 무엇을 얻나요?

하늘로부터 받은 천형이라 하면 너무 거창할까요? 뭔가 피할 길

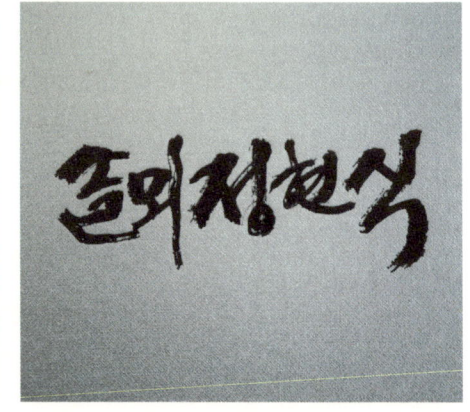

정현식은 알아주는 애호가와 따르는 제자들이 많은 서예가다. 서른넷이라는 이른 나이에 대한민국 서예대전 초대작가 반열에 오르기도 했다. 그의 작품 세계는 끊임없이 변모한다. 한 치를 물러나거나 한 치를 더 나간다, 이것이 그가 지향하는 창작 방책이다.

없는 형벌을 서예로 하나하나 지워나가는 과정의 연속, 그게 제 삶이 아닐까 합니다. 제가 가끔 혼자서 많이 웁니다. 영감이 떠오르지 않을 때에 말이죠. 이거 내가 혹시 허명을 추구하는 건 아닌가, 하는 성찰도 있고, 결국은 계란으로 바위를 치는 것과 같은 무모한 도전은 아닌가 하는 막막함을 느낄 때가 있거든요. 결국 예술이란 철저한 수행일 거라는 생각입니다.

서예가는 어떤 자질을 갖추어야 한다고 생각하시나요?

사상적 성숙이 그 무엇보다 필요합니다. 서예를 위해서는 '삼다三多'를 구비해야 합니다. 다서多書, 다독多讀, 다견多見이 그것이죠. 저는 여기에 다사多思를 포함하고 싶습니다. 깊은 사색이 기본적으로 필요하기 때문이죠. 그런데 적막이 있는 산골에서는 원치 않더라도 충분한 사색이 됩니다. 사색의 끝에선 삶의 신성함을 느끼게 되는데, 지행신통地行神通이라고 사람이 땅을 걷는 것 자체가 신통임을 알게 됩니다. 잠에서 깨이나는 일, 구름이 천천히 움직이는 일, 이 모든 게 신통이죠. 이러한 인식이 있고서야 득필에 이를 수 있을 겁니다.

득필이라? 그건 구체적으로 어떻게 이루어지는 것일까요?

글씨 재주는 99퍼센트 타고난다 봅니다. 후천적 계발로는 한계가 있죠. 그러나 일가를 이루려면 타고난 재주만으로는 부족합니다. 본인만의 구도와 기법, 특유의 장법章法이 겸비해야만 가능한 일이죠. 제가 철칙으로 여기는 두 가지가 있습니다. '절대 겸손'과 '실력'이 그것들이죠. 실력을 갖춘 겸손, 용기 있는 겸손이야말로 최고의 차원이 아닐까요. 그와 같은 득필이라면 그건 바로 득도일 겁니다.

정현식은 알아주는 애호가와 따르는 제자들이 많은 서예가다. 서른넷이라는 이른 나이에 대한민국 서예대전 초대작가 반열에 오르기도 했다. 그의 작품 세계는 끊임없이 변모한다. 한 치를 물러나거나 한 치를 더 나간다, 이것이 그가 지향하는 창작 방책이다. 남들이 하지 않는 것을, 남들이 착상하지 못한 것을 작품으로 창작한다. 그렇기에 그의 서예는 늘 새롭다는 평을 들으며, 너무도 늘 새롭기에 "서단書壇의 이단아"라는 소리조차 듣는다.

그는 매우 온유한 얼굴 경치를 가지고 있다. 예술가라면 좀은 괴팍하거나 제멋대로의 분위기를 풍기기 쉽지만 정현식은 썩 다르다. 사람 좋아 보이는 인상을 가진 사람의 표본이라 할까. 그러나 세사의 진상과 현상을 읽는 안목 치수는 예리하고, 그 머리는 분석적이다.

조선의 추사는 그 누구도 부인할 수 없는 거목이다. 그의 서예에서 우리는 천년의 지적 오디세이와 예술혼을 느낄 수 있다. 따라서 추사의 이름에 무수한 예찬이 쏟아진다. 그러나 정현식은 한때 이 추사를 삐딱하게 바라보았다. 거기에는 시샘도 섞여 있었지만 추사가 혹시 과대평가된 건 아닌가 하는, 일종의 검증 같은 게 필요했던 것 같다. 그 결과 그는 추사를 인정하게 되었다. 그 과정에서 일련의 공부가 야무지게 이루어졌으니 '부정의 정신'이란 결국 플러스알파를 가져오는 모양이다. 정현식이 해석하는 추사는 누구인가.

나뭇가지도 붓이 된다

추사는 추사체의 완성자에 머물지 않습니다. 동양 예술의 한 극점을 이루었다고 봐야 해요. 그의 작품에는 고뇌가 없이는 얻을 수 없는 구경究竟이라는 게 있습니다. 그리고 학學이 있습니다. 우리 서예가들에게 결여된 게 이 학이라는 거죠. 부단히 공부하는 수밖에 없습니다. 제겐 4천 권 정도의 장서가 있습니다. 시 공부도 부지런히 해 왔습니다. 하지만 여전히 역부족이죠.

정 선생은 서예만을 하는 전업 작가입니다. 게다가 산골에 눌러 사는데 경제 문제는 어떻게 풀어 나가시나요?

별로 고달프게 살지는 않습니다. 글씨 쓰는 사람이면 당연히 고생하며 살 것이라고들 여기지만 제 생각은 다릅니다. 열심히 쓰면 당연히 생활도 원만하게 풀리게 마련이거든요. 치열한 노력 없이 예술가인 척하는 일부의 경향의 문제죠. 저는 후배들에게 강조합니다. 가정 경제를 절대 소홀히 하지 말자, 열심히 하면 모든 게 부드러워진다, 라고.

남들의 평판이나 시선을 많이 고려하는 편인가요?

제겐 평생의 좌우명이 하나 있습니다. 노자의 얘기인데요, 약한 것이 강한 것을 이긴다는 것이 바로 그것이죠. 논쟁을 이기는 방법은 논쟁을 피하는 데 있습니다. 제 이름 석 자를 내건 이래 남 앞에서 화를 내본 적은 없습니다. 그러나 남몰래 끌어안는 고통조차 없지는 않죠. 다툼 없이 홀로 내면으로 삭이되, 송곳으로 허벅지를 찌르고 바늘로 눈을 후벼 파는 것 같은 정신의 단련마저 없다면 어떻게 서예를 할 수 있을까요.

정현식은 예술가의 본령이 세상과 화합하는 데에 있다고 보는 것 같다. 시대의 선두에 서지 않으면 시대를 끌어갈 수 없다고 주장한다. 이런 그에게 작품의 대중성 확보라는 문제는 놓칠 수 없는 주요 방법론이다. 그의 작품은 종이 안에만 갇혀 있지 않다. 셔츠에 글씨를 실사해 실용성을 부여하는 식의 이른바 '응용 서예'에 주력한다. 2004년에는 디지털 서체인 '솔뫼민체'를 개발했다.

정현식은 돼지털로 만든 붓을 즐겨 쓴다. 칡 줄기나 등나무 줄기, 혹은 나뭇가지를 꺾어 붓을 만들어 쓰기도 한다. 그의 서체는 독특해서 굽어진 나뭇가지를 연상케 한다. 자연에서 얻어온 것이 많은 셈이며, 산과 나무와 구름에 더욱 신세지기 위해 지금 산에 산다.

산은 언제나 저를 치맛자락처럼 품어 줍니다. 음성을 내어 날마다 새로워져라 주문해 옵니다. 산에 예술의 본령이 있는 것이죠. 산에 오르면 알게 됩니다. 나무줄기에 바른 것만 있던가. 산길에 오름만 있던가. 다양한 공생이 있는 것이죠. 이것을 산도山道라 칭할 수 있다면, 그건 서도書道와 다르지 않습니다.

산방 창문 너머 들판이 연둣빛이다. 머잖아 황금들판으로 출렁일 것이다. 산자락의 초가을이 이렇게 숙성한다. 벼가 여문다. 사람이 익는다. 🍃

산 아니면 어디를 갈까? 서울을 떠난 지
10여 년, 끊임없이 떠돌았어요. 그런데
매번 발길은 산으로 향합디다. 산으로 가
면 비로소 마음이 편해지는 것이지.

외롭네, 산중에서 홀로 마시네

산중에 사는 그가 취재에 응할까. 그런 걱정이 있었다. 저자의 소음도 사람의 잡음도 모두 싫어 산으로 들어갔을 법한 산림 작가에게 시시콜콜 묻고 들출 취재자의 방문이 뭐 그리 기꺼우랴.

그러니 인터뷰를 청하는 사전 전화에 그는 선선히 응했다. 단서가 하나 붙었다. "술을 사 오슈." 그는 알 만한 사람은 다 아는 술꾼이다. "어떤 술을 좋아하십니까?" 나는 물었고 그가 답했다. "싼 술 있잖여, 산 아래 마을에 막걸리 파는 가게가 있을규." 경기도 양평군 청운면 용문산 자락에 눌러 사는 소설가 김성동(62세). 그와의 서장은 그렇게 시작되었다.

조붓한 농로는 하염없이 산길을 뻗어 오른다. 점차 인가가 멀어지고, 인적이 끊긴다. 깊은 산중이다. 울퉁불퉁 거친 비포장 산길을 오르자 드디어 김성동의 거처가 보인다. 감춰진 듯 산 갈피에 끼인 외 딴집. 막걸리 꾸러미를 손에 들고 대문 앞에 선다. 대문 옆 빗돌에 "비사란야非寺蘭若"라 새긴 쇠판이 박혀 있다. 비사란야, '난야'란 '절'을 뜻하는 범어이니 '절 아닌 절'이구나.

명패를 새긴 임자의 심회가 가슴으로 스며든다. 그는 청춘기 12년 을 구름처럼 떠도는 납자로 살았다. 그렇다면 '비사란야'란 승려로 편력했던 과거의 기억과 환속 이후의 견딤을 기별하는 메타포가 아 닐까. 비승비속의 번뇌와 희망을 바라보는 작가의 겹눈이 팻말에 비 친다.

현관문을 열고 김성동이 걸어 나온다. 나는 이전에 그를 본 적이 없다. 그 역시 나를 알 바 없다. 하지만 그의 얼굴이 친숙하게 다가온 다. 『만다라』를 비롯한 그의 많은 소설들이 안겨 준 행복한 독서의 추 억 탓이리라. 한때 그의 얼굴에 머물렀던 젊음은 종작없이 사라졌다.

올해 나이 62세, 어언 환갑을 넘겼다. 두툼한 셔츠를 입었지만 야 윈 어깨가 쓸쓸하니 몸에 찾아든 노경의 낌새가 완연하다. 안색엔 맑은 화기가 감돌지만 주름이 골을 파며 번진다. 바람이 불면 보기 좋게 흩날릴 긴 머리칼에도 백발이 섞여 있다.

예나 지금이나 변함 없는 건 오직 눈빛일까. 순정한 소년의 그것 처럼 투명한 안광. 세상의 실상을 예리하게 바라보는 데에 쓸모가 많을 그 눈은 기민한 센서처럼 작동해 매순간 발광하거나 조사한다.

집 안은 조용하다 못해 적막하다. 그는 이 집에서 혼자 지낸다. 노모는 아래채에 머무신다. 커다란 통유리가 박힌 창 너머 저 멀리로 용문산의 연봉들이 들이친다. 잎 떨군 겨울나무들의 숲은 허전하다. 자리에 마주앉자 그가 술잔부터 집어든다. 머그잔에 따른 막걸리가 목으로 넘어간다.

그는 왜 산으로 왔나. 시인 도종환은 위중한 병환을 떨치기 위해 산에 들었다. 지리산에 사는 박남준 시인은 "쓰는 게 적으면 덜 벌어도 될 것 아닌가"라는 변을 갖고 있다. 그렇다면 김성동은? 그가 내력을 말한다.

산 아니면 어디를 갈까? 서울을 떠난 지 10여 년, 끊임없이 떠돌았어요. 그런데 매번 발길은 산으로 향합디다. 나도 모르게 산사 아니면 산 근방에 닿게 되는데, 지금까지 열 군데 정도의 산자락을 전전했어요. 이게 왜 이런가. 산으로 가면 비로소 마음이 편해지는 것이지. 게다가 내가 승려였잖우? 한번 산문에 발을 디뎠던 자는 환속을 해도 결코 산을 못 떠나게 되어 있슈. 왜 때로는 산을 벗어나고 싶지 않을까. 저잣거리가 그립고, 악다구니로 지겨운 인간 세상이 간절히 그립기도 하지만, 내려가 보면 헛일, 못 견디겠더라구. 난 무슨 도인도 아니고, 한소식 한 사람도 아녀. 저자에선 더욱 외롭고 쓸쓸한 중생일 뿐이어. 그러니 마지막 희망은 산일 뿐. 산밖에 없슈.

사냥꾼은 멧돼지의 냄새에 홀려 산에 오른다. 심마니는 산삼의 유혹으로 산에 든다. 김성동은 외로움, 혹은 쓸쓸함에 덜미를 잡혀 산으로 향한다. 욕망과 쾌락이 들끓는 저자가 그리워 도시를 유랑하기도 하지만 결국엔 귀소처럼 산을 찾아든다.

그렇게 해서 여기 산방에 들어앉은 지 벌써 7년. 그는 은둔을 꿈꾸는가. 고독한 산림처사로 장기 근속할 작정인가. 아니면 도시에서보다 오동통한 풍류를 구가하나. 그러나 그에겐 더불어 노닐 벗이 별로 없다. 찾아드는 이가 드물다.

산 외엔 별반 갈 곳이 없어 산에 살지만 그렇다고 몸 숨긴 건 아니오. 어렵게 살고 있지만 은둔도 음풍농월도 아니오. 산 아래 저기 사람들의 세상에선 시방 무슨 일이 벌어지고 있나, 이명박이는 왜 저러고 있나, 끊임없이 관심을 갖고 있거든. 그게 소설가의 어쩔 수 없는 노릇이지 않겠는가. 하지만, 그 무엇에 앞서 난 여전히 승僧이야. 비

그가 손짓으로 거실 한 쪽을 가리킨다. 작은 법당이라 할까. 거기 창가에 자그마한 돌부처가 모셔져 있다. 잠 속의 현몽으로 어느 개울에서 건져온 미륵불이란다. 중 아닌 중인 그가 향도 올리고 염불도 하고 참선도 하는 선방이니 지성소다.

록 머리 기르고 있지만 아직도 중이거든. 봤잖우? 비사란야라는 거. 절 아닌 절에, 중 아닌 중이 살고 있는 거유.

그가 손짓으로 거실 한 쪽을 가리킨다. 작은 법당이라 할까. 거기 창가에 자그마한 돌부처가 모셔져 있다. 잠 속의 현몽現夢으로 어느 개울에서 건져온 미륵불이란다. 그걸 그는 '궁예불'이라 부른다. '할아버지'라고도 칭한다. 연등도 놓여 있다. 중 아닌 중인 그가 향도 올리고 염불도 하고 참선도 하는 선방이니 지성소다. 승복 바지를 입은 그의 입성도 반은 승려다.

중판, 돌판, 글판

김성동의 지난 살이는 '삼판'의 연속 방송극이었다. 삼판, 이게 뭔가. 중판, 돌판, 글판이다. '중판'의 날들은 고교 3학년을 사뙤하고 입산, 지효선사의 상좌가 되면서 시작되었다.

왜 승려가 되었나. "이 세상에서 정상적으로 살 수 없었기 때문"이다. 김성동의 부친 김봉한은 해방 공간의 좌익 인사였다. 1948년에 예비 검속됐고, 한국전쟁이 시작된 50년에 처형장에서 총살당했다. 모친 한희전 역시 여성 동맹 위원장을 지냈다는 이유로 모진 고문을 당했다. 숙부 또한 우익 청년들에게 맞아 죽었다. 한마디로 빨갱이의 자식, 불온한 씨앗이었다. 어이하나. 천형 같은 붉은 딱지. 삐딱한 시선들. 전망 부재의 미래.

절 아니고는 갈 곳이 없었고, 중 아니고는 할 짓이 없었다. 정각正
覺이라는 법명으로 수행의 날들을 살던 중, 1975년 『주간종교』의 종
교소설 현상 공모에 단편 「목탁조木鐸鳥」가 당선되었다. 그러나 불교
계를 모독했다는 이유로 애초 있지도 않았던 승적을 박탈당했다.

정각 스님에서 김성동으로 환속한 그는 '돌판'의 한 시절을 거친
다. 바둑으로 밥을 벌었던 것. 『월간바둑』에 취직을 했으며, 내기 바
둑으로 술값과 책값을 벌었다. 일찍이 비범한 기재를 널리 인정받았
던 그에게 적수는 그리 많지 않았다.

문단 안에선 소설가 송영 정도가 그에 필적하며, 신경림 시인은
다섯 점을 깔고도 그를 당하지 못한다. 당초 프로 기사로 입문하겠
다는 포부가 있었으나, 1978년 『한국문학』에 중편 「만다라」가 당선
되고, 이듬해 그걸 개작한 장편 『만다라』를 출간, 문단과 독서계에
돌풍을 일으키면서 자연스럽게 '글판'으로 이행했다.

그는 말한다. "중판과 돌판은 일단 꺾였다"고. "현재진행형이자
유일하게 남은 희망은 오직 글일 뿐"이라고. 그가 보기에 작가에는
두 부류가 있다. 의지로써 쓰는 작가가 있고, 의지 이전에 가슴으로
쓰는 작가가 있다. 역사의식도 좋고 건축물 설계도를 짜듯이 치밀하
게 구성을 짜는 것도 좋지만, 우선 가슴으로 다가와야 한다는 지론.

그러나 가슴으로 쓰는 치열함이 어디 그렇게 쉽겠는가. 여기 산

중에 머문 7년 동안 그는 거의 소설을 발표하지 못했다. 2007년 『창작과 비평』 겨울호에 실린 단편 「무섭고 슬픈 이야기」가 유일한 생산물.

누가 보더라도 의외의 과작인 듯 합니다. 그동안 소설을 일부러 안 쓰신 걸까요, 못 쓰신 걸까요?

안 쓰긴. 못 썼던 것이지. 소설 생각에서 한 번도, 단 1초도 떠난 적은 없슈. 이게 미치는 거야. 나도 자유롭게 새처럼 훨훨 날고 싶다고. 한마디로 편하게 술 좀 먹고 싶다 이 말이요. 그런데 한순간도 편치를 않어. 맷돌에 짓눌린 것 같이 뭔가 글을 써야 된다는 압박감. 사춘기 문학청년하고 똑같애. 유치한가? 첫 글 쓸 때처럼 발발발 떨리는 심정, 내가 '문청(文學靑年)'이더라구. 30년 동안 글을 써 왔으니까 이제 익숙해졌을 때도 됐으련만, 천만에, 매번 떨림이 오더라고. 겨우 원고지 5매짜리 산문 청탁을 받고도 곧바로 후회를 해. 이를 어찌 써야 하나 하고. 발발발 떨리는 이 초심이 있어야 타락하지 않는 거겠지만 미칠 거 같애. 죽겠어. 문학의 세계는 기술자의 세계가 아니오. 소설이 뭔가, 그게 뭔가, 어떻게 써야 하나, 늘 생각하느라 술 마시고 있소. 절을 헤매다 결국은 글로 돌아왔는데, 이게 눈물 나는 거 아녀? 나 이렇게 살고 있슈.

청탁이 글을 쓰게 할 것도 같은데 원고 청탁은 들어오지 않나요?

1983년에 장편 『풍적風笛』을 『문예중앙』에 연재하다가 좌익 활동상을 다룬 내용이 문제가 돼 2회 만에 짤렸어요. 「중앙일보」에 나갔던 「그들의 벌판」도 같은 이유로 35회 만에 하차당했고. 이게 비공식적 필화 사건인데, 그 뒤 청탁이 끊어집디다. 심지어 사보 청탁도 거의 안 들어오더라고. 청탁하기가 불편했다고들 하데. 다 끊긴 거요. 어디 하소연할 데도 없고, 긴 세월 생계가 막막하더라고. 아녀, 생계는 2차적인 문제여. 소설가가 글을 못 쓰면 그건 죽음 같은 거 아녀? 형극의 길이오.

글은 안 되고, 청탁도 끊어지고, 생활은 어렵고, 삼중고가 아닐까 싶습니다. 이를 어떻게 타개하시려나요?

지난 1980년대 내내 압박을 받았어요. 비공식적 탄압이랄까, 사회주의자의 자식이라는 족쇄, 그 눈에 보이지 않는 연좌제 같은 것이 운명처럼 계속 따라다녔슈. 지금도 다르지 않어. 저 벽에 붙여 놓은 내 신문기사들을 좀 봐. 내가 저런 걸 뭐하러 벽에 붙였겠소. 나를 홍보하려는 게 아뉴. 이상한 사람들이 지금도 내 집을 염탐하는데 그들이 보라 붙여 둔 거요. 늘 불편했어요. 글의 엄숙함 때문에 또한 무서웠어요. 그렇다고 작가가 글을 안 쓰면 뭘 하나? 막말로 노가다를 할껴? 치킨집에서 통닭을 팔껴? 결국은 글을 쓰는 수밖에 없는 거요. 쓸 거유. 쓰고 있슈.

그의 자괴가 깊다. 요동치는 생각의 갈기들을 누르려는 듯 간간이 어금니를 사려 문다. 술은 천천히, 그리고 지속적으로 목으로 넘어

간다. 세상의 일은 크게 보면 두 가지로 나뉜다. 나 아닌 누구든 할 수 있는 일이 있다. 반면 오직 나 스스로 해야만 하는 일이 있으니, 글쓰기란 고도의 독자적 영역이다. 그래서 고독한 업무다.

김성동은 이른바 작가주의에 철저한 작품들로써 견고한 독보의 자리를 인정받고 있다. 일반 독자보다 오히려 문단 안에 애호가들이 많다. 가슴에서 길어 뚝뚝 피 흘리는 언어들. 그것들의 행진인 서정적 문장과 조선말 문체의 아우라를 보라.

하지만 참담하여라, 저 노련한 문사가 쓰는 일의 공포 앞에서 떨고 있구나. 빈 술잔이 연거푸 바닥에 내려지듯 그의 고개도 수시로 우울하게 떨궈진 채 고착된다. 눈을 자꾸 슴벅거리는 건 흐린 풍경으로 달아나고 있는 자신의 내면, 혹은 시달리는 자아에 마음이 닿았음인가. 그의 고뇌가 집혀 내 가슴이 아린데 이건 차라리 전율이다. 대기의 떠는 소리. 소인배의 귓전에 그게 아프다.

그러나, 아서라. 7년여 그의 침묵을 텅 빈 공백으로 속단할 일이 아니렷다. 모색 없는 전망, 격랑 없는 항해가 어디 있으랴. 쓸 거유. 쓰고 있슈. 그는 몇 번이고 이렇게 반복한다.

얼마 전에 선친에 대한 산문 두 편, 각각 100매짜리 글을 매체에 발표했소. 『녹색평론』 올 5~6월호에 쓴 「할아버지, 할아버지, 저희들은 어떻게 살아가야 되나요?」라는 산문, 안재성 씨의 「이현상 평전」에 붙인 발문이 그것들인데, 지금까지 차마 다할 수 없었던 얘기들을 용기를 내어 털어 놓은 글들이거든. 그걸 쓰고 나니 이젠 소설을 쓸 수 있을 것 같애. 시원해. 힘을 얻었어.

근래에 발표한 「무섭고 슬픈 이야기」는 회심의 신호탄으로 보인다. 이곳 산자락 일원을 무대로 삼은 이 소설을 통해 그는 중음신中陰神으로 떠도는 의병들의 넋을 위로했다. 앞으로 매달 한편씩 의병 소재의 소설을 쓸 작정도 세워뒀다. 생태 소설, 또는 문명 비판 소설이라 할 만한 장편에도 이미 착수, 350매를 써뒀다.

글로써 밥을 버는 일의 힘겨움

작가의 글 쓰는 책상이 보고 싶다. 그러나 그는 그냥 방바닥에 쪼그려 앉아 쓴단다. 오래된 버릇일 게다. 산중 생활이란 한무閑撫(한가하게 조물딱거리기)에 족하지만 규칙을 잃으면 흐트러진다. 그에게도 일정한 일과가 있다. 깜깜한 새벽에 일어나 예불로 하루를 연단다. 그리고 아침 산보를 하며, 돌아와 배고프면 밥을 짓고 찌개를 끓여 밥을 먹는다.

독서와 서예, 그리고 글쓰기도 나날의 관습이다. 가끔은 20리 저 아래에 있는 청운 면소재지로 장을 보러 출타한다. 그에겐 차라는 물건이 없다. 바랑을 짊어지고 타달타달 산길을 걸어야 한다. 왕복 세 시

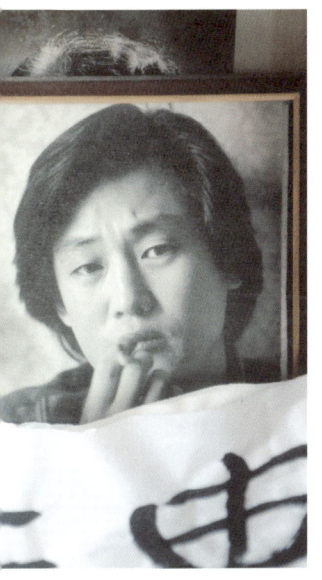

글로써 밥을 버는 일의 힘겨움. 영민한 작가가 직설로 털어 놓는 생계에의 한탄에는 모든 판단을 정지시키는 아픔이 서려 있다. 하지만 그것은 낙망의 산물이 아니다. 맨살로 문학 앞에 버텨선 자의 냉정한 통찰, 혹은 불굴의 패기에 관한 언표로 보인다.

간이 걸리는 거리다. 주로 사는 반찬감은 무, 배추, 두부, 콩나물.

김성동이 벌떡 일어선다. "배고프지? 뭘 좀 먹어야 하잖여" 하며 먹다 남은 빵과 홍시 두 개를 가져온다. 자기는 괜찮다고, 술을 마시면 그만이니 걱정 말라면서 음식을 자꾸 권한다. 그에게는 두 번의 결혼을 연달아 실패한 불행한 기억이 있다. 처자의 온기 같은 걸 데리고 살지 못하는 그의 처소는 소탈하지만 스산하다. 남자 혼자 꾸려 나가는 산중 살림이라 구색이랄 게 없다.

너른 실내의 벽면엔 책장이 가득 들어차 있고, 방바닥에도 온통

책 더미가 널브러져 있다. 지필묵이 한 자리를 차지하고 있으니 그의 취미가 서예임을 알 수 있다. 주방에 놓인 냄비 뚜껑을 열자 그 안에 먹다 남은 무국이 썰렁하다. 식사는 부실하고 음주는 일상이니 건강이 참말 걱정된다. 산중의 자연이 고귀한 보약이라 하지만 등한한 섭생으로 베이스가 무너지면 이를 어쩌나. 게다가 궁핍이 그를 덮치고 있다.

제가 보기에 산속에 사는 이들은 두 부류더군요. 저축이 충분해 그저 유유자적하는 부류, 뭐든 산중에서 생산이 있어야 호구가 되는 부류. 후자의 경우는 농사를 짓거나, 벌을 기르거나, 민박을 치거나, 고로쇠 수액을 받는 등으로 생계를 꾸리는 것 같습니다. 전업 작가로 사는 김 선생님의 경우는 오직 원고료 수입뿐인데 대체 산중 생활을 어떻게 견뎌내시나요?

글쎄, 그게 막막하더라고. 그렇다고 어쩌나. 견디는 수밖에. 이참에 원고료 얘기 좀 하겠소. 얼마 전 창비에 단편을 줬더니 고료로 100만 원을 보내 왔더라고. 장당 액수를 따져 봤더니 만 5천 원이야. 그 뒤 모 문예지에서 원고 청탁서를 보내왔는데 장당 만 원을 준다 했습디다. 그래 내가 편지를 보냈어요. 창비에서는 만 5천 원을 줬다, 당신네들도 그 정도를 안 주면 원고를 못 보내겠다고 말여. 작가가 죽을힘을 다해 쓰는 게 소설 아녀? 그런데 장당 만 원? 모욕당한 기분이더라고. 돈보다도 예우 받는다는 느낌이 중요한데 현실이 이러네. 그런데 더 웃기는 게 편지를 보내고 나서는 덜컥 겁이 나는겨. 만 원이 불만이면 너 쓰지 마! 그리 나오면 어쩌겠냔 말여. 참담하더라고. 30년 경력의 작가지만 알고 보면 날품팔이야 시방. 작가는 가장 밑바닥 비정규직 노동자여. 노동조합이 없으니 투쟁하지도 못혀. 다시 술 마시게 된다니깐.

극소수지만 일부 작가들의 경우는 형편이 다릅니다. 요즘의 이른바 베스트셀러 작가들의 작품성은 어떻다고 보시나요?

소설의 기본은 문장 아닐까. 문장부터가 안 된 작가들이 많더라고. 오문에 비문이 너무도 많아요. 또, 작가란 본시 뭔가. 그 무엇에 앞서 제나라 말을 지키는 자가 아닐까. 하지만 우리 고유의 문투를 구사하는 이가 없더라고. 조악한 번역투 문장, 서양의 복문 구조를 지나치게 남발하고 있거든요. 한낱 불륜 소설에 불과한 작품들이 베스트셀러에 오르는데 나 여기에 분노를 느껴요. 이건 질시가 아녀. 정말 식은땀 흘리며 진지한 소설을 쓰는 작가가 몇이나 될까. 나 묻고 싶어.

몇 해 전엔 이 산중에 "김성동 천자문 서당"을 여셨더군요. 강남의 족집게 과외 교사를 선호하는 입시 중심 세태에서 굳이 한자 공부를 하겠다고 이 외진 산에 들어올 아이들이 과연 몇이나 될까 싶었는데 잘됐습니까?

소설이 안 되니 그거로 밥벌이를 해볼까 했넌디 소용없데. 나름대로 준비를 철저히 했넌디 안 되데. 한자만이 아니라 가장 기초적인 붓 쥐는 법에서부터 전통 호흡법, 별자리 보는 법도 가르쳤지. 5박 6일 코스에 겨우 스무 명이 다녀가고 끝났슈. 한 일 년 그럭저럭 지낼 수입을 기대했는데 안 되더라고. 글 써서 산다는 거, 참 쉽지 않아.

　글로써 밥을 버는 일의 힘겨움. 영민한 작가가 직설로 털어 놓는 생계에의 한탄에는 모든 판단을 정지시키는 아픔이 서려 있다. 하지만 그것은 낙망의 산물이 아니다. 맨살로 문학 앞에 버텨선 자의 냉정한 통찰, 혹은 불굴의 패기에 관한 언표로 보인다.

　이쯤에서, 귀거래 뒤 산중의 은일을 살았던 도연명이 생각난다. 아마도 역사상 가장 모범적인 백수였던 도연명 역시 가난과 추위를

여기 산방에 들어앉은 지 벌써 7년. 그는 은둔을 꿈꾸는가. 고독한 산림처사로 장기 근속할 작정인가. 아니면 도시에서보다 오동통한 풍류를 구가하나.

괴로워하며 시를 짓고 술을 마셨다. 도연명을 견디게 한 건 자연이었고, 그건 그 스스로 표현한 바대로 질성자연質性自然, 즉 DNA 자체가 자연인 사람이었기에 도달할 수 있는 경지였다.

김성동도 산에서 산으로, 자연에서 자연으로 떠돌다 아예 산에 머문다. 그러나 그의 질성은 예술가다. 예술가로서 삶을 관하고, 소설가로서 가야 할 지향을 탐색한다. 그렇기에 고뇌 또한 그의 친숙한 벗이 아니런가.

산중엔 세한, 산방엔 그 홀로

창밖 골짜기로 저녁 어스름이 밀린다. 얘기에 몰두가 깊은 탓일까. 실내에 어둠이 짙어지고서야 생각난 듯 그가 형광등을 켠다. 처음 이곳으로 이주했을 때엔 전기도 없었단다. 자비를 들여 전신주를 세우고 전기를 끌어왔단다.

그는 컴퓨터를 모른다. 육필로 원고지에 글을 쓴다. 딱히 컴퓨터를 싫어해서 그런 것은 아니지만 "문학만큼은 육필로 써야 한다"는 소신을 포기하지 않고 있다. "문학은 마지막까지 지켜야 할 가내수공업"이라는 관점이다. 그는 워드로 찍어 내는 기계적 작업의 문제점 세 가지를 지적한다. 어휘의 제약, 출렁거리는 유장한 운율의 상실, 개성의 약화가 그것들이다.

그가 원고 뭉치를 내놓는다. 새로 집필 중인 장편 『바람만 바람만』의 초고다. 누렇게 바랜 16절 갱지 위에 빼곡히 들어찬 펜글씨의 행렬들. 육필 원고를 써본 사람은 안다. 그것이 얼마나 가혹한 노동인가를. 그가 새 장편을 설명한다.

그리움의 원형은 무엇일까, 그걸 주제로 삼은 작품이오. 그렇다고 무슨 뜬구름 잡는 식의 얘기가 아녀. 중요한 것은 늘 현실이잖여. 목마르고 배고프고 맘 아픈 사람들에 관한 아주 구체적인 얘기도 나올 거요.

새 장편을 얘기하는 그의 음성에 힘이 서린다. 혼신의 에너지를 다하고, 그만큼의 자신감이 있다는 반증이겠다. 이 시대 구원의 메시지를 담겠다는 포부도 밝힌다. 원시 상태와 같은 심산유곡에서 혼자 살아남는 방법도 얘기한다고 한다. 서정적 자연 경관 묘사에 주력한 생태 소설이라는 귀띔도 한다. 이곳 산중 생활의 경험이 농축된 작품이 될 것 같다. 과연 7년의 산방 칩거와 침묵 끝에 어떤 역작이 태어날지 궁금하다.

산속의 밤이 깊어 간다. 간간이 숲에서 보채듯 낮은 새 울음이 들려온다. 김성동의 음성도 낮아진다. 거의 규칙적으로 조금씩 천천히 마시는 술. 그러나 긴 시간을 마셨으니 취기가 짙을 법하지만 그가 취했다는 기색은 없다. 오직 고독의 기미가 깊다.

산중엔 세한인데 산방에 홀로 사는 이 남자. 찾아드는 이 없는 산중에서 때로는 외로움이 사무칠 텐데 쓸쓸한 눈길을 가진 그는 이를 어떻게 건디나. 애욕은 어이하며, 사교에의 갈증은 무엇으로 다스리나. 수고스런 산중 독거만이 진정 대책 중 상책일까.

외로움이 없이 어떻게 문학을 하나. 작가에겐 고독할 공간이 필요하단 얘기요. 절대적인 세계에서는 저자와 산이 나뉘지 않겠지만, 경허 같은 스님은 그렇게 자유로이 넘나들었겠지만, 나 같은 하근기 下根機 중생들은 산에 들어와야 비로소 안정되는 것 같더라고. 도시를 보자구. 소돔과 고모라 아니던가. 아파트 평수 따지고, 연봉 따지고, 심지어 문학마저 상업적 경쟁을 일삼고 있잖여. 무감각해질 수밖에 없단 말이오. 그래서 산에 사는거.

비록 예술가가 아니더라도 누군들 산을 좋아하지 않을까요. 하지만 산도 많이 망가진 것 같더군요. 개발에 건설에 관광에, 덩달아 물질주의 논리와 생리마저 침투하고 말이죠. 오늘날의 산을 어떻다 보시나요?

맞소. 산이 이미 무너졌지. 도시와 시골, 저자와 산의 경계가 없어졌거든. 우리의 산만 그런가? 에베레스트도, 지구의 오지라던 라다크도 마찬가지로 변했지. 그렇다면 어떡해야 하나. 문제의식을 가져야겠지. 시방 우리가 어디에 와 있나, 어디로 가고 있나, 그걸 화두로 삼아야 한다고. 답은 없지만 말여. 내가 감명을 받는 유일한 책이 있는데 『녹색평론』이라는 잡지요. 적어도 생태에 관한 문제 제기는 하는 잡지잖여. 그 잡지를 만드는 이가 김종철인데 좋아 죽겠어. 내가 유일하게 존경하는 사상가라고. 이 시대의 희망이지.

네팔의 어느 부족은 산에서 방귀조차 뀌지 않는다고 합니다. 산을 존중하는 이런 태도의 복원이 필요할 것 같더군요.

우리 민족이 원래 산을 외경하며 살았잖여. 서구적 정복 개념인 '등산'이 아니라 산과 교감하는 '입산'을 했던 민족이라고. 산에 가서 흔히 야호! 외치지만 옛사람들은 우우! 그랬어. 산의 정기를 깨뜨리지 않는 발성였던 거요. 마당에 뜨거운 자숫물을 버리는 법도 없었잖여. 땅속의 뭇생명들이 놀랄까봐 반드시 식혀서 버렸다고. 이건 이 땅에 유, 불, 기독이 들어오기 전부터 있었던 놀라운 생명 존중 사상이었슈. 이걸 배워야 한다고. 예술이라는 것도 결국 뭐요? 자연을 닮으려는 노력이잖여. 그림도 음악도 문학도, 자연을 흉내냄으로써 우리가 잃어버린 가치를 찾아가는 작업이 아니겠소?

그의 음성은 조용하지만 언어들은 뜨겁다. 다변의 입은 휴식을 모른다. 하나를 물으면 열 개를 말한다. 자연과 예술에 관한 얘기가 불교의 연기론으로 뻗치다 급기야 문명사로 치닫는 식이다. 그 와중에 술잔은 거듭 비워진다. 마셨다 하면 3박 4일쯤 줄기차게 퍼붓는 그를 두고 박범신은 '자해공갈단'이라는 별명을 붙여 주었다. 인생이란 무상이요, 허무의 게임이다. 아니 마실 방도가 없겠다. 게다가 그

그의 음성은 조용하지만 언어들은 뜨겁다. 다변의 입은 휴식을 모른다. 하나를 물으면 열 개를 말한다. 자연과 예술에 관한 얘기가 불교의 연기론으로 뻗치다 급기야 문명사로 치닫는 식이다. 그 와중에 술잔은 거듭 비워진다.

는 예술이 아닌가.

이태백은 "술 한 말에 시 백 편이 나온다"고 기별했다. 소동파는 "술이란 시를 건지는 낚싯바늘이며, 시름을 쓸어 내는 빗자루"라 읊었다. 김성동이 술을 마시는 이유를 미루어 짐작해 볼 수 있다. 그렇다면 당신은 왜 술을 마시는가 묻는 건 따분하고 멍청한 질문이겠지만 그래도 묻는다. 선생은 어쩌자고 그토록 성실히 밥 삼아 술을 마셔대는가, 라고.

술 자체를 좋아하는 건 아녀. 어쩔 수 없어 마시는 거요. 간단히 말하면 외로워서, 괴로워서, 슬퍼서 마시는 것이지. 잊으려고 말여. 물론 잠시의 취몽일 뿐 문제가 해결되는 것은 아뇨. 하수들이야 술을 즐기겠지만 절대 즐거워서 마시는 게 아뇨. 인간이 업의 덩어리, 카르마 아닌가. 그래서 연달아 마시게 되는 거라고. 흔히 주선이니 뭐니 오묘한 경지가 있는 것처럼 오해하지만 그게 아닐 거유. 이태백도, 경허도 외롭고 괴로운 현실 때문에 술을 마신 거라고. 산다는 거 외로운 거여. 센티멘털리즘을 말하는 게 아녀. 경허를 봐. 크게 깨우쳤지만 그 뒤에 다시 닥쳐오는 근원적 외로움을 봤던 게 아녔남. 천하의 톨스토이가 막판에 가출하고 황량한 객사를 한 게 무엇 때문이었을까. 그도 본 거여. 근원적 외로움을.

외로워서 마신다! 흔히 듣는 소식이다. 하지만 그는 한갓 허무나 위안을 말하는 게 아니구나. '근원적 외로움'이라는 화두를 쥐고 있는 꼴이 아닌가. 근원적 외로움, 그게 뭔가, 그를 어떻게 극복해야 하는가, 그것을 어떻게 문학으로 승화시킬 수 있는가에 관한 궁구.

사람에겐 세 가지 실존적 문제가 있슈. 배고픔, 외로움, 그리움 말여. 배고픔이나 외로움은 풀릴 수가 있어요. 하지만 외로움 너머의 그리움이라는 화두는 죽을 때까지 안 풀릴 거 같아. 뭐라 설명할 수 없는 그 무엇에 관한 타는 듯한 갈증. 경허도, 세상의 그 어떤 위대한 정신들도 화두는 결국 그 그리움이 아니었을까. 완전히 비워 버린 상태, 철저한 무에 이르고서야 그게 해소될까? 알 수 없는 이 그리움을 얼마나 절절하게, 얼마나 실감나게 표현하느냐에 예술의 관건이 있다는 생각이 들어. 얼마나 자연을 닮느냐, 산을 닮느냐, 그렇게 말할 수도 있는 게 그리움의 예술이겠지.

자정이 넘어서야 인터뷰를 마치고 잠자리에 들었다. 이튿날 새벽. 김성동이 냉수 한 사발을 내 머리맡에 갖다 놓는 기척에 잠을 깼다. 숲에선 일찍 일어난 새들의 지저귐이 중구난방. 간밤의 술에 아랑곳없이 그는 말짱하다. 반가부좌를 틀고 방석 위에 앉아 손에 무엇인가를 드는데, 뭐긴 술잔이다. 그렇게 다시 시작된 대좌는 해가 중천에 오르도록 이어졌다. 마침내 하직을 하는데 그의 고별사가 시큰하다.

가는 겨? 나만 들쑤셔 놓고 그냥 가는 겨? 넌 안 외롭니?

저의 유일한 재산이자 무기는 생각이 아니라 마음으로 살았다는 것입니다. 독자들에게 사랑을 받도록 만든 힘, 제 인생 자체를 스스로 배반하지 않게 만든 힘, 이것들이 모두 마음으로 보고, 마음으로 사는 데서 가능한 일이었죠.

술 끊고 담배 끊고, 이제 순리를 본다

꽃다지 파랗게 돋는다. 냉이가 올라와 대지에 문양을 새긴다. 갓난아이 젖니 같은 생명들, 들뜬 숨을 내쉰다. 이렇게 봄이 온다. 하지만 이곳 산중에 봄은 멀었다. 1년에 6개월은 마냥 겨울이다. 강원도 화천군 상서면 다목리의 외진 산골짝. 소설가 이외수(63세)가 여기에 산다. 팻말 하나를 붙이고 산다. "감성感性 마을"이다.

산길은 진흙탕이다. 눈과 얼음이 엉겨 팥죽처럼 뻑뻑하다. 이외수의 지난 삶도 아마 이 길을 닮은 게 아니었을까. 문학이라는 외길을 걷는 자들의 일반적인 고난 외에 그가 독보적으로 짊어지고 다녔던 시련은 거의 유례가 드문 신산辛酸, 그것이었다.

흔히 이외수를 일컬어 기인이라 하지만, 기인이라는 메타포에 그의 산전, 수전, 공중전을 담기엔 용량 부족이다. 그는 젖 먹던 힘을 다해 혼을 쥐어짜고 또 짠 인물이다. 신이 그를 조롱하기 위해 가난과 이종격투기를 붙였으나 기적적으로 아사를 면한 독종(?)이다. 이 쓸쓸하고도 처연한 궤적이 흙탕길에 어린다. 길을 벗어나 스스로 길이 되고자 노력하고 분발했던 자의 암영이.

차바퀴가 힙합 댄스를 한다. 진흙탕을 뭉개며 후들거리다 찰나에 개울로 처박힐 듯 허우적거린다. 이윽고 길의 끝에서 이외수의 산방이 나타난다. 집 안으로 들어간다. 겉에서 볼 때는 투박하고 덩치 큰 콘크리트 덩어리였는데, 안에 들어앉으니 포근하고 정감이 넘친다. 창문은 드물거나 아주 작아서 밖이 내다보이지 않는다. 방한을 고려한 건축 같다.

너른 실내 저편에서 이외수가 걸어온다. 늙어서 이젠 바위에 기대고 싶어 하는 고목처럼 살짝 기운 몸피. 바싹 마른 낙엽처럼 아무런 무게감이 느껴지지 않는 몸을 쿠션에 부리고 눈길을 던지는데, 소년과 노인이 기묘하게 동거하는 눈빛이다.

나는 오늘 이외수를 25년 만에 본다. 춘천 교외의 어느 농가를 빌려 살던 그를 찾아 날밤을 새며 들입다 마셔댄 기억이 가물가물 아련하다. 당시 학생이었던 나는 이외수에게 "이 선생님의 소설은 아무리 봐도 일류는 아니다"라는 투의 얘기를 꽝꽝거렸던 것 같다. 방자한 삿대질에 다름 아닌 객기였지만 그는 그냥 대수롭지 않게 받아넘겼었다. 참 점잖은 양반이다, 하는 생각을 했던 기억이 선명하다.

그때나 지금이나 그의 외양은 다를 게 없다. 꽁지를 묶어 허리까지 늘어뜨린 장발. 바람이 불지 않아도 가벼이 흔들리는 염소 수염. 겨울 대추처럼 깡마르고 반달처럼 아담한 얼굴. 그러니까 이외수는 25년 전에도 충분히 멋스러웠으며, 충분히 말랐으며, 충분히 늙어 있었던 거다. 청결 상태가 완연히 개선됐다는 게 다르다면 다른 점일까. 옛날의 그는 몸을 씻거나 닦는 버릇이 없었지만 지금은 훤하다.

산골에 들어온 지 만 2년

그의 아내 전영자 씨가 과일을 내온다. 덧없는 게 세월. 25년 전 그녀는 아름답고 싱그러웠다. 무슨 미인대회에 뽑혀 나가기도 했던 미모였다. 하지만 시간이라는 강도가 많은 걸 약탈해 간 나머지 이젠 우리가 어디서나 흔히 볼 수 있는 유유하고 푸근한 중년으로 바뀌었다.

이외수도 그의 아내도 25년 전의 나를 기억하지는 못한다. 사람 만나기를 즐겨 하는 그의 집을 찾아들었던 건달들을 일일이 기억할 만큼 한가하게 살지 않은 탓이겠다.

이외수가 산골에 들어와 산 지는 만 3년. 그전엔 춘천시내에서 살았다. 그의 집 "격외선당格外仙堂"은 차라리 춘천의 '명승지'였다. 그는 안팎으로 뭘 가린 게 없는 예술가. 늘 오픈된 그의 집에는 먹고 마시고 자는 객들로 버글거렸다. 그 바람에 가끔은 쌀이 동나곤 했다.

이 소식을 들은 어떤 괜찮은 남자가 쌀을 몇 가마 보내왔다. 그 즈음 이외수는 소음과 미세한 세균이 대기에 들끓는 춘천을 벗어나 어디 산속으로 들어갈 궁리를 하고 있었다. 천식이 심해져 요양도 필요한 판국이었다.

그때 쌀가마를 보내왔던 그 어떤 괜찮은 남자가 또다시 참말 괜찮은 소식을 전해 왔다. "우리 화천에 와 사시는 건 어떤가?" 하는 제안. 이외수는 거기에 응했다. 짐을 챙기고 가족을 인솔, 산골로 들어갔는데 그 산골이 바로 이 산골이다.

흔히 이외수를 일컬어 기인이라 하지만, 기인이라는 메타포에 그의 산전, 수전, 공중전을 담기엔 용량 부족이다. 그는 젖 먹던 힘을 다해 혼을 쥐어짜고 또 짠 인물이다. 신이 그를 조롱하기 위해 가난과 이종격투기를 붙였으나 기적적으로 아사를 면한 독종(?)이다. 이 쓸쓸하고도 처연한 궤적이 흙탕길에 어린다. 길을 벗어나 스스로 길이 되고자 노력하고 분발했던 자의 암영이.

아까 나는 또 다른 방문객과 거의 동시에 이 집에 도착해 이외수와 인사를 나눴었다. 방문객은 조용히 앉아 몇 마디 두런거리다 금방 일어나 돌아갔다. 그 얌전한 방문객은 알고 보니 예의 그 '괜찮은 어떤 남자'였는데, 화천군의 정갑철 군수였다. 그러니까, 이외수가 이 산중에 들어온 것은 정 군수의 권유에 의해서였던 셈이다. 이외수가 정 군수 자랑을 늘어지게 한다.

저분이 참 대단합니다. 저를 화천에 거처하게 하자는 결심을 하고 있는데 직원들이 난색을 표하더랍니다. 이외수를 데려와 봤댔자 화천 지역 경제에 보탬 될 게 없을 거라 했다 하죠. 그러자 정 군수가 버럭 화를 내더랍니다. "이봐! 이외수 선생은 예술가야. 예술가를 돈벌이 수단으로 바라보다니 그 무슨 얄팍한 생각인가?"라고 말이죠. 의식도 좋고, 아이디어도 참 많은 사람입니다. 대단히 유능한 군수예요.

한 달 평균 방문객 250명

남한의 북단에 위치한 화천군은 경제도 열악하고 문화는 더 열세인 오지 산촌. 정 군수는 간첩을 빼 놓고는 누구나 그 이름을 기억하는 유명 작가 이외수를 자기 군郡에 영입해 지역의 체면도 살리고 문화에도 힘을 불어넣고 싶었던 것 같다. 정 군수는 이외수의 거처와 연수원 건물 등속을 지어 주었다. 향후 2010년까지 몇몇 시설물이 더 들어설 예정인데, 전국 초유의 독특한 문화공간으로 벤치마킹하려는 지자체들이 많다고 한다.

"감성感性 마을"이라는 이름에서 알 수 있듯이 이곳은 '감성'을 세상에 유포하고, '감성'으로 사람을 세뇌하는 공간이다. '마을'이라는 이름이 붙었지만 거주하는 주민은 이외수 일가가 있을 뿐이다. 이외수는 이곳에서 집필을 하는 한편, 연수생들을 무료로 지도하거나 강연회를 갖는다. 이미 많이 알려져 한 달에 평균 250명 정도의 다양한 방문객들이 드나든다.

산중에 사는 맛 중에 별미는 꿀단지 속의 파리처럼 홀로 정적을 탐닉하며 한가하게 노니는 맛. 수시로 찾아오는 발길들로 김이 새지는 않을까? 귀찮지 않을까?

귀찮다면 굳이 왜 이렇게 살겠습니까? 재밌습니다. 문학과 관련 없는 일이라면 재미없겠지만 그런 게 아니라서 참 좋습니다. 나이 들어 마땅히 할 일을 하고 있다는 생각을 하고 있어요.

이곳에서 주로 뭘 하시는 겁니까?

집필과 연수생 지도, 이 두 가지를 위주로 하는데, 멋이랄까 낭만이랄까를 살리는 일이기도 합니다. 1970년대 문인들의 습작기를 보면 열정, 멋스러움, 그런 게 있었죠. 문학을 신앙처럼 여겼던 그 치열함, 그 문인다움. 그것을 살려내고 싶습니다.

"감성마을"이라는 이름이 붙었지만 거주하는 주민은 이외수 일가가 있을 뿐이다. 이외수는 이곳에서 집필을 하는 한편, 연수생들을 무료로 지도하거나 강연회를 갖는다. 이미 많이 알려져 한 달에 평균 250명 정도의 다양한 방문객들이 드나든다.

연수생들에겐 어떤 방식의 지도를 하시나요.

이론은 철저하게 배제합니다. 일단은 언어를 채집하게 하죠. 마치 초등학교 때 식물 채집을 하듯이 언어 채집을 하게 만듭니다. 그리고 그걸 문장으로 만들어 다듬는 법을 가르치죠. 한 달간 그렇게 연수한 뒤엔 개안이 되면서 놀라운 문장력을 획득하게 됩니다.

산골 생활의 경험은 예전부터 많으셨나요?

유년기엔 지리산 자락 함양에서 살았고, 소년 때는 설악산 자락에서 살았죠. 제가 춘천에서 40년 가까이 살긴 했지만, 팔자소관이랄까, 도시 생활은 도대체가 체질에 안 맞더라고요. 자연 속에 살면서 이게 행복이구나, 자주 느낍니다.

자연 속에 살면 어떤 점이 그렇게 행복하죠?

일단은 나무건 바위건 돈 달라고를 안 합니다.(웃음) 도시에서와는 다른 겁니다. 그리고, 아침마다 밤마다 해와 달은 웃고 뜹니다. 자연을 바라보면 뭐 하나 찌푸리고 있는 게 없어요. 초연합니다. 저절로 자연에게 배우고 동화되면서 사람마저 초연해지게 되죠.

산 아래 마을 사람들도 행복하게 살아간다 보시나요?

먹고살기야 어렵지만 도시와 달리 시골에서는 돈보다 인간 자체에 더 큰 가치를 둡니다. 도시의 삶은 거의 전투죠. 옆집에서 누구 하나 죽어 나가도 모를 정도로 각박합니다. 네 슬픔은 네 슬픔, 이게 도시라면 시골은 달라요. 네 슬픔도 내 슬픔, 네 기쁨도 내 기쁨, 이렇게 됩니다.

낮은 산이 더욱 명산

이외수가 보기에 "평지가 명당"이며 "산은 낮을수록 더욱 명산"이다. 자신의 살과 뼈를 헐어서 많은 생명을 키워낸 낮고 둥근 산. 덕 있는 산은 그런 거라는 얘기다. 이곳의 산세가 그렇다. 몸을 낮춘 야산들이 손에 손을 잡고 강강술래를 한다. 봉우리마다 후덕하고 능선들은 돌고래처럼 튼실하고 매끄럽다. 저 묵연하거나 흥겨운 산들의 내심을 읽었을 것이다. 그는 이름 없었던 저 산들에게 이름을 지어 붙였다.

반쯤 눈감은 선사 같은 뒷산엔 와선봉臥禪峰이라는 이름을, 솔숲 사이로 바람 불어 선율이 흐르는 앞산엔 소요봉逍遙峰이라는 이름을, 들머리에 반달 모양으로 솟은 산에는 모월봉慕月峰이라는 이름을 부여했다. 이 세 산은 '감성 3봉'으로 호명된다.

요즘도 밤이면 천체망원경으로 별들의 동향을 조사하고 그러시나요?

물론이죠. 육안으로도 좋지만 광학망원경으로 보면 계곡물로 닦아서 건져낸 듯 별들이 청명합니다. 달은 맑고 밝아 달빛에 책을 읽을 정도죠. 온갖 야생화들이 잇달아 피고, 고라니 너구리 오소리에 삵까지 이 산에 살죠. 도시에는 고급한 문화가 있다지만 자연에 비하면 아무것도 아닙니다.

자연 생태와, 사람이 살아가는 방법의 차이는 무엇이라 생각하십니까? 자연은 전혀 싸우거나 다투지는 않고 주로 조화하거나 양보하며 생태를 유지하는 걸까요?

자연은 주장이라는 게 없습니다. 순리대로 조화하고 변화할 뿐이죠. 서로를 잡아먹는 일에서조차도 아무런 억지가 없습니다. 어느 경우건 사람처럼 무리하거나 억지 쓰지를 않습니다.

그런 자연을 사람의 이익을 위해 개발하는 한도는 어느 선까지가 적정한 것일까요?

개발을 통해 돈이 되는 경우라면 자연도 인간도 동시에 파괴됩니다. 돈이 목적이 되지 않을 때라야 자연도 인간도 동시에 이익을 볼 수 있죠. 자연에게 주는 것 없이 받기만 하는 거, 빼먹을 생각만 하는 거, 이건 거의 강도 행위죠.

그런 점에서 보자면 이명박 대통령이 미련을 버리지 못하는 대운하 사업은 매우 위험한 발상으로 보입니다. 저는 대운하를 추진하겠다는 소리가 공포 영화의 첫 장면처럼 불길합니다.

대운하, 그거 정말 섬뜩한 일입니다. 네티즌들이 이명박 대통령을 '2MB'로 부르죠. 뇌 용량이 2메가바이트밖에 안 된다는 거예요. 유행가 가사 1절 정도만 들어갈 수 있는 용량이거든요. 지금 운하를 밀어붙이겠다는 건데 반대자들의 입장도 고려해야 하는 것 아닌가요? 멀리 보거나 깊게 들여다보는 사람들이 느끼는 공포심이나 불안감도 생각해야 합니다. 하지 말라는 의견이 대다수로 나오는데 어쩌자고 밀어붙이죠? 숭례문이 불탄 직후 많은 이들이 패닉 상태에 빠졌는데, 평소에 문화의 가치와 소중함을 잊고 지낸 탓에 일어난 재난이라 볼 수 있거든요. 자연도 그와 똑같습니다. 자연에 대한 소중함과 존경심을 잊고 살았기에 운하니 뭐니 터무니없는 발상이 나오는 겁니다.

만약 대운하를 강행한다면 작가로서 뭔가 행동에 나설 작정이신가요?

어쨌든 막아야 하지 않겠습니까? 글을 통해서 부당성을 알려야겠죠. 국민의 정서를 묵살하는 정치가는 결국 역사의 지탄을 받게 마련입니다. 저는 그렇게 어리석은 짓을 강행하리라 보지는 않습니다. 밑에 현명한 참모들도 있을 테고. 하늘이 대한민국을 버리지 않는 한 그런 재앙이 일어날 리 있겠습니까?

운하 대신 문화예술 꽃피워라

이외수는 공사 간에 모진 소리를 하는 취향이 아니다. 문학으로 정치를 질타하거나 변혁을 말하는 일에도 흥미가 없다. 그런 그가 근자에 이명박 대통령을 몇 차례 쿡 쥐어박았다. 자신의 홈페이지에 올린 글을 통해서였다.

대운하에 대해서도 이대로 바라보고만 있을 수는 없다는 태도를 취하고 있다. 시대의 부박함, 권력의 짧은 의도들에 한소리 하는 일은 작가로서의 성품이나 이념 이전의 책무에 속할 게다.

운하로 경제를 살리겠다는 얘기인데, 경제적 가치를 중심에 놓고 보는 경향에 대해서는 어떻게 생각하시나요?

가령 우리가 살면서 뭔가 성공을 했다 할 때, 그 성공에 의해 불행해지는 사람이 있다면 그게 진정한 성공일까요? 경제를 살리면서 다른 것들을 죽인다면 그게 성공일까요? 우리가 가진 맹盲의 하나가 조화의 소중함을 모른다는 겁니다. 인간은 정精(물질적 요소)·기氣(에너지)·신神(영적 요소), 이 셋이 조화를 이룰 때 삶의 질도 높아집니다. 경제를 절대적으로 높게 보는 것은 셋 가운데 물질적 요소만 중시하는 극단적 양상입니다. 경제만 살린다면 도덕은 무시돼도 좋다, 부자만 된다면 정신병자라도 상관없다, 하늘의 가르침 따위 무시할 수 있다, 이렇게 된다면 동물들이 가진 질서만도 못한 혼란에 빠질 게 자명하지 않겠습니까?

그렇다면 돈에 짓눌리지 않고 늠름하게 잘 살 수 있는 가치는 어디서 찾아야 하나요?

물질적 빈곤이 우리를 불행하게 한다는 건 일견 그럴싸하지만 정신적 빈곤이 사실은 더 문젭니다. 요즘 세뇌하듯 떠들어대는 웰빙이라는 게 있는데, 이것은 물질과 정신의 균형을 찾자는 거 아니겠습니까? 그런데 아침에 TV를 켜기만 하면 그 빌어먹을 웰빙을 떠들면서 먹는 타령만 하거든요. 제가 보기엔 다 환자들입니다. 정신 빈곤을 물질로 때우려는 환자들. 정신 빈곤은 정신의 풍요로 치유해야 되는 것 아니겠어요? 저는 일부 정치가들에게 말하고 싶습니다. 국민을 행복하게 해 주려거든 운하를 파지 말고 문화예술을 꽃피워라, 그런 프로그램을 개발하라, 라고 말이죠.

정신의 풍요를 위해 개인이 할 수 있는 일은 뭔가요?

사랑입니다. 돈만 사랑할 게 아니라 세상 만물을 사랑할 수 있는 여유를, 만물은 아니더라도 길섶에 피는 풀잎 정도는 눈여겨볼 줄 아는 마음이 필요합니다. 그래서 감성 회복이, 자연을 닮는 일이, 그 무엇에 앞서 중요하다는 것이죠.

술 끊고, 담배 끊고

자연은 신이 갈아입는 옷이라 말한 이가 카알라일이었던가. 이외수는 자연을 진실로 관하라고 말하고 있다. 그런데, 가만 보니 그가 담배를 안 피운다. 끊었나? 그랬다. 금연 석 달째란다. 금단현상에 시달려 괴롭단다. 원래는 하루 네 갑 내지 여덟 갑을 피웠던 헤비 스모커. 그러고서도 살아 있으니 이게 신의 은총이겠지만, 이젠 천식이 심해 끊지 않을 수 없게 되었다.

금연을 하고 보니 비로소 담배가 백해무익임을 실감하셨나요? 아니면 끊고 나서 보니 담배가 매혹의 벗이었던가요?

제가 담배 에너지로 살아왔던 사람입니다. 지금도 담배 달라고 몸이 아우성을 칩니다. 그러나 끊었어요. 그렇지만 글 쓰는 누군가가 금연을 하겠다고 하면 만류할 겁니다. 문인에겐 담배가 안 나쁜 것이거든요. 어느 정도 나쁜 것도 좀 있어야 더 좋은 일이고 말이죠. 글쟁이에게 담배 외에 위안되는 다른 그 무엇이 있겠습니까?

술은 어떤가요?

술은 담배보다 더 나쁩니다. 제가 건강이 악화되면서 술도 끊었지만 원래는 무박 3일로 인사불성이 되도록 마셨어요. 동네 반경 20리 이내에 있는 술이 동이 나고서야 술자리가 끝났거든요. 기분 좋아 마신 경우는 극히 드물었습니다. 외로워서 마신 경우가 대부분이었으니까. 그런데 기분 나쁘게 마시면 술이 독약이 됩니다. 게다가 술에 의식을 뺏길 가망성이 많아요. 그러나 3박 4일을 내리 퍼마시고

이외수는 공사 간에 모진 소리를 하는 취향이 아니다. 문학으로 정치를 질타하거나 변혁을 말하는 일에도 흥미가 없다. 그런 그가 시대의 부박함, 권력의 짧은 의도들에 한소리 하는 일은 작가로서의 성품이나 이념 이전의 책무에 속할 게다.

도 말짱하게 법문을 하시던 중광 스님이나, 술 한 잔에 시 한 수 읊을 수 있는 술꾼이라면 거의 주선일 테고, 그건 멋진 경지겠죠.

추사의 글에 일독—讀 이호색二好色 삼음주三飮酒라는 게 있더군요. 사내가 마땅히 즐길 세 가지 용무를 말한 건데 색이라는 것, 또는 애욕이라는 것은 이 선생님의 인생과 문학에 어떤 의미였나요?

애든 욕이든 끔찍한 기억으로만 남아 있습니다. 그게 왜 그러냐. 일찌감치 가난과 정면 대치해야 했기 때문에 항상 죽음이 제 눈앞에 어른거렸어요. 제대 뒤에도 자살을 언제쯤 해야 하나 늘 고심했죠. 어느 해 겨울엔 잘 곳이 없어 '장미촌'이라고 춘천의 유명한 창녀촌 골목에서 연탄난로 불 동냥을 하며 밤을 보냈는데, 그게 연이 돼 아예 그곳의 여인숙 골방 하나에 눌러 지내며 소설을 쓰게 되었죠. 그때 쓴 작품이 「꿈꾸는 식물」입니다만, 가장 견디기 힘든 게 이 방 저 방에서 들려오는 교성이었습니다. 당시, 본능을 죽이기를 거의 수도승처럼 극단적으로 했어요. 성기를 잘라내야 하는 거 아닌가 할 정도였으니까. (웃음) 제가 해 온 수도 가운데 가장 기특하고 쓸 만한 짓이었습니다. 달리 보자면, 가장 치열하고 가장 끔찍하고, 그리고 가장 억울한 기억이기도 합니다.

청춘이란 색욕으로 움직이는 몸이기도 한데 처절한 금욕으로 참아낼 수밖에 없었던 그 상황에 먹먹해집니다. 좀 근사한 로맨스는 없었습니까?

여자들이 호기심으로 접근하긴 했죠. 그러나 제가 워낙 가진 게 없고, 워낙 격렬하고 극렬하니까 사흘 아니면 길어야 보름 정도 만에 머리를 절레절레 흔들며 떨어져나가곤 했습니다. 여성 편력이 잡다했을지언정 오래간 경우는 거의 없었죠.

이제 외로움도 결별했나?

부부간에 깊이 사랑하며 잘 사는 일보다 더 어려운 공부도 드물다고들 하는데요, 부부간에 잘 지내는 비결은 뭐라 생각하시나요?

서로 기를 살려줘야겠죠. 우리 부부도 결혼 뒤 10년 정도는 가치관이 안 맞아 극렬하게 싸웠습니다. 지금도 부부애가 아니라 전우애로 삽니다.(웃음) 제가 이 나이까지 현역으로 뛸 수 있었던 것은 마누라가 기를 살려 준 덕분입니다. 글쟁이들의 아내가 제 아내의 반만 따라가도 남편에게 존경받을 거예요. 남편이 힘들게 쓴 글로 벌어온 밥을 먹는다는 소중함과 자부심, 제 아내는 그걸 아는 사람입니다.

이외수, 그가 보통 사람인가. 술꾼으로, 괴짜로, 도사 수업으로, 타협할 줄 모르는 '독립군'으로 참 유별나게 살아온 사람이지 아니한가. 글 외에는 팔아먹을 메뉴가 없었으니 무엇보다 명망을 얻기 전의 그는 가난뱅이의 견본이었다.

아내 전영자 씨의 고생을 미루어 짐작할 수 있다. 그런 아내를 예찬하는 그의 언설 속에는 감사의 마음과 내자에게 인정받았다는 옹골찬 긍지가 따개비처럼 붙어 있다. 그렇다면, 괴로웠던 날들은 이제 뒤에 두고 온 세상처럼 멀어졌는가? 외로움도 결별을 고했나?

원래 외로움을 굉장히 많이 탑니다. 일찍이 아버지가 행방불명되고, 어려서부터 동냥밥을 얻어먹고, 정 붙이고 살 동네도, 사람도, 없었어요. 체질적이거나 운명적으로 외로움을 껴안고 산 편이죠. 그래서 혼자 있는 것을 병적으로 못 견딥니다.

이젠 혼자 있고 싶어도 있을 수 없을 지경으로 많은 사람들이 이 선생님 곁에 있습니다. 저 열렬 독자들, 매스컴, 수많은 인연들이 주변에 포진하고 있으니 외로울 짬조차 없는 것은 아닌지요?

혼자 있지 않다고 해서 외롭지 않은 건 아니죠. 가령, 친구와 산길을 걷다가 나비를 보고 탄복을 하는데 친구 왈, 너는 왜 돈 안 되는 일에만 신경 쓰냐, 이러면 참 외롭지 않겠습니까? 극장에 가서 만화영화를 볼 때 애들은 다 주제가를 따라 부르는데 나만 혼자 노래를 못 따라 부른다면 그 역시 참 소외감 느껴지지 않겠습니까?

이외수 소설이 내 소설보다 못한 게 분명한데 내 소설은 왜 안 팔리는 거냐, 이러며 외로워 죽을 맛을 느끼는 소설가도 있을 것 같습니다.(웃음)

(웃음)그렇겠지요. 외로움이란 그렇게 흔히 맞닥뜨리게 돼 있죠. 도통하지 않고서야 벗어나기 어려운 일일 겁니다.

저는 소설집을 출간해 딱 한 권밖에 팔지 못했다는 불행한 작가의 소식을 들은 적이 있습니다. 독자들을 무수히 거느리는 이 선생님은 그 점에서 커다란 행복감을 느낄 것 같은데요?

그렇습니다. 한국에서 글만 써서 밥 먹는다는 건 기적에 가까운데, 저는 단 한 번도 제 책으로 출판사를 망하게 한 적이 없으니까 행복한 작가라 봐야겠죠. 지금도 책을 내면 여전히 40만 부는 팔립니다.

밥 먹듯 겪었을 고뇌

40만 부! 놀랄 만한 판매량이다. 책을 낼 때마다 이 정도의 판매고를 지속적으로 기록하는 소설가는 두세 명에 불과하다. 그는 "자기 혼을 다 바치지 않고서 어떻게 남의 혼을 흔들 수 있는가"라는 얘기를 한 적이 있다. 하지만 따져 놓고 보면 어느 작가인들 혼을 다해 글을 쓴다 자부하지 않으랴. 과연, 이외수 소설의 무엇이 견고한 마니아층을 형성하는가. 그는 "작품 안에 내포된 진실 때문"이라고 말한다.

진실, 또는 마음에 남는 어떤 맛을 독자들이 좋아하는 것 같습니다. 제가 30년간 시종일관 주장해 온 것이 하나 있죠. "머리 좋은 놈이 많은 세상보다 마음 좋은 놈이 많은 세상이 아름답다"라는 것입니다. 따라서 독자들의 마음을 각성시키려 글을 써 온 셈이고, 독자들은 그것을 발견하는 재미를 느꼈던 것이죠.

매우 결례되는 말씀이지만 저는 이 선생님의 작품이 훌륭하다고 말하는 사람들을 한 번도 보지 못했습니다. 평단의 경우를 보자면 썰렁한 무반응으로 반응을 하고 있는데, 이런 현상은 어떻게 생겨난 것일까요?

그게 소화의 차이죠. 아인슈타인이 상대성 이론을 유치원생에게 설명한다면 매우 알아듣기 쉽게 할 겁니다. 반면 대학교수는 굉장히 심오하고 무게 있게 설명하겠죠. 인생이란 과연 그렇게 심오한 것일까요? 아닐 거라는 생각입니다. 저는 제가 소화한 것을 누구나 쉽게 주워 먹을 수 있는 글로 전달합니다. 촌철살인의 한 구절. 이런 게 취향에 맞거든요.

이 선생님의 글에 매서운 촌철살인이 어느 정도 번뜩이는지는 관점에 따라 많이 다를 것 같습니다. 선생님의 작품에 대해 만족하십니까?

작품의 완성도로서는 단 한 번도 만족해 본 적이 없었죠. 책 한 권을 내고 나면 너무 징그럽고 꼴도 보기 싫어집니다.(웃음) 한 3년쯤 뒤에야 뒤적여 보고 부족한 부분을 보완하는데, 그래도 만족스런 작품이 끝내 안 나옵니다. 이젠 만족을 바라지 않기로 했어요. 욕심만큼 되지 않는다는 걸 알았으니까.

예술에 만족이 어디 있으며, 완성이 어디 있을까. 만족하느냐는 질문 자체가 엉터리였지만 "이젠 만족을 바라지 않기로 했다"는 그의 답이 천 근의 무게로 압도해 온다. 글을 쓰면서 그가 밥 먹듯 겪었을 고뇌가 비쳐서. 혼을 쥐어 짠 선혈로 글을 쓰는 일 속에 상주하는 작가의 고독이 어른거려서.

그의 얼굴에 꽃빛이 스친다

이 선생님은 도 공부도 많이 하신 걸로 압니다.

진정한 작가라면 구원의 문제도 모색해야 할 텐데, 저는 우리의 풍류도에서 길을 찾을 수 있다고 보고 그쪽으로 수행을 해 왔습니다.

수행으로 무엇을 얻을 수 있는 것인가요?

수행이란 결국 만물과 합일할 수 있는 순리를 배우는 공부죠. 현재 내가 알고 있는 내가 사실은 내가 아니라는 의심에서 출발해서, 자연의 질서로부터 본성을 깨달아 가는 일, 그래서 궁극적으로는 조화와 자비로움으로 나아가는 공붑니다. 이 과정에서 중요한 것은 마음인데, 생각과 마음의 차이를 알면 훌쩍 한 걸음 나아갈 수 있습니다.

생각과 마음의 차이? 그게 뭔지 쉽게 설명해 주시겠습니까?

자, 봅시다. 흥부가 부러진 제비의 다리를 치료해 주는 것은 마음입니다. 반면에 내 아우놈이 제비 다리 고쳐 주고 부자 됐다는데 나

"감성 마을", 이곳은 결국 마음으로 사는 일의 아름다움을 기별하는 자리인가. 이외수가 감성을 내세운 건 감성의 반대인 이성이 생각의 발생처인 반면, 감성은 마음의 발생처이기 때문이다. 생각이 끊어진 자리에서 도가 얻어진다는 게 옛 선사들의 통첩 아니던가.

도 제비 다리 부러뜨려야겠다, 하는 건 생각입니다. 흥부는 제비의 아픔을 자기의 아픔으로 느꼈죠. 이게 합일입니다. 그렇게 대상과 내가 합일할 때를 마음이라 하고, 대상과 내가 분열되면 생각입니다. 마음으로 살면 우주의 근본으로 사는 것과 같죠. 굳이 수행이라는 걸 하지 않더라도, 사물을 아름답게 본다면, 아, 예쁘다, 하는 망아忘我로 들어간다면, 그는 이미 소중한 존재로서 자연과 합일한 것이죠.

"감성 마을", 이곳은 결국 마음으로 사는 일의 아름다움을 기별하는 자리인가. 이외수가 감성을 내세운 건 감성의 반대인 이성이 생각의 발생처인 반면, 감성은 마음의 발생처이기 때문이다. 생각이 끊어진 자리에서 도가 얻어진다는 게 옛 선사들의 통첩 아니던가.

이외수는 생각이 아니라 마음으로 보는 자가 더 빠르고 더 꿋꿋해질 수밖에 없는 증빙 하나를 제시하는데, 그건 바로 그 자신이다.

저의 유일한 재산이자 무기는 생각이 아니라 마음으로 살았다는 것입니다. 이 괴상한 학연 공화국, 지연 공화국을 살면서 저는 오직 마음으로 살아 그 누구보다 훨씬 깊고 넓은 인맥을 가지게 되었고, 삶을 훨씬 윤택하게 만들었어요. 위기 대처 능력이라든가, 고난의 극복이라든가, 그런 힘 역시 마음으로 사는 데에서 나옵니다. 독자들에게 사랑을 받도록 만든 힘, 제 인생 자체를 스스로 배반하지 않게 만든 힘, 이것들이 모두 마음으로 보고, 마음으로 사는 데서 가능한 일이었죠.

밤이 깊어졌다. 가만 귀 기울이면 말 타고 내달리는 골바람 소리가 귀에 잡힌다. 이외수는 감기에 걸려 있다. 처음 마주 앉은 그는 허물어질 듯 피로해 보였다. 어! 그런데 점점 살아난다. 주름이 골을 파고 일렁거리는 얼굴에 꽃빛이 스친다. 이 방, 저 방 옮겨가며 긴 시간 인터뷰를 하는 중에 남몰래 기를 충전한 게 분명한데, 이는 마음으로 사는 사람의 노하우인가?

새우와 고래가 함께 숨 쉬는 바다

산이 좋아 山에 사네

지은이 | 박원식
사진 | 『사람과 산』 『월간조선』

펴낸이 | 전형배
펴낸곳 | 도서출판 창해
출판등록 | 제9-281호(1993년 11월 17일)

초판 1쇄 발행 | 2009년 5월 29일
초판 4쇄 발행 | 2009년 7월 24일

주소 | 121-846 서울시 마포구 성산1동 226-4 창해빌딩 2층
전화 | (02) 333-5678(代), (02) 3142-0057
팩시밀리 | (02) 322-3333
홈페이지 | www.changhae.net
E-mail | chpco@chol.com
 *chpco는 Changhae Publishing Co.를 뜻합니다.

ISBN 978-89-7919-920-8   03810

값 · 18,000원

ⓒ박원식, 2009, Printed in Korea

이 도서의 국립중앙도서관 출판시도서목록(CIP)은 e-CIP 홈페이지
(http://www.ni.go.kr/cip.php)에서 이용하실 수 있습니다.
(CIP제어번호 : CIP2009001487)